錦繡榮門

1

風文創 541

瀲灩清泉 著

目錄

序文

灩灩清泉

我創作的網路小說再次以紙本書形式與臺灣的讀者朋友見面，非常高興，感謝狗屋出版社編輯的賞識和肯定。

我覺得現實中的不如意很多，尤其是當今社會，幾乎每個人都會面臨各種不同的壓力及說不清的煩惱，所以在書中的世界裡，就想給讀者帶來輕鬆和歡笑。

我的小說風格基本上是歡快、溫暖、輕鬆的。歡快的文字、溫暖的情感、輕鬆卻又跌宕起伏的劇情，還有清新悠閒的田園背景，給讀者帶來笑聲的可愛寶寶、調皮動物……

有人說，我筆下的孩子和動物能為故事加分，我完全同意。我筆下的寶寶聰明漂亮，哪怕帶著缺陷，也有可愛惹人憐的一面；我文中的動物，皆頑皮有靈性，承載我美好的期望和想像，個個讓人愛不夠。別不信，您看了就知道！

本書的故事設定異於其他穿越小說，女主角是另類穿越，作為一縷幽魂在原主家守候近七年。這七年裡，她見證了俊俏小爹爹和美貌小娘親之間刻骨銘心的愛情，目睹原主一家人相互扶持撐過最難捱的歲月，在深山中發現人間仙境洞天池，那裡有後來為她家累積財富的「寶貝」，也有牽動朝廷安危的龍珠……

穿越後，女主角憑藉現代知識及洞天池裡的寶貝，不僅領著全家走上致富之路，光大門楣，還獲得甜蜜的愛情。

這本書延續之前的風格，又加入一些新的元素，不但描述男主角與女主角的愛情故事，還另寫幾對有情人，為主觀或客觀原因，演出各自的悲歡離合。有些人以為將廝守一生，最終卻沒走到一起，雖有遺憾，卻是最好的選擇；有些人的愛情淒美，令人惋惜。

女主角的小娘親和小爹爹是書中最美好的一對，其愛情故事令所有讀者動容，他們的分離和團聚牽動每個讀者的心，有時風頭甚至超過女主角和男主角，讓我大感意外。

這本書還給我另一個意外——連載結束時，我才知道，它竟賺了許多讀者的眼淚！有些讀者說，這是她們為劇情流淚最多的書，不僅是悲傷，更多的是感動。

想想也是，小說連載時，常有讀者在評論區說「我又哭了」、「我又流淚了」之類的話。

這就是生活，不只有歡笑，還會有淚水；不只有團聚，還會有分離……不管自己喜歡還是不喜歡，時光都在流逝，願大家珍惜眼前人，不要只看前面那個匆忙的背影。

我用了近十個月的時間寫這個故事，在這麼長的日子裡，與書裡的人物同悲同喜，當這本書完結，自己似乎也「長大」了不少。

這是我的第三部作品，傾注許多心血，現在又能拿到面前讓大家欣賞，真的很開心。呵呵，作品如同我的孩子，我非常喜歡它，希望大家會喜歡這個最漂亮、最可愛的書寶寶。

最後，感謝編輯的指點，讓故事在修訂過程中更加精煉、完美。

第一章

錢亦繡開車向花水灣度假山莊駛去。

她深恨自己為什麼這般沒用，每當尚青雲一聲召喚，就急不可待地前去見他。見過了、聽他抱怨完，然後繼續看他為向上爬做各種努力，包括經營每一段帶有目的的感情。

錢亦繡和尚青雲是鄰居兼死黨，從穿開襠褲起，兩人就一起玩泥巴、玩石子、上山、爬樹，然後一起上小學、國中、高中、大學，甚至在同一個大都市裡工作、定居。

在所有親朋好友眼裡，早該湊成一對的兩人，卻沒有越雷池一步，只談友情，不談愛情。原因無他，尚青雲人如其名——好風憑藉力，送我上青雲。

當時，村裡的人都說他們兩個郎才女貌、志同道合，是天生一對，連雙方父母都覺得這應該是水到渠成的事，笑著說：「等大學畢業了，就給他們辦喜事。」

可是，大學畢業回鄉時，尚青雲帶了個嬌滴滴的都市小姐回來。

錢媽媽的眼睛都氣紅了，悄聲罵錢亦繡：「那小子能帶個都市小姐回來，妳怎麼就不帶個都市男朋友？妳哪點比那小子差了？」

因為那個女孩的關係，尚青雲進了大都市的政府部門，而錢亦繡則是通過面試，也去了那個城市，在一家工會裡任職。

一晃十三年過去，尚青雲換了六個工作，年紀輕輕就當上海關某部門的處長，交過五個女朋友——前四位受不了他的家人，受不了愛情以外還有那麼多現實問題而分手，目前這個，聽說快要結婚了。

錢亦繡依然在當初那個工會，從底層辦事人員幹到副主任，雖然身邊不乏追求者，卻仍孑身一人。

每當尚青雲戀愛或失戀，都會立刻把錢亦繡約出去，傾聽他的歡樂與愁緒，用他的話來說就是——「只有妳才是我真正的哥兒們，我的所思所想，只願意對妳訴說。」

不知道這次是想告訴她，他要當新郎了，還是又失戀了？

錢亦繡心中酸澀不已，暗罵自己沒用。從她開始懂得男女之事起，就暗戀尚青雲，眼裡再也裝不下別人，多年來一直默默守在離他不遠的地方，召之即來，揮之即去。

其實，她也曾勇敢地表達過自己的心意。

高中快畢業時，他們一起從學校回家，先坐小公車到鎮上，接著還要再走半個多小時的山路。

那正是春末夏初的季節，到處綠意盎然，路邊野花星星點點。

錢亦繡望了身邊的大男孩一眼，瘦高的身材、白皙的皮膚、俊朗的眉眼、陽光般的氣質，跟韓劇裡那些帥哥明星比起來，絲毫不遜色。

她想著心事，因而落後了尚青雲幾步，抬眼望去，花徑上的少年連背影都那麼令她心動。高高的個子、寬寬的肩膀，即使是穿著藍白相間的校服，也別有一番風度氣韻。

她按了按狂跳的心臟，說道：「尚青雲，我想跟你考同一所大學。」

「好。」尚青雲頭也沒回地答應。

「以後還要在同一個城市裡工作。」

「嗯。」他依舊沒有回頭。

錢亦繡看著那個走得不急不緩的背影，羞紅了臉。「還要……在同一個屋簷下吃飯……」

少年停下，想了幾秒鐘，回過頭來笑道：「哥兒們，不要說妳是在跟我告白，會把我嚇著。」

錢亦繡聽了，瀟灑地哈哈幾聲，矜持地說：「跟你表白？你作夢吧！」說完，頭一昂，越過他向前大步走去。

之後十幾年，兩人雖然經常通電話，偶爾見面，她卻再沒有主動表白過。

錢亦繡把思緒拉回來，想著，若這次他要結婚，就祝福他。她沒了念想，也解脫了；若他又失戀，是不是……再給他一次機會，也給自己最後一次機會？

如果他又拒絕，她也不能再傻傻等下去，該考慮把自己嫁出去了。

汽車開進花水灣，這是蒙溪山下一座高級溫泉度假酒店，依山而建。

錢亦繡停好車，便接到尚青雲的電話，說他還沒到，讓她等等。掛斷電話後，她把手機放進包包裡，下車把車門鎖好。

她剛走出停車場，便看見一輛汽車風馳電掣向這裡駛來。不遠處有個四、五歲大的小女孩正在路邊玩耍，眼看汽車就要撞上去——

錢亦繡來不及多想，狂奔過去把孩子推開，自己卻被汽車撞飛起來。

她看見自己的身子落下，卻感覺那不是她，接著一群人圍過來，她已像一陣輕風，越飄越高，離那群人越來越遠。

錢亦繡意識到自己犧牲了。沒想到，做個好事還把命給做沒了。

她想飄回家，再看她的媽媽一眼。半個月前，媽媽才從農村來到她家，想押著她快點找個男朋友，快點成家。

可她這具身子，不，應該說是魂魄，根本不聽她的控制，飄飄蕩蕩，被一條繩索拉到一個混混沌沌、模糊不清的地方，許多鬼魂從四面八方聚集到這裡，沿著彎彎曲曲的路向前飄著。

錢亦繡猜，這條路或許就是黃泉路吧？路的盡頭是奈何橋，喝一碗用忘川河水煮的孟婆湯，便會忘記前生的愛恨情仇，忘記為她操碎心的父母、忘記那個她暗戀了二十年的男人……

錢亦繡剛想飄去黃泉路，便被繩索另一頭大腦袋小身子的兩人攔住。這兩個人，一個頂的是牛頭，一個頂的是馬頭。難道他們就是傳說中的牛頭和馬面？

牛頭對錢亦繡說：「妳不能去黃泉路，妳的陽壽還沒完，沒有那裡的路引。」

「啊，去黃泉路還要路引？」錢亦繡吃驚不已。

馬面道：「那當然，妳以為是鬼就能上黃泉路？那樣的話，世上怎麼還會有孤魂野鬼！

本來該死的是那個小孩，路引也是她的，妳卻自己去找死。妳們的外貌相差太大，黑白無常鐵面無私，不會放妳過去的。」

錢亦繡聞言，問道：「既然該死的是那個孩子，連她去黃泉的路引都開好，那為什麼把我的魂勾來？」

牛頭慚愧地說：「都怪我們昨天多喝幾杯酒……手一抖，就勾錯了。」

馬面狠狠瞪了牛頭一眼，低聲罵道：「你真是頭豬，又把老底掀給人家看！有你這樣蠢的搭檔，怪不得我幹了幾千年的衙役都升不了職，再幹一萬年，也只能在最底層混！」

錢亦繡氣壞了，原來自己命不該絕，卻因為他們喝多了酒做冤死鬼，遂道：「你們出了差錯，還想蒙混過關啊！不行，我得去找黑白無常評評理，是你們怠忽職守、草菅人命，害得我早早去世。錯的是你們，我就不信他們不給我開路引！」

馬面聽了，打個響鼻，叱道：「我勸妳安分點，再吵，把爺得罪了，讓妳當一輩子的孤魂野鬼！」

錢亦繡嚇著了。人在屋簷下，不得不低頭，態度馬上軟下來，低聲哀求：「馬爺、牛爺，你們行行好，幫我弄個路引吧，我不想當孤魂野鬼。」

馬面這才滿意，從懷裡掏出本子翻了翻。「嗯，這裡有個小娃是早夭的命，又跟那個該死的小娃長得極像，倒是能用這個路引。既然妳命不該絕，就以另一個身分繼續活著吧。妳的陽壽是八十八歲，到時我們再去勾妳的魂。」

她這是要穿越了？錢亦繡大喜。她死前可沒少讀穿越小說，那些女主角個個在異世混得風生水起，沒想到自己也成為其中一員了。

牛頭聞言，憨憨地問：「馬哥，穿越是由穿越大神負責的，咱們不好去搶他的差事吧？」

馬面不耐煩地應道：「笨，咱們改天請他喝酒就是了。」說完，讓牛頭繼續去勾陽壽已到的人，他則領著錢亦繡向一處黑洞飄去。

馬面帶錢亦繡穿過一個又一個黑洞，終於來到一處天清地明的世界。

此時正是夜間，數不清的星星鑲嵌在深藍色天幕上，圓圓明月斜掛空中，月華如水般傾瀉而下，讓萬物披上一層清輝。

這麼美麗的夜景，錢亦繡只有上小學時才看過，長大後，便沒見過如此燦爛的星空了。

他們飄到某座山的上空，俯瞰下去，有座村子依山而建，小河從遠處流過，又蜿蜒著向遠處而去。在月光照耀下，河水波光粼粼，如一條玉帶把村子半圍起來。

村裡的小路上，偶爾有一、兩個人匆匆走過，穿的都是古代衣裳，看來這裡應該是古代，或是穿越小說中說的平行空間。

他們飄下去，進了一座村邊的小院子。

小院在月光下一覽無遺，圍著土院牆，房子也是黃泥砌的，房頂是茅草，正對大門是四間茅草屋，左側有三間塌了一半的小矮房，右側是兩間小廂房，看起來比她小時候的家還破得多。她家至少是瓦房，看來這個家應是貧戶無疑了。

院子左邊有棵棗樹，已經掛滿小青棗；右邊則是桃樹，並不高大，上面稀稀落落掛了些小孩拳頭般大的小桃子。

茅草屋的窗裡亮著燈，一陣女人的哭聲傳出來，接著是一個少年的勸慰聲。

「娘，別難過，說不定我到軍營裡會有一番作為，到時候混個一官半職，爹娘和妹妹就能過上好日子了。」

女人抽泣著說：「刀槍無眼，有沒有命活著回來都不知道，還巴望著你當官啊？真是屋漏偏逢連夜雨，家裡已經這麼艱難，你還要去從軍。」

一個氣若游絲的男聲接道：「唉，都是我連累你們，若我早死，家裡就好過了。」

女人哭道：「當家的說的是什麼話？你活著，咱們的家才像個家呀。」

錢亦繡飄到窗外，看見屋裡有四個人。

中年男子躺在床上，面色蒼白、雙頰凹陷，大夏天還蓋著被子，一看就是病入膏肓；床頭還放了根枴杖，看來他不僅身體差，還是個瘸子。一個年紀三十出頭的女人坐在床邊哭，身旁站著一名十五、六歲的少年，還有個五歲左右的小女孩坐在床邊。

一看要穿進這樣的人家，錢亦繡興奮的心情立即跌入谷底，說不出話了。

第二章

錢亦繡很有自知之明。相對於權謀宅鬥，她寧願憑著現代知識種田經商，但穿到這樣的人家，也太辛苦了。

她轉頭對馬面央求道：「馬爺，您看這一家子病的病、弱的弱，唯一的勞力又要去打仗。古代打仗，十去九死，他九成是不會回來的。您能不能給我金手指什麼的？這樣我也不至於太辛苦。」

馬面聞言，拉長了臉，憤憤道：「金手指是穿越大神的特權，我一個底層跑腿的，哪有那東西？哼，辛辛苦苦幾千年，還在這個苦差的基層崗位上，想挪個窩都不成……」

錢亦繡聽完他的牢騷，深表同情。「唉，真是馬善被騎，人善被欺，不只人間如此，連陰曹地府都一樣。要我說，還是馬爺人好，那麼多不平之事發生在您身上，您不僅沒把怨氣發在工作上，還掏心掏肺對待我們這些鬼魂，陪我跑了這麼遠的路。您真是個好神，好神一生平安。」

話落，長長的馬臉上有了絲動容。「妳這些話，就是對我的最大肯定。只要你們看見我的苦心，我就沒有白忙了。好，看在妳善解人意的分上，我就提點妳先機——這個大乾朝的下一代君主會是寧王。」

大乾朝？沒聽說過，看來是到了架空朝代。

錢亦繡笑道：「喲，馬爺，皇帝離我們小老百姓太遠了，那不是我關心的問題。如今我最關心的就是怎麼把自己和這家人的肚子填飽，當個地主什麼的。馬爺能不能跟我說說怎麼因地制宜，快些發大財？」

馬面冷哼一聲。「妳想因地制宜是吧？這邊的群山裡有無數寶藏。」

錢亦繡暗罵。這還用說？穿越文裡早就寫爛了！嘴上卻笑道：「前世我也不是特種部隊，哪敢進深山啊，寶貝還沒找到，就被野獸吃了。」

馬面嗤道：「那就怪不到我了，不是我沒告訴妳，是妳自己沒本事。」又語重心長地教育她。「年輕人，要腳踏實地，不要一口便想吃成胖子。總想不勞而獲，哪有那麼多好事。」

錢亦繡氣得直想翻白眼，想想又忍住氣，再次拍起馬屁。「呵呵，馬爺說的都是金玉良言啊，您的教導，我會永遠記住，一定腳踏實地，好好種田經商奔小康。只是這家太窮了，請馬爺好歹給我指條路，奮鬥起來也有個目標不是？這孩子能活著回來嗎？」

馬面聞言，臉色好了些，看看屋裡。「這小子的面相真不好說，看著是個長壽命，但前額的小疤痕又把長壽命格生生斬斷，說明他有一個大劫，若是度過去，就能長命，否則也是個短命鬼。」轉頭瞧見錢亦繡討好的目光，又說：「我工作這麼多年，鮮少遇見妳這樣了解我苦衷的鬼魂，就再提點妳一句。記住了，草木繁盛的群山能給生靈賴以生存的沃土，但不毛之地也有意想不到的驚喜。」

錢亦繡見他不願意再說下去，只得把眼光轉向屋裡。瞧那個小女孩雖然穿得破舊，長得卻極清秀伶俐，便笑道：「這孩子長大了一定是個美人，穿到她身上也不虧。」說著，就想穿過窗戶，朝那個女孩撲去。

馬面見狀，忙攔住她。「不是她，這個女孩是長壽命，要活到七十七歲才會死。妳要穿的人現在還沒出生，是那個少年的孩子，還要在這裡等幾年。」

錢亦繡詫異道：「那毛孩子不是要去當兵了嗎？現在連個媳婦都沒有，哪來的孩子呀？」

馬面回答：「現在沒媳婦，不代表明天沒媳婦。妳在這裡安心等著，那孩子六歲就會死，魂魄出來後，妳趕緊鑽進去，若耽擱時辰，妳就只能當孤魂野鬼了。」

要穿的人現在連個胚胎都沒有，錢亦繡欲哭無淚，忽然想到另一種可能，又問：「如果他媳婦生個男孩怎麼辦？我當慣女人了，可不想當男人。」

馬面道：「放心，他媳婦會生女娃。」說完便飄走了，待到半空中，又大聲道：「妳記住，離那個瘸子遠些，他身體不好，魂魄不穩，妳離他太近，會把他的魂魄擠出來，那樣，這輩子妳就當定男人了。」

錢亦繡聽了，一陣惡寒，再看看那個快死的孱弱男人，打了個哆嗦。

嗯，保持距離，遠離危險！

她穿過窗戶來到堂屋，待在離瘸腿男人最遠的牆角，繼續聽他們說話，弄清楚了這個家的情況。

這個少年名叫錢滿江，就要去從軍，哭得正傷心的女人是他娘吳氏，瘸腿男人是他爹錢三貴。

幾個月前，朝廷和鄰國大金國開戰，下令徵兵，這個村需要三十名壯丁上戰場，錢家被點名，得派一個人去。

身為一家之主的錢老頭有四個兒子，六年前，當鏢師的錢三貴在押鏢途中出了事，被人砍斷右腿，又傷及內臟，連省城的大夫都治不好，說他活不了了。於是，鏢局的大當家便給錢三貴灌下藥湯，讓他吊著口氣，又送他回去，再看老父、老母一眼。

沒想到錢三貴命不該絕，碰見一個老和尚來他家討水喝，把他救回來。為給他治病，家裡買了許多人參、靈芝等貴重藥品，不僅用光鏢局賠的一百兩銀子，也花光錢家所有積蓄。這還不夠，又賣掉五畝水田及一頭牛。

錢三貴活過來了，卻像個活死人，少了半截腿不說，躺在床上，出氣多、進氣少。錢老頭心疼三兒子，想再賣幾畝水田給他治病養身子，但其餘的兒媳婦可不願意了。

雖然錢家的大瓦房和十幾畝水田大部分是錢三貴跑鏢賺來的，但這個家還沒分，他賺的錢就屬於全家人。大兒媳婦汪氏、二兒媳婦唐氏聽說又要賣田，便開始大哭大鬧，尋死覓活，說給錢三貴治病就是個填不滿的無底洞，遲早會把一大家子拖累死。兩邊親家也上門來鬧，指責錢老漢不公平，為了一個兒子，不顧另外幾個兒子的死活。

錢三貴是個硬脾氣，不願讓他爹為他而不顧兄弟，尤其是弟弟錢四貴，才剛訂親，還沒成家呢，遂不讓錢老頭再賣田地，說他活得過就活，活不過就死；接著又提出分家，不肯再拖累家人。

錢老頭聽了，覺得分家也好，他賣自己的東西，別人總管不到吧？分家後，有他幫襯著，三房也能過得去。

分家後，錢老頭與錢老太跟著錢大貴過，二房、三房、四房每年給他們一些口糧和一百文銅錢。若兩老生病，由幾個兒子分攤湯藥錢。又特別說明，錢滿江未成年之前，不用三房給養老錢。

至於家裡的財產，四房每戶分了兩畝水田、四畝坡地。因錢三貴對家裡的貢獻大，分剩的一畝坡地也給他。

接著，錢三貴又說不想繼續住在錢家大院裡，想把村西的老房子買下來。那個老房子的院子倒是大，不過又破又舊又偏遠，是一個沒有後人的老頭自己修的。那老頭已經死了十幾年，如今這房子便屬花溪村所有。

錢家大院是花溪村最豪華的大院子之一，僅次於汪里正家的房子，當初花了三十多貫錢修造，算下來，每個兒子可得八到九貫錢，於是又給三房一頭驢，多分兩貫錢，讓他們把村西的舊房子買下來。

剛分家不久，錢三貴的妻子吳氏便生了閨女錢滿霞。

吳氏是秀才之女，相貌姣好，又知書達禮，因之前錢三貴在外面跑鏢掙了不少錢，所以錢老頭夫婦非常喜歡她。吳氏嫁進錢家後，從未下過地，只在家裡做做飯、收拾收拾家務。後來錢三貴受傷，她驚嚇過度，差點小產，生完孩子後也病殃殃，又要照顧病重的丈夫和弱小的女兒，根本沒精力和工夫下地。

那時，錢滿江已經在私塾上了三年學，雖然先生珍惜人才，不要他的束脩，還說他下場考童生沒問題，但錢三貴還是堅持讓他回家，因為家裡只剩他能下地幹活了。於是，十歲的小小少年就開始當勞力，早出晚歸地砍柴、做農活，扛起生計重擔。

錢老頭才五十幾歲，平時幫著三房做些農活。他跟著大房過，卻幫三房幹活，大兒媳汪氏心裡頗有怨言，好在錢大貴時常開解，說若不是錢三貴提著腦袋跑鏢，他們也住不上這樣的大房子。

如此磕磕絆絆，五年過去，錢三貴雖奇蹟般地挺了過來，卻變成廢人，什麼事都做不了，瘦得一陣風就能吹倒，每到冬天便臥床不起，要等天氣暖和後，才能起身走動走動。為給錢三貴治病、買人參等藥品補身子，幾年中，三房陸續賣了兩畝水田、三畝坡地，連驢子都沒保住。

這半年來，錢家三房的日子終於好過了些。錢三貴的身子恢復許多，不需貴藥吊命，入夏後還能下床，偶爾學著編草蓆和草帽、草籃什麼的，能換幾文錢；吳氏的身子亦好了，錢滿霞也大了些，她便能抽出工夫做農活或繡活。

一家人正開開心心憧憬美好生活，想攢錢給錢滿江娶媳婦時，卻遇上邊境打仗徵兵。讓誰去打仗，可讓錢老頭犯了難。老伴錢老太能幹，一口氣生了四個兒子、一個閨女，還都養大了，可兒媳婦的肚皮不爭氣，錢家第三代人丁單薄。

老大錢大貴四十一歲，媳婦汪氏，兒子錢滿川十八歲，兒媳婦許氏，還有個八歲的女兒錢滿蝶。

老二錢二貴三十七歲，媳婦唐氏，十七歲的女兒錢滿朵已經出嫁，小兒子錢滿河才滿十二歲。

老三錢三貴三十五歲，媳婦吳氏，大兒子錢滿江十五歲，女兒錢滿霞才五歲。閨女錢香三十二歲，嫁給縣城的李屠戶。

老四錢四貴二十三歲，成親四年，媳婦楊氏才剛懷孕。

壯丁的年紀在十五歲至四十歲之間，錢家四房都各有一個人符合。

錢老頭很為難。手心手背都是肉，讓哪個人去，就是讓哪一房的天塌了。

最後，錢大貴出主意，乾脆抽籤決定，誰去由天定。

結果，那支籤被錢滿江抓著了。

其實，錢老頭覺得，其他三房誰抽中都行，因為他們可以賣田、賣地，湊夠二十貫錢，便可以頂一個丁，不用上戰場。孰料事與願違，偏偏被貧困的三房抽中。

錢三貴聽到這個噩耗，本來已經能慢慢走動，又病倒了。

聽完他們的絮叨，錢亦繡也為三房掬了一把同情的淚。

再看錢滿江，他穿著帶補靪的短褂，灰色粗布雖然洗得發白，卻非常乾淨；墨髮綰在頭頂，用一塊方巾束著。他身材瘦削，卻不文弱；皮膚不算很白，但五官非常俊朗。雖然當了五年小農民，卻氣質如華，還隱隱透著一股浩然正氣，十足的陽光小帥哥一枚。

這就是她的俊俏小爹爹，假以時日，定能出落成英武不凡的美男子！如果生在前世，這年紀還在讀國三或高一，只能算少年郎。再過半個月，他就要去打仗了，不知道會找個什麼樣的小姑娘成親，然後生下她的前身？

錢亦繡看著俊俏爹爹直發呆。沒辦法，她喜歡欣賞美男，不然也不會暗戀尚青雲二十年了。她發現，錢滿江並不像其他人那樣悲傷和沮喪，似乎還有些興奮，只是小心地掩藏住了。

吳氏哭一陣、罵一陣，又拉著兒子囑咐。「滿江，你一定要回來啊，若你有個三長兩短，娘也不活了……」

錢滿江拍著她的手勸慰道：「娘放心，兒子會保護好自己的。置之死地而後生，沒了退路，或許能激發出鬥志呢！兒子身上有功夫，也會想辦法跟上峰處得好，定能掙個一官半職回來。到時候，我給娘請封誥命，讓爹娘、妹妹、爺爺奶奶坐漂亮大馬車去京城逛逛，說不定還能看到皇宮大門哩！」眼裡不由自主閃出一絲精光和嚮往。

錢亦繡覺得，未來的小爹爹不只帥氣，還很有理想。像這樣的人，讓他一輩子當農民是委屈了，即便這次不出去，以後也會找機會走。他們寧可死在奮鬥的路上，也不會安安心心在土裡刨食。

錢滿霞跑過去，倚在錢滿江懷裡。「蝶姊姊說去邊關打仗就是送死，我不讓哥哥去送死，也不想去京城逛。」說完便大哭起來。

錢滿江比錢滿霞大了十歲，平日十分寵愛這個小妹妹，遂把她抱起來哄道：「霞兒不怕，哥哥不會死。哥哥以前跟爹爹學了功夫，武藝高強。」見她癟著嘴點頭，又說：「聽說北邊的花頭巾極好看，到時哥哥給妳買一條。哥哥不在家的時候，妹妹要聽話，多孝敬爹娘……」

錢滿江低聲哄勸，錢滿霞的哭聲漸漸小了，掛著淚花，在哥哥的懷裡睡著。錢滿江抱她出去，放在堂屋裡用木板搭成的小床上。

吳氏一直哭到半夜，沒力氣繼續哭了，錢滿江才服侍她在床上躺下，又去廚房舀水為爹娘、妹妹擦手臉。把三個人安置好，他才去院子裡洗了臉和腳，回廂房歇下。

錢亦繡給錢滿江打了好兒子、好哥哥的評語，由此斷定，將來他也會是好爹爹，但前提是他能活著回來。

院子裡靜下來，錢亦繡乘機打量屋內。四間草房，正中兩間房一明一暗，分別是堂屋和錢三貴夫婦的臥房。兩側各一間廂房，錢滿江住左邊那間，右邊那間是留給錢滿霞的。現在錢滿霞還小，住在堂屋裡，以便吳氏照顧。三間塌陷的房子則放雜物和柴火，兩間小偏房是廚房和茅房。

錢亦繡轉了一圈，回到堂屋縮在窗邊，看著月亮一點點向西滑去。

沒了戲看，日子如此難捱。

她想到前世的父母，好在還有個弟弟，父母不至於老而無依。想得最多的還是尚青雲，他就是個無情郎，她等待那麼多年，真是傻到家了。

第三章

月亮從中天滑到山下，天色漸漸亮了，雞舍裡的公雞開始高鳴，小鳥也吱吱喳喳叫起來。

新的一天又開始。錢亦繡振奮起精神，飄去牆角躲著，準備看今天上演的大戲。聽馬面的意思，今天錢滿江或許就會找個媳婦。

吳氏是第一個起床的，此時的她已經沒了昨天的絕望，眼裡雖然還有悲傷和無奈，但更多的是堅強。錢滿江一走，家裡只剩病人和孩子，她再倒下，這個家就完了。

錢滿江也起身了，幫著吳氏燒火做飯。錢亦繡對他的印象很好，既有遠大的理想抱負，又能放得下姿態，做這些很多男人不屑做的活計。

早飯擺在主屋臥房的桌子上，吳氏先服侍錢三貴吃了碗白米粥，其他人吃糙米粥和玉米餅。

錢滿江還想去麥田裡鋤草，卻被吳氏勸住。「你還有半個月就走，不要再管地裡的活兒了。」

錢三貴也道：「聽你娘的話吧，去準備要帶走的東西。」又對吳氏說：「朝廷雖然管軍隊的衣裳，但咱們還是多給滿江做幾雙鞋子，自家做的鞋子合腳。今兒開始，妳放下其他活計，只做鞋子，再請娘和四弟妹幫著做一雙。」

幾人正在商量，院外響起敲門聲，錢滿霞跑去開門，大聲道：「爹、娘，爺爺、奶奶和大伯、四叔來了。」

錢老頭和錢老太看起來極憔悴，尤其是錢老太，眼睛都哭腫了。錢三貴是他們最喜歡的兒子，給家裡掙下一大份產業，自己卻過著這樣的日子；錢滿江是他們最心愛的孫子，最會讀書，長得最俊，嘴甜又孝順，卻要去邊關打仗。

錢老太一來，又抱著錢滿江哭，吳氏和滿霞也跟著哭起來。

錢老頭道：「哭有什麼用？既然已經無法改變，就趕緊想法子讓滿江走得放心，再抓緊日子給三房留後。」

錢三貴有些反應不過來，吃驚道：「留後？爹是什麼意思？」

吳氏也吃驚地抬起頭，臉上還掛著淚珠。

錢四貴道：「就是趕緊給滿江說個媳婦。事權從急，在滿江走前把媳婦娶回來洞房，說不定還能給三哥、三嫂生個孫子。」

聽見這話，吳氏洩了氣，苦著臉。「我們家本來就窮，出不起聘禮，即便滿江不去打仗，還沒哪家閨女願意嫁給他。現在要去打仗，還得趕著這幾天娶過門，誰會把閨女嫁來？」

錢四貴道：「聽我岳父說，鄰縣遭了蟲災，好多流民湧進咱們溪山縣。那些流民不只賣兒賣女，連自賣自身的都有，買人比之前便宜得多。那些強壯、模樣齊整的閨女貴些，買一個大概要五、六貫錢，但老點、醜的就便宜了，據說花兩、三貫錢就能買一個。你們別擔心錢，咱們先湊一湊，再找姊姊借點，就能買了。」

錢三貴和吳氏聞言，心思活泛起來。他們也怕兒子有個三長兩短，三房就絕了後，聽見這個主意，都十分同意。

錢老太卻說：「我孫子這麼俊俏，怎能娶個又老又醜的媳婦？」

聽老伴這麼說，錢老頭不贊成了，瞪她一眼。「老點、醜點有什麼關係？只要是個婦人，燈一吹，黑燈瞎火的都一樣。」

錢三貴道：「既然這樣，那我們再賣一畝地，趕緊給滿江娶個媳婦回來。」

錢老頭搖頭。「你家裡只剩兩畝地，再賣了，你們幾個人怎麼活？先跟幾個兄弟借錢，我們也湊一點。」

錢大貴點頭。「這個法子好，我出五百文。」他媳婦是汪里正的堂妹，汪氏強悍，他有些懼內，這次借這麼多錢出來，實屬不易。

錢四貴說：「我多出五百文，再找姊姊借一貫錢，就夠了。」他剛在鎮上盤了鋪子，向岳丈借的錢到現在還沒還完，能拿這麼多也不簡單。

錢三貴和吳氏感激地看著他們。

錢老太說：「我們也出五百文，給滿江買個相貌好點的、屁股大點的媳婦。我孫子那麼俊，娶的媳婦不僅要會生娃，也不能太醜。」她知道這個孫子的心有多高，老的、醜的，哪能讓孫子甘心跟她生孩子？

錢老頭又瞪老伴了。「滿江身上還得帶些錢，怎能把所有的錢都用來買媳婦？聽我的，就用兩貫錢買個便宜媳婦。」

錢三貴嘆道：「我是個廢人，還要讓爹娘和大哥、四弟為我兒子湊錢買媳婦，慚愧啊。」又對錢滿江說：「你連死都不怕，還怕媳婦長得醜？爺爺奶奶的養老錢就別要了。大伯、四叔和姑姑的錢先借著，以後家裡有錢再還。」

錢滿江抿著嘴點點頭，視死如歸的樣子，真比送死還難受。

錢四貴趕緊道：「三哥不要見外，我的錢不用還了。原來我們花了三哥多少錢，我們心裡都有數。」

錢大貴聽了，也道：「現在先不提還錢的事，趕緊給滿江買個媳婦是正理。」

錢老太還想說話，卻被錢老頭掃了一眼。他不是捨不得那點養老錢，只是不能為買好看的媳婦就多花錢，不值得。

但錢亦繡不知道，大罵錢老頭太吝嗇，若真買個太醜的媳婦，真是糟蹋了這個俊俏小爹爹。最關鍵的是，從遺傳角度來說，如果娘太醜，以後生的娃兒就醜，讓她頂著醜女的殼子，那多慘啊。

眾人不知道屋裡有個鬼，更不知道這個鬼還指著錢老頭的鼻子罵，商量著給錢滿江做鞋子，還要帶哪些東西走？

錢老太對錢大貴和錢四貴說：「讓你們媳婦做棉鞋，我再給滿江做件棉坎肩。聽說北邊極寒，鼻子都會凍掉。」

錢老頭道：「讓老二媳婦也幫著做一雙，現在大家要齊心協力，幫著三房準備。晚上我去說。」

錢大貴和錢四貴點頭答應，各自回家拿錢，不久便把湊齊的錢送來。錢四貴的媳婦楊氏也跟著來了，同錢老太一起商量給錢滿江做鞋子的事。

吳氏接過錢，道了謝，便急匆匆地出門。

錢亦繡也想跟著吳氏去，買回來的人就是她的娘親，她也十分關心。不過，現在外面出了大太陽，鬼魂是不能長久暴露在陽光底下的，再著急也沒用，只能在陰暗的牆角邊等著。她十分憂傷。兩貫錢只能買個又醜又老的女人，用機率算，這輩子有百分之五十的可能性要當醜女了……

花溪村位於幾座村子的中間，往北過洪橋，再走六里路，就是二柳鎮；往東沿河道走不到二十里，就是溪山縣城。

吳氏往東走，剛過大榕村，就有輛去縣城的驢車經過身旁。

趕車的是和她同村的謝虎子，道：「錢三嬸要去縣城吧？快上來，我送妳去。」

謝虎子跟錢家三房的關係非常好，吳氏沒跟他客氣，上了驢車。

來到縣城，吳氏直接去了小姑錢香的家。錢香比錢三貴小三歲，嫁給縣城的李屠夫，日子十分好過，平時沒少幫襯他們。

錢香個性潑辣爽直，出嫁前就跟三哥、三嫂感情極好，聽完吳氏的哭訴後，也跟著抹眼淚。「老天爺真不長眼，怎麼不好的事都往你們家鑽呢？」又偷偷取一貫錢給吳氏。「拿去吧，不用還了。買個能生養的媳婦，老點、醜點不要緊，能生娃就成。」李家的日子雖然過得去，但她的公婆都在，能偷偷拿一貫錢出來，也不容易。

吳氏感激地說：「謝謝小姑，妳的好，我和妳哥、妳姪子都記著。」說完，就向錢香告辭，趕去牙行。

吳氏來到縣城裡位置最偏僻的牙行，想著這裡的人應該便宜些，便進去了。

牙人看她的衣裳上全是補釘，問道：「妳是賣自己，還是賣兒女？」

吳氏紅著臉說了緣由，牙人便直接把她領到幾個長得歪瓜裂棗的女人面前。「看看吧，這幾個是最便宜的。」

吳氏看上了一個二十多歲、左半邊臉有塊大紅胎記的女人，她是其中最年輕的一個，雖然醜，但屁股大、好生養，便拿出兩貫錢，想把她買下來。

牙人搖頭說：「別看她長得醜，可是個壯勞力，兩貫錢買不走，最少要兩貫半。」

連手上的兩貫錢都是借的，到哪裡再去找五百文？吳氏正發愁，牙人的婆娘走出來，大著嗓門道：「我這裡還有個黃花大閨女，就是瘦小些。別看她歲數不大，月事才剛剛過，領回家跟妳兒子圓房，包准翻年就能抱個大胖孫子。」

吳氏一聽還有這便宜事情，極為高興。再半個月兒子就要走了，如果這姑娘月事剛過，正是懷孕的好時機，遂千恩萬謝道：「謝謝大嫂，若明年真抱了孫子，定給妳送紅雞蛋來。」

牙人婆娘笑道：「這倒不用，生了孫子，唸我兩聲好就成。」

等那姑娘被拉出來，吳氏傻住了。她又小又瘦，目光呆滯，亂蓬蓬的頭髮遮掩半張臉，臉髒得連模樣都看不出來，一身破衣裳也瞧不出本來顏色，看到人還嚇得腦袋直往脖子裡縮。

「原來是個傻子啊。」吳氏失望道。「大嫂拿我們窮人逗趣哪。」

這個傻子是牙人婆娘今早出城辦事在路邊撿到的，一個饅頭便哄了來。

牙人看到婆娘弄回一個傻子，氣道：「妳傻呀，弄個傻子回來做什麼？賣不出去不說，咱們還要倒貼吃食養她。」

牙人婆娘回嘴：「你才傻哩。她雖然是個傻子，但也是個年輕閨女，咱們把她收拾乾淨，賣給鄉下的老鰥夫，或討不到婆娘的人，就算再賤，還是值幾百個錢。現在鬧蟲災，正是重辦戶籍的好時機，把她跟流民一起上奴籍，誰也不知道這是咱們撿來的人。這白撿的錢，你也嫌扎手？」

牙人一想也對，嘿嘿笑著誇了婆娘幾句。兩口子剛說完，還沒來得及給傻子洗澡，就來了個想買人的窮人。

牙人婆娘見吳氏還在猶豫，遂道：「看大妹子的日子實在不好過，我就做做好事，一貫五百錢賣給妳，不能再少了。」又拉著傻子轉過身，指著她髒得看不出顏色的裙子，悄聲說：「大妹子快看看，那不是才來沒多久的月事污漬？」

吳氏一看，裙子後面果真有幾團已經乾了的黑褐色血跡，應該是這幾天沾上的，便動了惻隱之心，輕嘆道：「天，這造的是什麼孽啊？」

牙人婆娘也嘆。「可憐見的，我本來還要幫她洗洗，妳就撞上來了。她只是髒些，妳瞧瞧她的眉眼，一看就是個俊俏閨女。自古少年愛嫦娥，哪個後生小子不喜歡年輕水靈的姑娘？把她領回去，妳兒子定會喜歡，洞房也能痛痛快快的。若找了那個女人……」指指那個臉上有胎記的醜女。「妳兒子願不願意跟她洞房，還難說呢。」

吳氏本就耳軟心慈，經牙人婆娘這麼一說，生出幾分猶豫。

牙人婆娘一看有希望了，又道：「其實她也不算頂傻，還是能自理，就是算不上聰明……大妹子想想，妳只有那些錢，日子又趕得急，還能到哪裡買個年輕又能生娃的聰明閨女？」又低聲說：「等她生了娃，若妳不喜，再把她賣掉就是。」

吳氏搖頭。「真給我生了孫子，我怎麼捨得賣了她？」

牙人婆娘打著哈哈笑道：「是，妹子一看就是菩薩心腸。把她領回家去，既能給妳添孫子，妳也算做件善事，還給去打仗的兒子積福，三全其美。」

牙人婆娘的最後幾句話說到吳氏心坎上了，遂掏錢把這個傻子買下來。牙人婆娘還要陪她去縣衙辦奴契，被她謝絕了。她孫子的娘怎麼能是奴籍？

但傻子不願意走，癡癡呆呆地吐出一個字：「怕。」說的還是官話。

牙人婆娘好聲好氣地哄她。「乖，不怕，她這就帶妳回家享福。」

吳氏嘆氣，拉著傻子。「走，跟嬸子回家去。享福不敢說，只要我們有口飯吃，就有妳一口。」

許是見吳氏態度溫和，傻子便乖乖跟著她走了。

吳氏領著傻子出來，向城門走去。

吳氏問她叫什麼名字？她似乎聽不懂，一言不發。

兩人路過麵攤時，麵香味傳了老遠，傻子站住，直愣愣地看著麵攤發呆。

吳氏心想，買這個媳婦省了五百文，又見她瘦得可憐，便嘆著氣領她坐下，花五文錢買素麵給她吃，自己則啃著從家裡帶來的玉米餅。

傻子雖然吃得快，姿勢卻優雅，吃完後，說了一聲：「水。」

吳氏以為她渴了，便去要碗麵湯，結果傻子只漱漱口，並沒有喝。

吳氏見了直搖頭。都這麼髒了，還窮講究。見她吃飽，便拉她起來，繼續趕路。

兩人走了一個多時辰才到花溪村，吳氏不好意思讓村民看到兒媳婦的邋遢樣，遂挑小路走。所幸下午的太陽正大，沒碰到熟人。

她領著傻子回到家。躲在牆角處的錢亦繡著實嚇了一跳，實在無法把這個瘦小傻子跟偉大的娘親聯想在一起，這也太不真實了。

錢滿霞道：「娘，您怎麼買了個傻子回來呀？大哥不會喜歡這個媳婦的。」

吳氏瞪她一眼。「小孩子家家的，什麼喜歡不喜歡，也不嫌害臊。」又問：「妳大哥呢？」

錢滿霞回答：「去山上砍柴。大哥說，趁他還在家時，多砍些。」

兒子一直這麼懂事。吳氏滿腹無奈和心酸，再看看這個傻子，真是委屈他了。

錢三貴聽見吳氏買人回來，拄著枴杖走到堂屋，一看買回這樣的姑娘，腿顫抖得更厲害了。

吳氏把他扶到椅子上坐下，嘆著氣說：「當家的，兩貫錢買不到壯實的人。唉，都怪我，應該再去別家看看的，卻被牙人婆娘的幾句話說動了心，瞧這姑娘可憐，又想給兒子積福，所以就……」其實，她出縣城便有些後悔了。丈夫病重、女兒弱小，卻又買回一個需要照顧的病人，今後的日子怎麼過呢？

錢三貴寬慰她。「錢少確實買不到稱心如意的，妳不要自責了。」

吳氏燒了水，又找出自己的舊衣裳，便把傻子領進廚房洗澡。錢滿霞想跟去看熱鬧，卻被吳氏拎出去。

錢亦繡實在太好奇了，不顧陽光的灼熱，飄入廚房。

吳氏哄著傻子脫衣裳，傻子不肯，她便從櫃子裡拿出一塊冰糖塞進傻子嘴裡，又嚇唬道：「妳不把身子洗乾淨就走吧，我們家也不要妳。出去了，會被壞人殺掉，或者被狼吃了。」

傻子被嚇著，由著吳氏把她的衣裳脫了，坐進大木盆裡，任憑吳氏搓揉。

結果，洗乾淨了一瞧，傻子雖然瘦得只剩一把骨頭，卻是極為貌美，瓜子臉、大眼睛，就是太瘦了，可即使這樣，也稱得上是難得一見的大美人。還有，年紀似乎小了些，看樣子只有十二、三歲。

若不出意外，這傻子將是她的小娘親。爹爹俊俏、娘親絕美，若不倒楣地發生隔代遺傳，不幸繼承錢老頭的黑臉或錢三貴的國字臉，可以預見十幾年後的她將會如何風華絕代。

錢亦繡樂得不行，繞著美美小娘親飄了幾圈。

等激動的心情平復下來，錢亦繡又有些擔心了。這副小細身板怎能生得出孩子？就算生下來，她的命還在不在也難說。

吳氏仔細幫傻子擦洗，見她脖子上戴著一條項鍊，洗乾淨後才看出本來樣子。橙色絲線上吊了一只橙色月牙形木頭墜子，或許因為是木頭的，才得以留在她身上。吳氏湊過去看，墜子的其中一面刻了月字。

傻子的頭髮亂得像雞窩，吳氏好不容易才給她梳直洗淨，髮裡還有一條長長的傷疤。錢亦繡猜測，或許是因為她傷了頭，所以才變傻的。

吳氏也這麼想，嘴裡不住說著：「可憐見的，這麼好的閨女，怎麼會淪落成這樣？」手下動作越發輕柔起來。

洗乾淨後，吳氏幫她把衣裳穿上。這種小事，傻子還是會，就是動作慢些。穿好後，便跟吳氏出了廚房。

第四章

吳氏牽著傻女進堂屋時，錢滿江已經回來了，看見這個美貌姑娘，竟一下子紅起臉，心中的狂喜抑都抑不住。

她的神情雖然有些呆滯，眼睛卻水汪汪，像山上的池水。尖尖的瓜子臉像三月裡的粉桃花，還有花瓣一樣的小嘴、小巧精緻的鼻子、垂在肩上的烏黑長髮、不盈一握的細腰……明眸皓齒、花容月貌、國色天香、楚楚動人……錢滿江想到了所有在書上看過的、形容美人的詞。

他已經做好娶一個又老又醜的女人當媳婦的準備，哪承想上天垂憐，娘竟給他買了這麼好看的媳婦回來，真是意外的驚喜！

吳氏看到兒子臉上的喜色，也高興起來，之前的沮喪隨之散去，說道：「你媳婦身上雖然有些傷痕，但其餘的皮肉卻是細膩白嫩，手上也沒有繭子，想來應該是好人家的女兒，不知怎的跟家人走散了，也是個可憐人。既然你娶了她，就好好對她，別嫌棄她有病。」

錢滿江顧不上害羞，連忙搖頭。「不嫌棄、不嫌棄。她這樣好看，若是沒病，我也娶不到。」說完，臉更紅了。

吳氏解下傻子頸上那條項鍊給他看。「這是她身上唯一一樣東西。」又憐惜地說：「這姑娘什麼都不記得了，不知道自己叫什麼名字、來自哪裡、多大年紀。」

錢滿江拿著墜子瞧了瞧。「有個『月』字，這應該是她的名字吧？」對傻子笑道：「那以後我就叫妳月兒，好嗎？」

或許這兩個字撥動了傻子心靈最深處的柔情，當她聽見錢滿江叫「月兒」時，一直不動的眼珠轉向他，竟生出些許光彩，還對他嫣然一笑，頓時滿屋生輝。

錢滿江的心悸動不已，也不管爹娘在跟前，走過去重新幫她戴上項鍊，看到她髮際處有一條長長的傷口，無比心疼地問道：「月兒，這裡疼嗎？」

或許錢滿江的善意和心痛，傻子感覺到了，也或許是「月兒」這兩個字過於親切，她又衝他笑，還拉著他的袖子喊了聲：「哥哥。」聲音如黃鶯般悅耳動聽，還是官話。

錢滿江看看拉著他袖子的小手，又高興、又害羞，激動得腦門和鼻尖上都出了汗，笑道：「妳喜歡這個名字就好。絲線和墜子都是橙色的，以後妳就姓程，大名叫程月，好嗎？」

程月似乎聽懂，竟點點頭。

錢滿江牽她到凳子邊坐下，又給她倒水。程月渴了，端著碗喝起來，喝完後，又看著錢滿江傻笑。

錢亦繡看程月的眼神雖然還是呆呆的，但心情明顯比之前好太多，走姿、坐姿、喝水都極優雅，一看便知受過極好的教養。這種優雅氣韻不是裝出來的，也不是前世那些所謂明星模特兒速成班能培訓出來的。嗯，美貌小娘親應該是個有故事的人。

錢滿江欣喜地對吳氏說：「娘，看樣子，月兒也不是很傻，好好教她，以後說不定還能幫娘幹點活。」

吳氏道：「娘不奢望她幫著幹活，只要能自理，娘就阿彌陀佛了。」見程月似乎想上茅房的樣子，對錢滿霞說：「帶妳嫂子去茅房。」

錢滿霞見程月長得好看，大哥又喜歡，遂也喜歡上了，上前拉著程月的手。「嫂子，跟我走。」

程月坐著沒動，轉頭看錢滿江。

錢滿江道：「好，我陪妳們去。」覺得不對，又紅著臉補充一句。「妹妹陪妳進去，我在外面等著。」

吳氏見兒子喜歡，自己也開心不已，但回頭看見丈夫沈著臉，心裡咯噔一響。見幾個孩子出去了，便道：「當家的，這孩子雖有些癡傻，但長得不錯，滿江也喜歡……」

錢三貴嘆氣。「這孩子何止長得不錯，而是長得太美了，又有這個病，我怕她招禍。姑娘長得太好，就是正常人都會有歹人打壞主意，更別說她的頭腦不清楚。等滿江走了，家裡只剩下幾個病弱的，怕護不住她。」

吳氏聽了，也覺得是這樣，忙問：「哎喲，那怎麼辦？要不，把她退回去？這孩子太可憐，人牙子能便宜賣給我，是因為沒看到她本來面目，覺得她又傻又瘦，值不了幾個錢。如果見她長得這樣好，不知會把她賣到什麼地方去？」

錢三貴擺手。「不能退回去，若退回去，這孩子可要遭罪了，滿江也會捨不得。算了，她被妳領回來，也是跟咱們家有緣，就留下吧。記著以後儘量不讓她出門，萬一出門，也得有人跟著。」

下午，經過大家的安撫，程月已經不像剛來時那麼害怕和緊張，似乎也不算傻得太厲害，吃飯、穿衣、脫衣、上茅房等事，還是會做，也能說話，就是記不起原來的事情，感覺像幾歲的孩子。

錢三貴猜測道：「月兒應該不是天生的傻子，大概是遇到什麼事故，才變傻了。」

錢滿江聞言，不由自主說出心裡話。「變傻了才好……」不傻，他怎麼娶得到？

吳氏瞋他一眼。「你只高興能娶到她，怎麼沒想想她之前有多可憐？」

錢滿江紅了臉，羞慚地說：「是兒子想岔了。」又疼惜地看程月一眼。

當天晚上，錢滿江便興匆匆地去汪里正家幫程月辦戶籍，除了給她一個名字，還編造她的年紀，說是十五歲。

汪里正有些納悶，這娃子買了個什麼樣的婆娘，竟能這樣高興，連送死都不怕了？疑惑歸疑惑，還是答應下來，說明天就去辦。

大乾朝的戶籍管理嚴格，但這次流民多，誰逃荒還顧得上帶那東西，所以現在辦戶籍是最佳時機。

從此，這個不知從何處來的、閨名叫程月的十五歲傻子，就在花溪村落了戶。

錢滿江從里正家回來，錢老頭兩口子已經到了他家。

錢老太正在罵吳氏。「妳這個敗家婆娘，一吊五百文就買了個這麼個貨色？傻不傻先不說，看看這小身子骨，瘦得脫了形，連屁股都沒有，怎麼懷得上娃？哎喲，那麼多錢，可惜了……」

程月嚇得躲到牆角，渾身直哆嗦。

錢滿霞趕緊說：「奶奶，我嫂子有屁股的，下午我還領她去茅房。」

「去去去，小丫頭片子懂什麼？去旁邊待著。」錢老太罵道。

錢老頭也覺得吳氏這次虧大了，心疼得老臉皺成包子，指著程月吼道：「這就是一尊菩薩，什麼都幹不了，還得把她供著。滿江一走，你們家本來就更忙，現在又添了這麼尊菩薩要伺候著，怎麼辦啊？」

錢滿江進門，笑道：「爺爺說月兒像菩薩，倒是說對了。」過去拉著錢老太的手。「奶奶莫急。您看，月兒雖然瘦，但她的耳垂卻又大又厚，可不就是像菩薩？算命先生說，生有這樣耳垂的人福澤深厚，既然她是有福之人，肯定不會當寡婦，那孫兒便能平安回來。孫兒不僅要平安歸來，還會想辦法掙個一官半職，到時，帶著爺爺奶奶坐大馬車去京城逛逛。」

錢老太這輩子只去過縣城幾次，聽孫子這麼說，高興得咧大了嘴，笑道：「哎喲喲，就說我這個乖孫最有孝心，還想著帶老太婆去京城。好，奶奶等著我孫子當官回來，領老太婆去京城逛逛。」

錢老頭聞言，看看程月的耳垂，的確比一般人大些、厚些，滿意地點點頭。「滿江腦子活絡，又識字，在軍裡好好幹，說不定真能當個將軍。這個傻子若是福澤深厚的，娶就娶吧。」

錢滿江見狀，對妹妹使個眼色，錢滿霞便把程月帶去右廂房。這間房已經打理出來，程月成親前會暫時住在這裡。

錢滿江又對老倆口說：「月兒不傻，只是反應稍微慢些，慢慢教她，她會學著做不少事。以後孫兒不在家，讓她替孫兒孝順爺爺奶奶……」

見老倆口笑咪咪地不再糾結吳氏買個小傻子的事，開始囑咐錢滿江此去要如何保重身體之類的話。錢亦繡很佩服他的應變能力和好口才，隨便幾句話，便能讓老倆口改變態度，接受程月。衝著這個機靈勁，或許他真能混得一官半職也未可知。

為了快點傳宗接代，第三天，錢家三房就辦了喜事。

吳氏用買人剩下的五百文錢裁了八尺紅布，和四弟妹楊氏、滿川媳婦許氏連夜給兩個新人各做一身喜服；又借了兩百文，辦幾桌席面。

在這種情況下娶親，不可能有多少喜悅，也不講究規矩。成親前，程月一個人住在右廂房，成親當天，讓一對新人拜天地、拜父母，再夫妻對拜，就算結成夫妻了。

錢家只請了幾戶近親和相好人家來喝喜酒，吳氏又說新娘子膽小，別嚇著她。都是熟識的親戚朋友，聽了這句招呼，遂靜悄悄地去了新房。

看到新娘子時，所有人都驚呆了，出新房便議論開來，但說法卻各有不同。

年紀大的人和婦人們都說這新娘子是一張畫兒，除了能看，什麼活都幹不了，還傻了，有個屁用？而且年紀又小，身板也不像是好生養的，留後什麼的——懸！

後生小子卻是羨慕不已，如果他們能娶這樣一個美嬌娘，就算死也值得。沒聽說那句名言——牡丹花下死，做鬼也風流嘛！沒想到錢滿江都要去送死，還有這樣的豔福。若程氏當了寡婦，真是可惜。

角落裡的錢亦繡跟錢滿霞幾個孩子一樣興奮。白天的大戲夠熱鬧，晚上的感情戲更是讓她期待，不知道俊俏小爹爹會怎麼誘拐美貌小娘親做造人大事？小娘親年紀小，想想還真是同情她。

到了晚上，把客人都送走，那些想聽房的青年後生被錢老太一一拎著耳朵揪出去。時間緊迫，錢家長輩們萬眾一心地期待錢滿江趕緊完成播種大計。

吳氏趁錢滿江去洗漱時，特地去了左廂房，拉著程月的手叮囑道：「等會兒妳要聽江哥哥的話，他讓妳做什麼就做什麼。聽話了，江哥哥才會喜歡妳。」又把臉沈下來嚇唬她。「如果妳不聽話，娘就把妳趕出去，讓妳沒地方睡覺，也沒飯吃。」

聽見吳氏的話，程月果然嚇著了，漂亮大眼睛裡蓄滿淚水，保證道：「聽——話，月兒——聽話。」

吳氏點頭。「乖，這才是好孩子。聽話了，妳就能當娘親，生娃娃。」

錢滿江正好走進來，程月轉身，直愣愣地看著他說：「聽江哥哥的話，當——娘親，生——娃娃。」

錢滿江聞言，臉騰地紅到耳後，嘿嘿傻笑起來。

吳氏笑道：「月兒說得真好，就該這樣。」又低聲囑咐錢滿江：「月兒跟其他閨女不同，得慢慢哄，別把她嚇著，不然怕適得其反。」見兒子應下，才走出房門。

錢滿江側過身看程月。他的小娘子本來就美，水汪汪的大眼睛、紅嘟嘟的小嘴、尖尖的小下巴，燈下的她更加增添了幾分嫵媚。

他身體一陣躁熱，抓住程月的手。「月兒，妳答應了要聽江哥哥的話，對吧？」

程月點點頭。「嗯，聽話。當——娘親，生——娃娃。」

錢滿江笑彎了眼。「月兒真乖，咱們睡了吧。」說完，立刻把衣裳脫得只剩一條褻褲。他一直在幹體力活和練武，看著不算壯實的身材竟隱約能見幾塊腹肌。

他瞧程月笨拙地解著帶子，連上衣都還沒脫下來，便急吼吼地幫她脫。

飄在桌前等看戲的錢亦繡覺得不對。雖然這大戲不要錢也沒人管，男女主角又漂亮得人神共憤，但這麼看兩人製造她好像不太好，有違人倫，卻又捨不得離開，很想看小爹爹怎樣誘拐她的傻娘親？

糾結半天，她終於想通了。她現在還不是他們的女兒嘛，那聽聽牆角又有什麼關係呢？於是很沒品地擠進旁邊一個刷紅漆的櫃子後面。這個櫃子是從錢家大院帶來的，是這個家最好的家什。原來放在吳氏的臥房，昨天讓錢滿川等人抬到了左廂房。

一陣窸窸窣窣的聲音傳來，她聽見程月說：「脫光光，羞，不好。」

錢滿江哄道：「月兒說了要聽話的。乖，聽江哥哥的話，只有脫光光了，才能當娘親，生娃娃啊。」

「為什麼呀？」

「呃……娃娃剛來到人世間時，不都是光光的嗎？可見小娃娃喜歡光光了。所以，咱們只有光光了，才能把娃娃吸引來。」

錢亦繡暗忖，這個小爹爹還真會瞎掰，也夠機靈。

床嘎吱響幾聲，兩人似乎躺上了床，又聽程月問：「江哥哥，你幹什麼？」

錢滿江說：「月兒，我聽見有蟲子鑽進被子裡，我幫妳捉蟲蟲好嗎？」

「嗯，好。月兒怕蟲蟲。」程月傻傻地答道。

接著，床又嘎吱嘎吱響了幾聲，錢滿江喘著粗氣說：「咱們來玩打架的遊戲好不好？月兒假裝打敗，我打勝了，把妳壓在下面。」

「打架不好，月兒不喜歡。」程月搖頭。

錢滿江道：「可咱們孩子喜歡啊，看到這麼好玩，他就會跑過來，鑽進月兒的肚子裡。」

「孩子在哪兒？」

「在——桌子下面，或是——櫃子後面。」

「月兒怎麼沒看見？」

「他在跟月兒捉迷藏。」

「哎喲，痛。」

「好月兒，忍忍，孩子正往妳肚子裡鑽，哥哥幫他……」

嘖嘖嘖，小爹爹還真是……錢亦繡實在聽不下去了。才十五歲的少年，怎麼這樣啊！古代人早熟，古代男人更早熟。

程月的叫聲又傳來。「痛，不要。」

「月兒不想要孩子？孩子可好了，軟軟的、香香的……」錢滿江誘惑她。

縱使錢亦繡的老皮再厚，也不好意思繼續聽下去，趕緊向窗外飄走。

鬼魂的聽覺靈敏，即使在院子裡也聽得到程月喊痛及錢滿江哄她的聲音，遂飄出院子。想了想，決定上山轉轉。

雖然馬面沒有明說，但話裡含的訊息極多。趁現在不怕累、速度快，又不擔心被野獸吃了，上山看看有沒有什麼好東西？到時有的放矢，直接去挖。這個家窮得叮噹響，小爹爹又不知回不回得來，即使能回來，也不知道是幾年後。想過好日子，只能靠她的小手去創造。

她正想得入神，突然聽到院子裡傳來一聲慘烈的尖叫，接著是錢滿霞被嚇哭的聲音。想來，小爹爹已經衝破那道防線，把種子播進去了。

第五章

今夜星光燦爛，星空下的萬物神秘而寧靜。錢亦繡在上空飄了一圈，結合幾天來那些人的對話，對錢家和這個地方的方位有了大致了解。

這座村名叫花溪村，屬於溪水鎮，溪水鎮在溪山縣轄內，屬於冀安省地界。

錢家位在花溪村最西邊，已經出了村口，離村子有一百多尺，廣闊的荒地上，只有這個孤零零的院子。這裡是花溪村最偏遠的地方，也是附近土地最貧瘠之處，院子裡除了棗樹長得還可以，連後院種的菜都長不好，稀稀拉拉的。

花溪村後方是連綿的群山，錢家正處於溪景山和溪石山的交界處。從她家後面往西走，就是溪石山，山如其名，只有石頭和溪流，山裡巨石林立，山勢陡峭，隔老遠才會有棵大樹從石隙裡鑽出來，連抔黃土都看不到。把前世著名詩句改一改來形容最貼切，就是「石山鳥飛絕，萬徑人蹤滅」。典型的鳥不拉屎地方，野獸也不會去，去了只會餓死。

溪石山綿延近十幾里，山腳下到洪河間一片荒蕪，亂石堆砌，溪流縱橫，不說沒有人家住，連過路行人都沒有。據說有些不法之徒殺了人，就會趁著月黑風高時，把屍首丟在這裡，因此這一帶還有個俗名，叫亂石崗。

溪石山東邊和溪景山接壤，但兩座山差別極大。東邊林木茂密，山花爛漫，越往東，綠意越濃，色彩越豔麗；西邊卻是滿目荒蕪，越往西越荒涼，幾乎寸草不生，人跡罕至。

錢家院子朝北開，幾百尺外是由西向東、從村頭流過的洪河。前面及右邊跟村口相連的荒原上，草木遠沒有東邊繁茂，只有十幾棵要死不活的樹。但野草倒是長了許多，開滿野花，有些花朵大如碗口，有些小若豌豆，風吹草動，花兒搖曳，真是美不勝收。

左邊是一片更大的荒地，這塊地像癩子的頭，一塊地方長了草和花，一塊地方寸草不生，只有幾條小溪流過。不過，有棵三個成人才能合抱的古榕樹卻是枝繁葉茂，像個孤獨的衛士守衛在這片荒原上。再往左看，便是一望無際的亂石崗。

最令她意外的是，竟然還看見一些滿天星夾雜在荒草裡。她依稀記得前世在某本書裡看過，滿天星是二次大戰後才從國外移植來的，沒想到這個架空的大乾朝已經有了。

錢亦繡的魂魄在山裡轉了轉，趕在雞叫前回錢家。雖然只瞧了群山一隅，沒看到什麼能發大財的寶貝，但她並不沮喪。投胎前還有大把時間任她遊蕩，以後每夜出去尋寶就是了。

雖然吳氏娶了兒媳婦，但沒有那麼好命地等著兒媳婦來伺候，依然第一個起床做早飯。她性子溫婉，又容易滿足，想著兒媳婦的頭腦雖不算清醒，卻也不是很傻，而且顏色好，兒子喜歡，比鄰家娶的傻兒媳婦強得多。那個傻子隨時都在流口水，又髒又醜，聽說還經常打人。至於不太會幹活，慢慢調教就是，若以後再給家裡添個孫子，就更好了。

第二個早起的是錢滿江。他知道今天早上應該由新媳婦做飯，但他的這個新媳婦特別，肯定做不了飯，至少得讓她起來燒個火。

可是，無論他怎麼叫，程月只嚷著這裡痛、那裡痛，就是不睜眼。他也後悔自己昨晚沒有節制，又見小娘子的小臉蒼白，又瘦又尖，很是心疼，便不忍心再叫她了。

錢滿江去了廚房，一邊燒火、一邊喃喃地跟吳氏解釋：「娘，對不起，昨晚月兒太辛苦，起……起不來。」說完，臊得腦袋垂到灶口底下。

吳氏笑道：「娘明白，只要你們能給娘添個孫子就好。」說完，揭開鍋蓋，拿出兩顆煮熟的雞蛋給他。「快些吃了。」

錢滿江把雞蛋放在灶上。「留著給爹吃。我吃昨兒剩下的菜就行。」

吳氏道：「只餘些菜湯而已，哪還有什麼好的？」把雞蛋拿起來塞給他，固執地說：「給你吃就吃，好好補補，給咱們家留個後。」

錢滿江聽吳氏說留後，臉又紅起來，想到走之前恐怕夜夜都得勤奮耕耘，的確耗體力，便沒矯情，吃了一顆雞蛋，把剩下那顆揣進懷裡。「這留給月兒吃。」怕這麼做會惹吳氏不高興，趕緊道：「月兒太瘦了，身子不長壯實，不好懷孕。」

吳氏笑道：「娘不是那些不高興兒子疼媳婦的惡婆婆。兒媳婦也是爹娘疼大的閨女，進了咱們家的門，就該把人家當親閨女一樣對待。」又問：「昨兒娘讓你墊在兒媳身下的白布，你墊了嗎？」

錢滿江紅著臉點點頭，吳氏滿意地笑起來。今天兒媳婦要敬茶，便讓他去叫程月起床了。

錢滿江回左廂房叫程月，程月還不想起身，便剝雞蛋餵她。程月吃了香噴噴的雞蛋，總算清醒過來，在錢滿江的幫助下，把衣服穿上。

跟來的吳氏聽見程月起身，進屋拿走墊在床上的白布，見上面有幾塊血漬，滿意地點點頭，笑意更深，又幫程月梳個最簡單的婦人頭，一邊梳、一邊溫言細語地教她。「以後兒媳要學會自己梳頭。娘忙，要做許多事。」

桌上有面巴掌大的小銅鏡，是家裡唯一的鏡子，程月照了照鏡子，說：「梳了頭，好看。謝謝娘。」話落，美麗的大眼睛看向吳氏，眼裡的澄澈和清明如嬰兒般惹人憐愛。

吳氏摸摸她的頭，嘆口氣，自言自語：「不知妳進了這個家是有福，還是無福？」又幫程月整理好衣服，便帶她出去了。

進了堂屋，被扶出房的錢三貴和吳氏坐上座，錢滿江領著程月磕頭敬茶。

錢三貴給程月一個裝著十文錢的紅包，捋了捋稀疏的鬍子，說道：「要時刻謹記，服從丈夫、孝順公婆，多為我們錢家開枝散葉。」樣子十分嚴肅認真，好像面對的兒媳婦是個正常人。

錢三貴的面容嚴肅，加上人又瘦得脫形，程月有些害怕，遂垂著眉眼，雙手顫抖地接過紅包，不敢說話。

錢滿江低聲提醒她。「快說謝謝爹。」這些話，出屋前已經教過她了。

程月鸚鵡學舌道：「快說謝謝爹。」

一旁的錢滿霞笑出了聲，錢三貴還渾然不覺地說：「好，好孩子。」

程月聽錢三貴誇獎她，高興得小臉通紅，欣喜地對錢滿江說：「江哥哥，爹喜歡我哪。」

錢三貴聽了，嚴肅認真的瘦臉糾結一下，錢滿霞又咯咯笑起來。

吳氏起身，把一根小銀簪子插在程月頭上，坐下後，柔聲說：「好好服侍丈夫，早些給咱們家開枝散葉。」

程月摸摸頭上的簪子，主動說了句：「謝謝娘。」

錢滿江知道這是吳氏剩下的唯一一件嫁妝，其他全賣掉或當了，趕緊說：「娘，這根簪子，您還是自己留著用，月兒當不起的，也容易弄丟。」

吳氏笑道：「月兒是你的媳婦，娘當然要把最好的東西送給她。」

程月生怕把漂亮簪子還給吳氏，急忙開口。「月兒沒有那麼傻，不會把簪子弄丟的。」

屋裡的人聞言都笑起來，連錢亦繡都笑了。傻進不傻出，是放之四海皆準的真理。

給長輩敬完茶，錢滿霞上前向程月行了福禮。「嫂子好，祝哥哥與嫂子百年好合。」這話是之前吳氏教她說的。

程月叫了聲：「小姑，」又拿一個裝著五文錢的紅包給錢滿霞。「給小姑買花戴。」這紅包是錢滿江早上準備好的，話也是他教的。

錢滿霞笑咪咪地接過紅包，道了謝。

躲在牆角的錢亦繡看見這一幕，直道小娘親前輩子做了好事，這輩子雖虎落平陽，卻落在這麼好的人家。錢家人良善，沒有歧視或欺負她，反倒拿她當親人待。若落在別人家，日子可就慘了。穿到這樣的人家，日子是清貧些，但家和萬事興，好好經營，總會好起來。

接著，吳氏和錢滿江進廚房把飯菜端上桌，程月便幫忙擺碗筷。這兩天，每次飯前，錢滿霞都在教她做這件事。

早飯是用剩菜湯煮的糙米粥，還有剩下的雜麵饅頭。粥裡有油星，玉米饅頭裡混著細麵，真是一頓不錯的早飯。

錢滿霞邊吃邊問程月：「嫂子，昨天大半夜的，妳遇見鬼了嗎？叫得嚇死人了。」

錢滿江聞言，紅了臉，虎著臉嗔道：「胡說什麼！這麼多好吃的，怎麼還塞不住妳的嘴？」

錢滿霞從沒被哥哥這麼對待過，癟著嘴就要哭。

吳氏見狀，趕緊勸錢滿霞。「霞兒乖，快些吃。昨兒夜裡沒有誰叫過，是妳作了惡夢大哭不止，還是娘把妳抱去大床睡才沒事了。」

錢滿江也懊悔不該這樣對妹妹，把碗裡唯一一塊手指甲大的肥肉挾給她。

程月反應慢得多，還在想錢滿霞的問題，直愣愣地瞪著大眼睛，無辜地說：「痛，好痛的，我才……」

聽見程月的話，錢滿江臊得不行，立刻打斷她。「月兒！」由於著急，聲音有些粗。

程月第一次被錢滿江如此粗魯地對待，又害怕、又委屈，癟起小嘴，淚水含在眼裡，要掉不掉，看起來更加楚楚可憐。那小模樣，連錢亦繡看了都不忍心，錢滿江當然更心疼，趕緊柔聲哄著她。

錢三貴見狀，紅了臉，不好意思再看下去，咳嗽兩聲，拿起靠在椅子扶手上的枴杖，讓吳氏扶他回臥房。

吃完早飯，碗是吳氏洗的。錢滿江要教程月洗，吳氏卻搖頭。「算了，萬一失手打爛，那多可惜。」

錢滿江聽了，便教程月掃地、擺凳子。收拾好堂屋，又去把院子掃乾淨。雖然程月反應慢，但聽話，也算勤快，只是走起路來有些彆扭。

錢滿霞又問：「嫂子，妳怎麼這麼走路呢？」

程月眨了眨大眼睛，噘嘴道：「屁股痛……」

「屁股痛？娘打我也是打屁股的。原來是哥哥打妳，怪不得昨晚妳叫得那樣慘。」錢滿霞極喜歡這個漂亮的小嫂子，遂大聲數落錢滿江。「哥哥，你怎麼能打嫂子呢？嫂子好可憐，這麼瘦，又跟家人走失，你不知道好好對她，還要打她。不行，從今天起，嫂子跟我睡。」

程月聞言，忙解釋。「江哥哥沒打我，是蟲蟲鑽被子，他還幫我捉蟲蟲。」

這下錢滿江又臊又氣，忙打岔道：「妹妹，妳聽，娘叫妳了，快去幫娘收拾廚房。」

錢滿霞一聽，真是吳氏在喊，便匆匆跑去廚房了。

第六章

待大家把屋子收拾好後，錢三貴從房間走出來，手裡拿了幾個紅包和一個布包。他把紅包與布包放在桌上，讓家人圍著桌子坐下，又給吳氏遞個眼色，讓她開口。

吳氏便道：「這些禮都是滿江成親時大家送的。你們大伯、姑姑和四叔都說上次借的一貫錢和五百文，就算送滿江成親的禮錢，這可是大禮，你們要記著這份情。不過，大伯提醒，不要讓大伯母知道這件事，霞兒的嘴要緊些。這次小姑又送了五尺布，四叔送二十文，大伯和二伯兩家各送五十文錢；其他人家有送二十文錢的，也有送東西的。」

接著，她拿起一個紅包，倒出幾塊銀角子，對錢滿江道：「你們爺爺奶奶特地去鎮上把一貫七百錢換成銀子，方便讓你帶去軍裡用，別太虧著自己。還說，這是他們所有的養老錢，別說出去，讓其他人知道，又要說他們偏心。」說完，用袖子擦起眼淚。

錢三貴的眼圈也紅了。「滿江，爹覺得，咱們別要爺爺奶奶的養老錢，還回去。爹的病花光了他們的積蓄，連棺材本都沒留下，不能再用他們的錢。剩下這兩百多文，統統給你帶去軍裡用。」

吳氏也說：「你爹說得對，這些錢是你爺爺奶奶這幾年攢下的，咱們家本來就沒給孝敬，不能再收這些錢。要是你們大伯母知道了，又有得鬧。」

錢滿江紅著眼睛道：「爹、娘，兒子不想把爺爺奶奶的錢還回去。」見錢三貴沈下臉，趕緊說：「爹別急，聽我慢慢說。兒子此去，不僅想完好無損地回來，還想混個一官半職，那時，孝敬爺爺奶奶的，豈止一兩多銀子。當然，這只是兒子的想法，萬一死在外面，也是兒子的命。」

見錢三貴認真聽他說話，錢滿江一喜，把心裡的想法全說出來。「兒子是這麼想的。咱們溪山縣的溪峰茶聞名四海，頂級毛峰連皇上和娘娘都愛喝，兒子想拿一兩銀子買一兩一級毛峰茶，剩下幾錢銀子再買些三級溪峰茶。姑丈的親戚不是在茶樓當夥計嗎？咱們求他賣便宜些。這些茶不是兒子要喝，而是拿去軍裡孝敬長官，加上兒子識字，再好好謀劃謀劃，說不定真能掙份軍功、當個官什麼的。」

錢三貴聽了，讚許地點點頭，臉上出現一絲久違的笑容。他的兒子終於長大了，這份見識，不是莊稼漢能有的。

「好，爹聽你的。先不說當官，只要你完好無損地回來，再孝敬你爺爺奶奶也不遲。」

躲在牆角的錢亦繡見狀，眼裡直冒小星星。這個小爹爹腦筋靈活得很，還會送禮巴結上司，的確精明。

吳氏也欣喜不已，臉上的笑更柔和了，又把幾個紅包遞給錢滿江。「再把剩下的這兩百多文錢拿去買茶葉。」

錢滿江搖搖頭。「剩下的錢留著給爹買藥，以後家裡會更艱難。」

說到以後的日子，幾人的表情又愁苦起來。

程月從懷裡掏出錢三貴給的紅包。「錢，給哥哥買茶，給公爹買藥。」

吳氏十分感動。這個兒媳婦雖然有些傻，卻是貼心，笑著拒絕。「好孩子，娘知道妳有孝心。這錢是妳公爹給的，留著以後買花戴吧。」

「不，買茶葉、買藥。」程月非常堅持。

錢滿江十分開心，他的小娘子真好，遂對吳氏笑道：「既然月兒有這個孝心，就留著給爹買藥吧。」

吳氏嘆著氣收下。「那娘先幫妳保管著，以後月兒看到喜歡的東西，娘再給妳。」

錢滿霞見狀，也把嫂子給的五文錢紅包捐出來。

商議定後，錢三貴進屋休息，其他人便各自去忙了。

之後幾天，錢滿江夜夜玩「打架」的遊戲，每天早晨吳氏都煮個雞蛋給他進補。

小爹爹為了留後也夠拚的。儘管錢亦繡前世沒結過婚但也知道，天天這麼幹其實更不利於懷孕，身體受不住，何況他只是個剛滿十五歲的少年。

不過，錢滿江的身體似乎很好，夜裡勤播種，白天還能生龍活虎地去山上砍柴，又把家裡的農具都修了，還把屋頂的茅草換掉。

可程月就有些慘了。雖然錢滿江和吳氏心疼她，讓她睡到自然醒，但依然憔悴不堪，哈欠不斷。本來眼睛就大，頂著黑眼圈顯得更大，盛著滿滿的疲憊和茫然，讓人看了心疼不已。

錢三貴悄聲吩咐吳氏。「讓滿江節制些。兒媳婦的身子骨本來就弱，再折騰壞了，還生什麼孫子？我不吃雞蛋了，給兒媳婦吃吧。」

吳氏笑道：「你的身子不好，雞蛋不能停。你以為兒子真把給他的雞蛋吃了？他都是偷偷拿回屋，給他媳婦。」

錢三貴道：「那我更不能吃了，給兒子吃吧。他要去打仗，得把身體養好。」

吳氏聽了，咬咬牙，決定每天早晨煮三顆雞蛋，也悄悄把錢三貴的意思告訴錢滿江。錢滿江遂有了節制，隔一天打一次架。

十幾天一晃而過，錢滿江要走的前一天晚上，錢老頭夫婦及錢家人都來三房送行了。

錢老太給孫子縫了棉坎肩，錢大貴的媳婦汪氏和兒媳婦許氏做了一雙棉鞋和一雙布鞋，錢四貴的媳婦楊氏也做了兩雙。

吳氏謝道：「弟妹和滿川媳婦懷著身子，還做這麼多活計，你們這份情，我們記下了。」

另一邊，錢香白天就回了花溪村，知道錢滿江需要茶葉，送了他半斤二級峰茶，讓吳氏和錢滿江母子倆感激不盡。

唯有錢二貴媳婦唐氏什麼也沒做，偏話還說得好聽。「我本想著給滿江做雙鞋，布板都糊好了，結果犯起頭疼，哎喲，痛得要命……」

汪氏和楊氏見狀，撇了撇嘴。

錢老太冷哼。「哼，什麼犯了頭疼，我看是懶病犯了！妳這懶婆娘，慣會偷懶耍滑。」

唐氏也不生氣，樂呵呵地說：「婆婆怎麼這麼說媳婦哪？我是真的頭痛。您老不信就問滿河，他還給我熬了草藥湯喝。」

錢老太睨她一眼，沒再言語，一旁的小少年錢滿河臉卻脹得通紅。

之前錢亦繡從吳氏和錢滿江的談話中聽出來，錢家四房媳婦，汪氏雖然好強也有些小心思，但大是大非上還算明白，而且在外人面前極給錢大貴面子；唐氏自私又厲害，把錢二貴管得死死；楊氏精明又會做人，跟吳氏最說得來。

看到今天這一幕，錢亦繡覺得唐氏就是個惡婦，連最起碼的面子都不做。除了唐氏，錢亦繡對錢家其他人還算滿意，雖說有小心思，還有些自私，但都不算大毛病。

程月怕生人，早躲去自己屋裡，等眾人走後，才來到堂屋。

錢滿江見她哭得眼睛發腫，小鼻頭通紅，驚道：「月兒怎麼了？是哪兒不舒服嗎？」

程月眼淚花花地拉著錢滿江的袖子。「江哥哥要走了嗎？月兒不要江哥哥走。」

她知道明天錢滿江就要走，一個人在屋裡哭了好久，又不敢哭出聲。她雖然有些傻，但也識好歹，知道錢滿江對她好，是她最親近的人，所以捨不得他走。

錢滿霞早就想哭了，剛才一直忍著，現在見嫂子哭，也抱著哥哥大哭。悲痛欲絕的吳氏也忍不住，摟著兒子哭起來。

錢滿江被三個女人圍著哭，心酸不已，忍著不讓眼淚流下來，笑著勸她們。「不哭，不難過。幾年後，我就回來了。我努力立功當官，給娘和月兒請鳳冠霞帔，給爹買藥治病，給妹妹攢嫁妝，還會領你們去京城玩，看皇宮的大門，吃那裡的烤鴨……」

躲在牆角的錢亦繡看到這一幕，也非常難過，使勁盯著錢滿江看。若他不幸回不來，就把他的音容笑貌永遠烙在心裡。

幾個人哭了一陣，還是吳氏最先收住淚，又把錢滿霞抱進臥房。

錢滿江用袖子幫程月擦眼淚，含淚笑道：「月兒乖，莫哭。幾年後，江哥哥就回來了。」

「幾年後是多久？」程月的眼裡又湧上一層水霧，抽抽噎噎地問。

「幾年後就是……」錢滿江頓了頓，想著如何解釋好些？遂把程月摟進懷裡，反問道：「月兒看到咱們家門口有許多花兒嗎？」見程月點頭，又說：「等那些花兒謝了又開，開了又謝，然後再謝再開……反覆幾次，幾年就過去了，哥哥便回來了。哥哥不在家的日子，月兒要孝順爹和娘，愛護妹妹，多幫娘分擔家務……」

錢滿江知道，程月不會全聽懂這些話，但依然把她當正常人一樣，鄭重囑咐著。

程月懵懵懂懂，果然反應不過來，呆呆趴在錢滿江胸前。

錢滿江又柔聲問：「月兒聽見哥哥的話了嗎？」

程月雖然聽不太懂，還是抬起頭看著錢滿江。「月兒乖，月兒聽話。」又淒淒楚楚地癟嘴說道：「江哥哥，你不在月兒身邊睡覺，月兒怕。怕黑、怕野獸、怕壞人，還怕鬼。」

錢亦繡正飄在他們身旁，聽見這話，嚇得趕緊飄開兩尺遠。

錢滿江嘆口氣，把程月抱得更緊，柔聲哄道：「江哥哥也捨不得丟下月兒，也想時刻護著月兒，但怎麼辦呢？江哥哥必須要走。

「月兒，天黑不可怕，閉上眼睛睡著，一覺就到天亮。隔壁住了爹和娘，妳喊一聲，娘就會過來看妳；還有，咱們家的院牆那麼高，大門也門上了，壞人和野獸都進不來。至於鬼麼……」怕這個感覺讓錢滿江很為難，想了下，低頭舉手抬起程月的臉，讓她的眼睛跟他平視，問道：「月兒，江哥哥是不是高大威猛、武藝不凡？」

程月篤定地回答：「嗯，江哥哥最威猛。」

錢滿江道：「這就是了。鬼打不過江哥哥，他也怕我。這個地界是江哥哥的，到處都有我的氣息，鬼根本不敢來。」

「真的嗎？」程月睜著水潤的眼睛問。

「當然是真的。」錢滿江重重地點頭。

燈下的小媳婦純潔美麗，懵懂的大眼睛閃啊閃，錢滿江簡直愛不夠，揉揉她的頭髮，又親了下她的臉頰，便急急拉她出去洗漱了。

夜裡，程月沒有再問「江哥哥為什麼要這樣」的傻話，很是乖巧地隨錢滿江擺弄幾回，讓錢滿江欣喜不已。

錢亦繡不好意思繼續聽壁腳。小爹爹也真是的，年紀不大，對這些事卻挺精通。想著前世有句話說：「是男人就沒有不色的」，還真是精闢。而且忒會吹牛，牛皮都被他吹到天上去了。

今天夜裡，她實在提不起興趣去山裡轉悠，只得飄到後院，蹲在菜地裡，看著月亮從中天落入西面的山下……

第二天，雞還沒叫，吳氏便起來了。

她正在做飯，見錢滿江黑著眼圈走進廚房，忙道：「這麼早起來做什麼？快回去再睡睡。娘一個人忙得過來。」

錢滿江笑著坐在灶口邊，捲了一把乾草塞進去。「兒子走後，娘要保重身體。爹爹病重，妹妹還小，月兒又是那樣，這個家以後就靠娘了。兒子不孝，沒本事娶個健康媳婦回來幫爹娘分憂，月兒反而還要靠娘照顧……」

吳氏知道兒子不放心自己的小媳婦，說道：「這也不怪你。是娘把月兒領來的，娘知道你把這個媳婦放在心上，小倆口恩愛，娘也替你們高興。你放心，我和你爹都喜歡月兒，會把她當親閨女一樣看待。我們怎麼對霞兒，就怎麼對月兒。」

錢滿江羞赧地笑笑。「謝謝娘。其實，月兒還是挺聰明的，就是把前事忘了。以後娘多教教她，她還是能幫忙幹活。」

吳氏點頭。「月兒是個好孩子，心善，也勤快……若能懷上咱們錢家的種，就更好了。」

錢滿江臉一紅，心道，他們已經非常盡力了，不知道懷上沒有？

飯後，揹上行囊的錢滿江在吳氏的陪伴下去村裡。里正會帶著壯丁去縣裡會合，再上省城。

錢三貴撐著身子送到堂屋門口，程月和錢滿霞哭著送到院門前，錢滿江就不讓她們繼續送了。

出了門，錢滿江站住，回過身對錢三貴和吳氏跪下，磕了三個頭，流著眼淚道：「兒子不孝，不能在爹娘身邊侍奉。」看看哭成淚人兒的程月一眼，又磕下三個頭，似有滿腹話語無法說出口。

吳氏知道兒子的心事，哭著答應。「滿江放心，爹娘待月兒會像待親閨女一樣好的。」

錢滿江聽了，這才起身，扶著吳氏向村裡走去。

看著他們漸行漸遠，不時回頭向家人招手，最後消失在朝霞中，程月和錢滿霞抱頭痛哭，錢三貴倚在門口默默流淚。

藏在牆角處的錢亦繡也默默悲傷著，祈求俊俏精明的小爹爹能平安歸來。

錢滿江走了，似乎也把這個家的笑聲帶走了，家裡的氣氛異常低落。

錢三貴的病又重了些，躺在床上起不來；程月會做些簡單的家務，無事就隔著門縫看野花；吳氏化悲痛為力量，打起精神，照顧一家大小。

不過，這還不是最糟心的，最糟心的是流言。

附近幾個村裡都傳遍了，錢家三房娶了個貌若天仙的傻兒媳婦。雖然絕大多數人沒見過她，不知道跟天仙一樣美的人會美成什麼樣？但正因為如此，反而讓人浮想聯翩，更想見上一見。

於是，之前沒多少人氣的花溪村西頭偶爾會出現幾名男子，想跟美人來個偶遇。只是美人從來不出門，而且那兩扇大門永遠關得緊緊的。

也有些別有用心的人去錢家三房串門子，不過，別說是外人，就是親戚，只要有人上門，程月都躲在自己的小屋裡不出來，這些人照樣看不到。

其實，真正看過程月真面目的，只有在他們成親時來喝喜酒的幾家親朋好友。當時錢三貴就囑咐不要出去亂說，但沒有不透風的牆，他家有個漂亮傻兒媳婦的流言，還是在幾個村裡傳開了。

好在這幾個村子民風純樸，一些漢子私下雖會說幾句渾話，卻不敢真的怎樣；且錢滿江去打仗，正為朝廷浴血奮戰，如果有人敢調戲將士的妻子，是要坐牢的。

只有四、五個閒漢不甘心，經常在院子外面晃蕩，但也不敢有大的動作，就是做些學狗叫、學貓叫的無聊事，或說些調戲小媳婦的渾話。

錢家無法，只得忍氣吞聲，不去理睬。為此，家裡還養過兩條狗，不過一條狗養幾天就死了，另一條養幾天就跑了。結果，錢家三房的院子又被村人說成「連狗都嫌的地方」。

錢家人一直擔心，若真遇到色慾薰心的大膽狂徒直接把人搶走，或大半夜進來把人糟蹋了，可怎麼辦？

錢老太氣不過，覺得吳氏花那麼多錢，卻買了塊會燙手的炭，隔三差五就要來三房罵吳氏和程月一頓出氣，嚇得程月躲進小屋痛哭流涕。

錢家人無可奈何，只能在一旁勸解讓錢老太消氣。

第七章

情況直到一個多月後才改變。

八月十五中秋節，早飯依然是玉米餅和番薯糙米粥，只給身子不好的錢三貴煮碗麵條，麵條上臥了個荷包蛋，撒上幾粒碎蔥花，香氣撲鼻。

平時都是吳氏把飯端進臥房讓錢三貴在床上吃，今天他覺得精神好些，便被吳氏扶來堂屋，和大家一起吃。

不知為何，今天程月聞到那碗雞蛋麵條，覺得特別香，見公爹一口一口往嘴裡送，饞得不得了。她也知道這樣不好，很丟臉，便使勁忍著不去看那碗麵，忍著想去挾一筷子的慾望，垂頭啃著玉米餅，可不停吞口水的聲音和時不時瞥錢三貴吃麵的樣子，還是出賣了她。

自從錢滿江走後，吳氏想著程月沒有那麼辛苦了，所以停掉她的雞蛋。

程月那個饞樣，讓角落裡的錢亦繡都汗顏。小娘親也偽裝得好些，這副樣子跟那清麗的容顏不相配啊。

錢三貴也瞧見了，嘆口氣，把還沒吃的荷包蛋挾進程月的碗裡。

程月雖然傻，但也好面子，知道自己嘴饞讓人看出來，羞得臉通紅，眼淚湧上，癟著嘴說：「月兒不饞，就是沒忍住……」又把碗向前推。「爹身子不好，爹吃。」

吳氏看到程月的小下巴尖得像錐子，眼睛大得出奇，也嘆了氣。「妳爹給妳，就吃吧。」說著把碗推回去。

程月看看錢三貴，又看看雞蛋，她實在想吃，就挾起來，可剛咬一口，便覺得雞蛋腥味太大，胃裡一陣翻騰，竟吐出來。

「月兒怎麼了？」吳氏擔心不已。這個家已經困苦不堪，如果程月再生病，就更加不好過。

程月把碗推到一邊。「犯噁心，想吐。」

吳氏突然想到一種可能，高興起來，一邊哄著程月吃飯，一邊吩咐錢滿霞：「快吃，吃完後去綠柳村把林大夫請來給妳嫂子看病。」

綠柳村離花溪村不遠，過了洪橋就是，走快點，一刻多鐘就能到。

錢三貴見吳氏笑吟吟，也猜著幾分，低聲問：「孩子的娘，妳是說兒媳婦有了嗎？」

吳氏點頭。「我看像。」

程月懵懂地睜著大眼睛問：「有什麼呀？」

「大夫看了就知道。」吳氏笑著回答。

一會兒後，林大夫來給程月把脈，確定她懷孕了，但因身體不好，胎象不穩，給她開兩服安胎藥；又囑咐她安靜養胎，舉止小心，不宜大動，還要多吃好的，滿三個月後，才算安穩。

縮在牆角處的錢亦繡高興壞了。小娘親的肚子裡終於有個指甲大的胚胎，她終於看到曙光了！

錢三貴和吳氏聽說兒媳婦有孕，欣喜不已。錢三貴又求林大夫，把程月因懷孕而臉上長滿黑斑的話傳出去。

林大夫已經五十多歲，極有醫德，這些年跑錢家三房跑得勤，交情非常好，曉得他們家的難處，便笑著答應下來。

這下，錢家三房終於有了久違的笑聲。不過，短暫的欣喜後，錢三貴夫婦又開始發愁。程月到底不太正常，絕不能讓她把好不容易才有的孩子折騰沒了，遂商量著，孩子沒落地之前，必須時刻看著她，白天由錢滿霞顧著，晚上換吳氏來西屋陪她睡覺。

不久，錢老太來了，想來罵罵婆媳倆出出氣，沒想到一進門就聽說孫媳婦懷孕，真是巨大的驚喜，高興得語無倫次。「看來程氏果然是有福之人。我得回去跟老頭子說說，讓他也高興高興。」說完就要走。

錢三貴見狀，把錢老太叫住，如此這般說了幾句。

錢老太聽了，不住點頭。這話傳出去，這個家才會有安寧日子。

人逢喜事精神爽，過了幾日，錢三貴不僅能起床，還能編些草蓆、草鞋了；吳氏心情極佳，走路生風，再累都樂呵呵；程月則老老實實地躺在小屋裡養胎。

這件事算得上整個錢家的大喜事。大房和四房各送了二十顆蛋；住縣裡的錢香也來道賀，是錢老頭讓大孫子錢滿川特地去報的喜。錢老頭有心，知道三房窮，吃不起肉，讓嫁入屠夫家的閨女給他們送一點。

錢香果真沒令錢老頭失望，送了兩斤半肥半瘦的五花肉、一對豬蹄、一葉豬肝、幾根大骨。

但除了錢老頭和錢老太，這些親戚沒一個見過程月本人。錢三貴夫婦的理由是，程氏本來就膽小，懷孕後，臉上有了變化，更怕見人。

短短幾天工夫，花溪村的傻程氏懷了孕，由貌若天仙的美女變成臉上長滿黑斑的醜婦的傳言便傳了開，經過村裡最嘴碎的婦人好一通添油加醋，更是讓人不由得不信。

她信誓旦旦地說：「那天我恰巧從村西頭經過，看到那張臉，哎喲喂，就像一塊白布被麻雀拉滿了糞，嚇得我差點喘不上氣。」

錢老太也在村裡那些婆娘面前罵了吳氏。「那個敗家精，花了好些錢，卻買到這種人。天哪，如果孩子生下來便頂張大花臉，可怎麼辦？」

從此，花溪村西頭才清靜下來。

樂瘋的錢老頭兩口子沒事就會來三房看看，錢老太還經常把自己的雞蛋省下，偷偷拿來給程月吃。

雖然程月聞到蛋腥味就想吐，但蘸上辣椒後，還是吃得噴香。

錢老太見狀，又糾結了。酸兒辣女，程氏這麼愛吃辣的，不會生個閨女吧？遂瞪著眼睛道：「妳可要給我生個帶把的重孫子，不然，這些雞蛋全白費了。」

這下，錢老太再給雞蛋，程月就不敢要了。「不吃，吃了要挨罵。」

錢老太非要給她。「真是分不出好歹，我讓妳吃，妳就吃。」

程月是一根筋，就是不接。最後，還是由錢滿霞轉個手，她才吃了。

縮在牆角處的錢亦繡又開始同情程月。這雞蛋可不是那麼好吃的，小娘親生下女兒後，不知得受錢老太多少氣？

又過去幾天，錢家院裡的棗子熟了。

今年棗子長勢好，又紅又大，吳氏留了幾斤給程月和錢三貴吃，說棗子生血，讓程月多吃些；又給錢老頭和每戶親戚家送兩斤。兒子成親和從軍，他們都幫襯了些，三房窮，沒別的能拿出手，只得用棗子表表心意。剩下的棗子，賣了兩百多文。

程月的吃食也得到改善，每天一顆雞蛋、幾粒大棗，偶爾還會吃碗香噴噴的麵條。

她雖然喜歡吃好的，但看到錢滿霞羡慕的眼神、吳氏碗裡的紅薯玉米糊，實在不好意思，就要有福同享，大家分著吃，還振振有詞。「江哥哥說，要孝敬爹娘，愛護妹妹。」

吳氏便道：「妳快吃，吃飽了，肚裡的孩子才能長得壯實。妳生個帶把的大胖小子，就是對爹娘最好的孝敬。」

旁邊的錢亦繡又默默地說著對不起，要讓他們失望了，小娘親生的孩子不帶把。雖然如此，卻肯定會比帶把的更強，不信等著瞧。

接著，地裡的番薯和玉米相繼熟了，吳氏一個人忙不過來，在錢老頭和錢大貴兄弟幾人幫助下才收完，又把地翻好，種下冬小麥。

程月已經懷孕三個多月，稍微長胖，胎也坐穩了。

十月中旬，天氣轉涼，乾枯的樹葉掉了不少，但午後的陽光透過稀疏枝條灑下，曬在人身上，暖洋洋的。

往年這時，錢三貴早在床上躺著起不來，今年的身子卻還行。他在房簷下編著草鞋，嘴角上翹，少了之前的愁苦。兒子有後，這個家又有希望了。

吳氏在棗樹下做針線，程月坐在旁邊看著她手裡的小衣裳，錢滿霞咬著玉米稈，吮裡面的甜水。

吳氏裝作沒看見程月渴望的眼神。她連端盆水都端不穩，掃地也掃不乾淨，不可能會做這種精細活，家裡可沒有多餘的布和線能浪費。

突然，院子後面的母雞咯咯叫起來。

錢滿霞站起身。「老雞下蛋了！」飛快跑去後院，把蛋撿回來交給吳氏。

吳氏笑著接過雞蛋，對程月道：「咱們家的雞蛋都不賣，留著給月兒補身體，明年就能生個胖小子。」

程月討好地說：「也給爹補身子。」

錢三貴聽見，抬起頭無聲地笑了笑。

錢滿霞很少看到爹爹笑，便對程月說：「嫂子，妳好會說話，把爹爹逗笑了。」

吳氏笑道：「妳嫂子有孝心，嘴也甜，以後妳學著點，好話誰都愛聽。」

程月舔舔嘴唇，深有同感地說：「是哪，江哥哥也說月兒的嘴甜。」

吳氏聞言，好氣又好笑，說了句「傻丫頭」，便去廚房放雞蛋。

等她回來，卻見程月拿起小衣裳在縫，姿勢優美，神情專注，關鍵是針腳密實均勻，一看就是熟手。

吳氏一陣驚喜。沒想到什麼活計都做不好的兒媳婦，針線活竟做得不錯，以後總算能幫她分擔一些活計了。

天漸漸變冷，門前的花兒也謝了。

程月無事就在門口徘徊，隔著門縫盼望外面的花兒再開。盼望中，她又豐腴了些，肚子也大起來，只是長勢明顯沒有其他懷孕的婦人好。

入冬，錢三貴又躺在床上動不了了。唯一的壯丁走了，又多張嘴，家裡那幾個錢一點都不夠用，只能買些便宜草藥給他吃，根本沒有多餘的錢買參片，吳氏便想再賣一畝地。

錢三貴不許她賣。這個家已經不堪重負，他幫不上忙，不能再當拖累。「地是咱們家過下去的倚仗，儘量不要賣，以後孫子出生，家裡實在過不下去時，再說賣地的話。為我這樣的廢人賣地，不值得。」

吳氏落淚道：「只要人在，以後再買回來就是。過幾年滿江回來，日子便好過了。」

錢三貴嘆氣。「買回來談何容易？也不要把希望寄託在滿江身上，如果仗打十年，滿江就十年回不來。聽我的，讓兒媳平平安安生下孫子，把孫子健健康康養大成人，他才是咱們家的希望。我這樣的廢人，能活就活，不能活，於你們還是好事。」

吳氏眼淚流得更凶了。看著孱弱的丈夫，不吃補藥，這副破敗的身子能活幾天？但他說得對，必須先顧孫子。

生活就是那麼無奈，總要在自己最不捨的人中取捨。

第八章

漫漫嚴冬，錢家三房一家人在困境中熬日子。

家裡那點錢要省著用，才能堅持到冬小麥收成。大冷天的，雞也不怎麼下蛋，都給錢三貴和程月吃了，而像麵條那種精貴食物少之又少，難得吃些葷腥，也是錢老頭兩口子偷偷拿幾片肉來。程月又心疼小小的錢滿霞，經常趁吳氏不注意，把自己的吃食分她一口。

當柳條開始抽綠，門前開出第一朵黃色小花時，挺著大肚子的程月隔著門縫看見，驚喜叫道：「娘、霞兒，花兒開了！」

「開就開了，這有什麼稀奇？」錢滿霞嘟嘴道。

程月認真地說：「江哥哥說，等花兒謝了——又開了，又謝了——又開了，再謝了——再開了，他就能回來了。」

這是程月來家裡後說的最長一句話，雖有些停頓，但總算把想表達的意思講出來。可見「花謝花開」這句話在她心裡想了多久，又盼了多久。

吳氏正在院子裡曬小衣裳和小尿片。小衣裳是向楊氏和許氏要的，小尿片則是用破衣裳剪的。

去年底，楊氏生了女兒錢滿亭，年後許氏生下兒子錢亦善。現在錢老太很少來三房了，天天守在家裡，想多看大重孫子兩眼。

吳氏聽了程月的話，心裡一動，忙停下手中的活計開門，見外面果真有朵俏生生的小花，嫩黃嫩黃的，隨風左右搖擺，在陽光照耀下，顯得格外奪目。又轉過頭望望那扇小窗，小窗另一面躺著重病的錢三貴。春天來了，丈夫又挺過最不好捱的季節。

她幾步跑到小窗前，激動地說：「當家的，春天來了，花兒開了！你沒吃補藥，也撐過來了！」說到後面，竟哽咽起來。

待在堂屋裡的錢亦繡與病著的錢三貴保持一定距離，聽到吳氏的話不由樂起來。這幾句話說得多有詩意啊，她也高興，既為多病多災又良善的瘸腿爺爺，也為這個家。

屋裡傳來錢三貴虛弱又帶著喜悅的聲音。「哦，好啊。」

透過半開的小窗，錢亦繡看向院子外面。天空碧藍如洗，陽光亮得刺眼，她已經好久沒感受到陽光的沐浴了。此時聽著她們在院子裡歡快地說笑，非常羨慕。

陽光雖強，但春寒料峭，程月著杏色襖子，灰色褲子，這是楊氏懷孕時穿的大衣裳。楊氏穿著不起眼，可程月一穿上，就覺得俏生生的，特別好看，哪怕肚子大沒腰身可言，但就是有別樣的韻味。

錢滿霞見嫂子喜歡，便跑出去把那朵小黃花掐下來遞給她，程月竟然抬手簪在耳邊。她的杏眼水汪汪的，雖然眼神稍顯呆板，但因為驚喜而靈動些許。小臉粉嘟嘟的如三月桃花，小嘴微微向上翹起，露出一排晶瑩如玉的小米牙。嘴角旁邊還有兩個可愛的小梨窩，笑容大些，梨窩就深些；笑容小些，梨窩就淺些。

真是人比花嬌！錢亦繡看美人看癡了。

吳氏卻只注意到她又大又厚的耳垂，在小黃花的襯托下，更加白嫩可人，於是笑得更和藹了。

程氏，的確是旺子旺家的命。

忽如一夜春風來，千朵萬朵桃花開。春天來了，錢家三房最艱難的日子終於過去。

村裡都在傳，錢家三房的傻媳婦是有福之人，進門不到兩個月，就懷有身孕，病了多年的公爹竟然也奇蹟般地好轉，讓陷入絕境的錢家三房有了希望。

四月，山花爛漫，野花遍地，地裡的麥子開始成熟，一片金燦燦的。

程月快要生了，全家人嚴陣以待，準備迎接小生命的來臨。

錢亦繡也緊張，半個月前就不再像以往那樣天一黑便往山裡鑽，一直為小娘親擔心著。程月比別的孕婦要瘦些、弱些，關鍵是年紀太小，看樣子不會超過十五歲。這個小身板生孩子，在前世裡也算高危險產婦，何況還是古代鄉下；而且，產婆住在這個村的最東頭，大夫在鄰村，萬一有突發狀況怎麼辦？

錢亦繡跟程月沒有過交集，但實在太喜歡這個美麗、單純、懵懂、惹人憐愛的小娘親，總想等穿過去後，好好待她、好好寵她，讓她過好日子。程月比前世的錢亦繡小了近二十歲，所以她實際上是把程月當妹妹看的。

這天夜裡，蹲在西屋牆角的錢亦繡正望著房頂數羊，突然聽到掀被子的聲音，又見程月推醒吳氏。

「娘，月兒肚子脹，想上茅房。」

星光透過窗紙照入，屋裡微亮，吳氏看到程月已經坐起來，遂起身道：「月兒慢些，娘幫妳。」

「娘，好急的，好脹。」程月話裡帶著哭聲。

吳氏趕緊下地穿鞋，攙著程月來到恭桶前，扶著她蹲下。其實也不算蹲，不過是雙腿微微彎曲著。

程月蹲了好一會兒，便痛苦地呻吟起來。

吳氏有些心慌。「怎麼了？還沒拉完？」

程月用了用力，哭道：「娘，好痛啊，堵在下面拉不出來。」

吳氏一驚。「妳扶著櫃子站好，娘去點燈。」

錢亦繡聽了，趕緊飄上前，往她身下一看，竟冒出一團東西，像是嬰兒的頭頂。

這是要生孩子了？怎麼會這麼快？錢亦繡急得飄來飄去。

吳氏拿著油燈往下一照，嘴裡大叫：「天哪，孩子冒頭了！」趕緊轉身把燈放在桌上，過來扶程月。「月兒莫怕，快去床上躺著，孩子要出世了。」

程月又哭。「好痛，腿合不攏。」

「腿合不攏就彎著走。好孩子，快上床，馬上要生了。」吳氏把程月扶到床上，又高聲叫道：「當家的、霞兒，月兒要生了，快起來燒水！」

她幫程月把褲子脫了，又找來早就準備好的布、剪刀，嘴裡念叨著：「妳這麼急，我又走不開，那兩個人，一個弱、一個小，深更半夜的，怎麼去叫接生婆呢？」

程月又哭叫起來。「娘，痛，好痛，嗚嗚……」

「月兒不怕，孩子要出來了，痛是正常的。」吳氏一邊忙，一邊安慰她。

錢三貴已經起床，這幾天只能拄著枴杖走幾步的他，居然一下子有了力氣，出屋把錢滿霞叫醒，一起去廚房澆水，幫著吳氏準備東西。

等水燒好時，孩子竟然已經落地，是個女嬰。

吳氏生過兩個孩子，又看過別的女人生產，自然知道這時候該幹什麼。她用開水燙過的剪刀將孩子的臍帶剪了，把孩子洗洗，找小被子包好放在床上。

雖然遺憾是個女孩，但她還是笑道：「是個閨女，閨女也好。」不好也沒轍，若錢滿江回不來，這孩子就是他們家唯一的後代了。

「也好」的小嬰兒皺巴巴、紅通通的，看起來好小，閉著眼睛哇哇哭著，聲音像貓叫，一聽就覺得不是很健康。

吳氏收拾完孩子，又去收拾程月。

錢滿霞跑進來看小姪女，直誇她長得俊。

錢三貴在門外聽說生下個小閨女，也遺憾不已。

吳氏把大人與孩子弄妥當，又去廚房給兒媳婦煮糖水蛋。家裡預備著幾顆雞蛋，一直沒捨得拿出來給程月吃，就是留著等她生完孩子，給她下奶補身子。

此時的程月疲憊不堪、臉色蒼白，但神情溫柔慈祥，渾身散發母愛光輝，看著小嬰兒，開心得直笑。見吳氏拿著糖水蛋進來，問道：「娘，她怎麼只顧著哭，還不睜眼睛啊？」

吳氏笑道：「孩子定是餓了。妳把這蛋吃下，再餵她奶，她就不哭了。」

程月端著碗吃起來，錢滿霞瞧著小奶娃直樂。「我是妳姑姑喔，快喊姑姑，呵呵呵呵……」

吳氏正想抱孩子去堂屋給丈夫看看，卻隱約聽見院外有哭聲和狗叫聲。

她狐疑地來到院子裡，果真聽見門外有孩子在哭，應該是嬰兒。

吳氏一驚，喊道：「當家的，我沒聽錯吧？外面怎麼也有奶娃的哭聲？」

錢三貴正坐在堂屋裡著急，為何吳氏還不把孫女抱出來讓他瞧瞧？聽見這話，也是一驚，拄著枴杖出門，站在院裡一聽，驚道：「的確是孩子的哭聲，比咱們孫女哭得還響亮。」

吳氏打開大門一看，門邊竟然放著一個紅色包裹，包裹裡有個嬰兒，正張著嘴哭。旁邊蹲著一條小狗，見有人出來，叫得更歡了。

吳氏站在門口左右望望，靜悄悄的，沒有一個人，只有漫天星辰眨著眼睛。

她喊了幾聲：「這是誰家的娃子？是誰把娃子放在這裡了？」

等了一會兒，沒人答話。

吳氏回頭對錢三貴說：「造孽啊，他們是不是想把孩子丟去亂石崗，到了這裡，又改變主意，想給孩子留條命，所以才丟在咱們家門口？」

見錢三貴點頭，吳氏彎腰把包裹抱起來，打開一看，叫道：「當家的，是個男娃，帶把的。」想了想，便趕緊抱著孩子把大門關上，顧不上乘機擠進院子裡的小狗。

閂好門，她壓低聲音對錢三貴說：「當家的，這娃子說不定是老天給咱們家的。明天就對外說，滿江媳婦夜裡生了一對龍鳳胎。」

錢三貴忙點頭。「快抱進屋裡瞧瞧，若無殘疾，也剛生下來沒幾天，咱們就這麼辦。」

吳氏把孩子抱進屋，兩人在燈下細看一番。小男娃非常健康，臍帶上結著新鮮的疤。

錢亦繡在吳氏把孩子抱回堂屋時才飄過來。她一直看著程月，竟沒注意到是誰把孩子丟在她家大門口？

她一來，小男娃的眼睛便怔怔地看著她，也不哭了，還衝著她吐泡泡。

難道小孩子真有天眼，能看見她？錢亦繡想著，又對他做了幾個鬼臉，小男娃居然有了反應，嘟嘟嘴，咿咿呀呀地吐了一個更大的泡泡。

因為錢亦繡飄在吳氏後面，吳氏以為孩子在向她示好，更加歡喜，與錢三貴商量道：「這娃子應該是這幾天才出生的，咱們留著吧，即使滿江回不來，咱們家也有後了。」

錢三貴又把孩子細瞧一遍，這裡捏捏、那裡捏捏，考慮了片刻。「孩子身上的衣裳雖是細棉，但料子卻極好；包被是錦緞做的，這孩子不會出生在窮苦人家。」

吳氏一心想著收養孩子，倒是沒想這麼多，聽見錢三貴的話，再看孩子的小衣裳和小包被，也覺得他不應該是窮人家的孩子，遂納悶道：「富貴人家又不是養不起孩子，怎麼捨得把他扔了呢？何況這是男娃，還長得這麼好。」

錢三貴說：「富貴人家的陰私多。若是窮人家的孩子，有可能是養不起才扔的，等孩子大了，怕他們找上門來認；若是富貴人家扔孩子，定有不可告人的秘密，未必會來認。」

說著，他捏包被的手頓了下。「這裡面好像有東西。」把包被扯開，竟從裡面掏出六塊比銀圓大些、厚些的小銀餅子。

發財了！人財兩得！

錢亦繡趕緊飄到錢三貴身後。因為不敢離他太近，還刻意隔一段距離，財迷地看著銀餅子。有這些東西，就算多養個孩子，這個家也能過得去了。

小男娃的目光隨錢亦繡移動，轉到錢三貴的身後，啊了兩聲，吐了幾個泡泡。

錢三貴也以為孩子是在衝他笑，先對孩子笑笑，接著對吳氏道：「這孩子這麼小就如此乖巧，咱們抱著便不哭，看來是跟咱們家有緣，就養著吧。將來沒人來認最好，他就是錢家的孩子；萬一有人來認，養恩大於生恩，他也會認咱們。這幾塊銀餅子，咱們就先用吧，一下要養兩個孩子，花費大。過幾日妳去縣城，把銀餅子換成銅錢。」

對錢三貴而言，這是無奈之舉。兒媳生下孫女，如果兒子回不來，家裡就絕後了，這孩子興許真如媳婦所說，是上天賜給他家的。

吳氏把小男娃抱去西屋，程月已經吃完蛋，在餵孩子奶了。

哺乳是天性，即使程月傻了，還是知道怎麼餵，而且抱起孩子有模有樣的。

錢滿霞一直在看姪女，聽見外面有動靜也捨不得出去，見吳氏進來，才問：「娘，剛才發生什麼事？我怎麼聽到有小娃的哭聲和狗叫聲？」

吳氏道：「是條小狗在院子外面叫，娘就開門把牠放進來。」說著，把手裡的孩子抱給程月看。「月兒，這也是妳的孩子。今天妳生了兩個孩子，是對龍鳳胎。」

「娘，月兒記得自己只生了一個娃，還不帶把。」程月的大眼睛裡盛滿疑惑，又有些羞慚。她知道公婆心心念念想要個帶把的，但怎麼辦？懷裡這個不帶把，不過她也極喜歡哪。

吳氏說：「是真的。剛才妳睡著時先生了這個兒子，醒來後又生下女兒。」又吩咐錢滿霞：「妳還在睡覺時，妳嫂子就生了，但這話千萬不要說出去，不然妳嫂子生了孩子，自己卻不知道，人家會認為她更傻。」

錢滿霞最怕別人說她嫂子是傻子，趕緊點頭答應。她才滿六歲，剛才又的確在睡覺，所以對吳氏的話深信不疑，又崇拜地看著程月。「嫂子，妳好能幹喔，一下子生了兩個娃！」

程月聽最親近的婆婆和小姑都這麼說，看來她的確是先生了兒子，然後生下閨女。想通這一點，便甜甜地笑起來。

小女娃長得小，勁也小，吸了半天沒吸出奶，哇哇哭起來。

吳氏把小男娃遞過去。「小子勁大些，先讓他把奶吸出來。」

小男娃一進程月懷裡，小嘴就張得老大，呼呼呼喘著粗氣，猴急地在程月的胸脯上亂拱，把乳頭含在嘴裡後，便吸起來。別看他塊頭不大，力氣卻不小，吸不出奶水就使勁吸，讓程月痛得紅了眼圈，等終於吸出奶水，就悠閒地吃起來。

程月很得意地跟吳氏說：「兒子有本事，吸出奶來了。」頓了頓，又道：「月兒也有本事，生個帶把的。」

錢亦繡聽了，無聲地笑起來。小娘親是傻呢，還是不傻呢？說傻吧，她還知道邀功；說不傻吧，她還真信了自己睡著就能生兒子。

吳氏也大樂。「是，月兒有本事，是咱們家的功臣。」

「不帶把的也好，月兒也喜歡。」程月望了閉著眼睛的小女娃一眼。

「對，閨女也好，閨女是娘的貼心小棉襖。」吳氏過去把小女娃抱起來，小女娃依然沒睜眼睛，癟癟小嘴，又嚶嚶嚶地小聲哭起來。

小男娃胃口大，吃完左邊的奶，換吃右邊。

吳氏見狀，說道：「還要給閨女留一口，不能讓他一個人吃完了。」

程月聽見，就把小男娃放在床上。

乳頭突然離嘴，小男娃大聲哭起來。吳氏把小女娃遞給程月，再抱起他，用小湯勺餵溫水給他喝，便安靜了。

小女娃胃口小，沒吃幾口奶，就不吃了。

等程月和孩子們都睡著，天也亮了。

吳氏去廚房弄點昨天的剩飯餵跟進來的小狗，又讓錢滿霞到錢家大院報喜，說滿江媳婦生了對龍鳳胎。

第九章

錢家大院裡，錢老頭、錢老太一得到消息，就忙不迭地跑來三房。

一進院子，錢老太便大著嗓門說：「我來看我重孫子了！」說著，直接往左廂房走。

她的大嗓音把睡夢中的程月驚醒，趕緊用兩隻胳膊護著孩子，哭道：「不要搶走我的孩子、不要搶走我的孩子！」

吳氏快一步出屋攔住錢老太。「娘，現在滿江媳婦護犢護得厲害呢，能不能過幾天，等她平靜些，再……」

這是錢三貴和吳氏商量好的。這幾天不能讓人仔細看孩子，否則容易看出小男娃不是昨天夜裡剛生的。

吃飽飯的小狗也跑出來，跳著腳，衝錢老太叫起來。

錢老太沈了臉。「怎麼，我看我重孫子，還要瞧別人的臉色？」又踢小狗，罵道：「哪裡來的醜狗，凶什麼凶！」

錢三貴拄著枴杖來到堂屋門口，低聲說：「娘，滿江媳婦有病，心思自然跟正常人不太一樣。她的奶水本來就少，再把奶水嚇回去，兩個小娃可怎麼辦？」

錢老頭罵道：「妳這個老太婆，一來就找事，非得進去幹什麼？讓老三媳婦抱出來給咱們看看，不就得了？」

去，不硬闖了。

錢老太聞言，老臉扭成一團，氣得低聲道：「再有福氣也是個傻的。」但還是向堂屋走

老倆口在堂屋坐定，吳氏才進屋，先把孫女抱過來。

錢老太抱著小女娃，嫌棄地說：「哎喲，這丫頭怎麼這麼小？怕是只有三斤多。」

錢老頭伸過頭去看，皺著眉道：「雙生子都小，要用心養著。」

老倆口說話聲音大，把小女娃驚醒，咧開小嘴哭起來，嚶嚶嚶地像貓叫。

錢老太趕緊把小女娃還給吳氏。「可憐見的，別說吹風，就是打個噴嚏，都能把她噴跑。快把這丫頭抱回去，把我的重孫子抱出來讓我瞧瞧。」

吳氏把哭著的小孫女抱回西屋，又把小孫子抱出來。她知道這孩子不愛哭，怕被識破，進屋前在他小屁股上使勁掐了下，小男娃立刻哭得震天響。

「聽這哭聲，就是個棒小子！」錢老太笑出一臉褶子，伸手接過小男娃。「嗯，這娃子應該有五斤重。程氏還真有本事，瘦瘦小小的，居然生了對龍鳳胎。」

錢老頭也笑得見牙不見眼，打著哈哈催促。「五斤也輕。快抱回屋去，別吹了風生病。」

錢老太還沒抱夠重孫，但聽錢老頭這麼說，加上孩子哭得厲害，只得把孩子交給吳氏，又說：「我看程氏的肚子小得緊，沒想到生了雙胎。這兩個娃再小，加起來也有八斤重，程氏真是不簡單。」

吳氏趕緊解釋：「娘看到滿江媳婦是一個月前的事了。娘不知道，這一個月，滿江媳婦

的肚子瘋長，又吃得多。」

好在程月沒見過外人，除了自家人，見最多的就是錢老太，還是一個多月前瞧見的。

錢老太笑著點頭，又掏出一串錢，說來得急，沒買雞和蛋，讓他們自己買，給程氏下奶補身子。

接著，錢三貴說，他已經給孫子跟孫女想好名字，請錢老頭參詳一番。他先誇錢老頭給錢亦善的名字取得好，尤其是那個亦字，極有學問，所以他也用了。小孫子叫錢亦錦，小孫女叫錢亦繡，合起來就是錦繡。

錢老頭聽了，極為高興，直點頭說取得好，寓意好，有學問。

躲在角落裡的錢亦繡聞言，心想，怪不得她穿越時空來到這裡，原來她跟這個小女娃還有些緣分，至少名字一樣。

沒多久，傻程氏生了對龍鳳胎的消息在花溪村傳開了。更讓人嘖嘖稱奇的是，傻程氏在半個時辰內順利產下兩個孩子，連接生婆都沒來得及去叫，竟還大小平安。

方圓百里路，有人家生雙胞胎，但生龍鳳胎的，這還是第一家。村民們交口稱讚，程氏真是傻人有福，旺了夫家，又生下龍鳳胎。

錢三貴夫婦藉口孩子生下來太小，身子弱，沒辦洗三。第三天，吳氏跑去縣裡，把一個銀餅子兌成兩貫銅錢，先解決家裡的困境。

錢的來歷，他們也想好說詞，說是吳氏的哥哥託人帶來十兩銀子。

吳氏的哥哥早年中了秀才，但沒中舉，就去給考上同進士的同年當幕僚。那個同年在泉州轄內的福臨縣當知縣，吳氏的父母就跟著兒子一起過去。兩地遠隔千山萬水，六年前吳氏的哥哥曾託人帶信來，已經好些年沒聯繫了。

錢三貴跟吳氏商量後，還是把一貫錢還給錢老頭。

現在，吳氏更忙了，要照顧兩個小的，還得幫兒媳坐月子、服侍病弱的丈夫，但她心裡高興，再忙都不覺得累。六歲的錢滿霞已經能當個小大人用了，燒火、煮飯、打掃、餵雞，還經常給吳氏當下手，幫著伺候老小。

收養的小狗也有了名字，叫大山。

最近錢亦繡沒進山，待在小屋裡逗兩個孩子玩，喊她的前身為小亦繡。她穿越前已經三十多歲，母愛氾濫，別說看到人生的寶寶，就是看到狗寶寶、雞寶寶，都能愛到心裡去。

現在，她堅定地認為，嬰兒真的有天眼，能看見成人看不到的東西。孩子一哭，她就會飄到他們面前扮鬼臉。這一招還挺管用，兩個孩子立刻閉上嘴，目不轉睛地盯著她。錢亦錦會「啊、啊、啊」的打招呼，小亦繡則靜靜看著她，嘴角偶爾漾出一絲笑靨。

為讓程月多下奶，給她的吃食便更好了些。老母雞湯、鯽魚湯、黃豆燉豬蹄等等，換著花樣燉，但奶水仍然不夠，因為錢亦錦太能吃，食量能頂上小亦繡的兩倍半，還堅決不喝米湯，一餵米湯就大哭。等他吃夠了，剩下一點奶水才給小亦繡喝，不夠吃，只好再餵她米湯。

真是會哭的孩子有奶吃，居然把正主擠到犄角旮旯（注），連蹲在牆角的錢亦繡都看不下去了。

經過一個月的進補，如今程月又圓潤不少，瓜子臉變成鵝蛋臉，膚色潔白如玉，因為當了母親，神情顯得更加溫柔嫻靜，氣質超然。

吳氏偷偷跟錢三貴嘮叨。「我覺得，即便是宮裡的娘娘，也不會比月兒更好看。」

錢三貴沒見過月子裡的程月，但也能猜出來。她瘦得皮包骨時都貌似天仙，再長點肉，可不就更好看了？便道：「那更不能讓外人瞧了去。」

於是，夫妻倆說好，為保護程氏，給孫子孫女辦滿月酒那天，還是不讓她出來見客。

轉眼到了龍鳳胎滿月當天，錢家三房喜氣洋洋地請了客。吳氏拿兩百文錢出來，擺幾桌席面，請幾家親戚和里正家，以及同他們家走得最近的謝虎子一家吃飯。

這天早晨，吳氏特地給兩個孩子過了秤。錢亦錦本就重些，加上這個月長得好，已經有七斤八兩；小亦繡沒有那麼好，只有四斤半。

錢亦繡看著小亦繡直嘆氣。可憐的孩子，連別家剛出生的奶娃都比她重得多。現在都滿月了，小臉仍然皺巴巴的，小手指比火柴棍粗不了多少，哭聲還是斯文得像小貓。

客人陸續到了錢家，錢老太一來，就先進屋看重孫子，至於重孫女，瞟都沒瞟一眼，就滿意地出去招呼客人了。她是除了吳氏和錢滿霞以外，唯一能進屋看孩子的人。

錢三貴和吳氏以程氏膽子小，不敢見生人為由，不讓她出屋，也婉拒別人進屋看她。大

注：犄角旮旯，指不受人注意、被忽略的偏僻角落。

家便以為程氏是傻子，臉又像拉了鳥糞的白布，所以錢家人不好意思讓她出來丟人現眼。
院子裡的客人來得差不多，吳氏就和錢老太進房，抱兩個孩子出去給客人們瞧。
程月見他們要把孩子抱走，不依了，伸手護住，一層水霧湧上眼簾，驚慌失措地說：「不要搶我的孩子！」
吳氏解釋道：「客人們想看看孩子，等他們看一眼，我們馬上抱回來。娘的話，妳信不過嗎？」見程月仍癟著嘴，又哄道：「娘什麼時候騙過妳？」
程月聽了，才把胳膊收回來。
即使錢亦繡沒出去，也能聽到外面的人不住誇著錢亦錦如何如何，而小亦繡連敷衍的誇獎都沒撈到一句。真是過分！尤其是錢老太，別人一誇她的重孫子，就扯開嗓門誇張地笑。
等吳氏和錢老太炫耀完孩子，抱回房後，錢亦錦的精神仍十分好，還在咿咿呀呀吹著泡泡玩，但小亦繡明顯被嚇壞了，哇啦哇啦哭得小臉通紅。
錢老太抱著錢亦錦笑道：「還是重孫子乖，長得好，又不怕人。哪像那個小丫頭片子，瘦得像隻猴兒，一見人就哭。」說完，還嫌棄地看小亦繡一眼。
程月是個好娘親，見女兒哭了，趕緊從吳氏手裡接過來，掀起衣襟。「繡兒不哭，吃奶。」
含著乳頭的小亦繡止住了哭，乖巧地吃起奶來。
向來先吃奶的錢亦錦見狀，不依了，妹妹怎能先於他開飯？便扯開嗓門嚎起來，嗓門大得像要把房頂掀開。

錢老太心疼重孫子，對程月說：「快把那丫頭放下，我重孫子餓了。」

程月一根筋，沒理錢老太，繼續溫柔地注視女兒。

錢老太生氣了，吼道：「我說話妳沒聽到啊？」

程月嚇一跳，美麗的大眼睛又湧上淚，抬起頭，不知所措地看著錢老太，癟嘴就要哭出來。

吳氏趕緊從錢老太懷裡接過孫子，又低聲勸她：「婆婆，滿江媳婦的奶水本來就不多，可別嚇回去了。她有病，膽子又小，您別被她氣著。」

錢老太拿這個孫媳婦毫無辦法，也怕真把程月的奶水嚇回去，那樣重孫子更要吃虧，遂氣得罵道：「真是傻到家的傻子！錦娃長得這樣好看，又討喜，卻只惦記那個猴兒一樣的小丫頭片子。」說完便走出去。

這重男輕女的老太婆，太太太氣人了！窩在牆角的錢亦繡向錢老太的背影瞪了好幾眼。

錢亦錦還在吳氏懷裡嚎著，錢亦繡第一次對這個小屁孩有了意見。真是討打的熊孩子（注），居然比正主還理直氣壯，有本事找親娘要奶吃去！

她飄過來，使勁瞪著錢亦錦，小傢伙卻以為她在逗他，止住哭，「啊、啊」的跟她說著話。

小亦繡吃完奶，抿了抿小嘴，乖巧地躺在程月身邊。

錢亦繡飄到她面前，小亦繡似乎看見了，很給面子地漾出一抹微笑。

注：熊孩子，用以形容調皮搗蛋的小孩，有時作為頑皮孩子的暱稱。

看著小亦繡澄澈的眼神，還有甜甜的笑意，錢亦繡瞬間有了心虛的犯罪感。她是在等她死啊。想到這裡，她再也沒有勇氣坦然面對這條柔弱的小生命，趕緊飄到他們看不到的牆角裡蹲著。

天哪，怎麼會這麼殘忍……這個如花兒般美好的小生命將會在稚齡凋謝，而她竟是在等著那一天、盼著那一天……

從這天晚上起，錢亦繡又開始到處遊蕩。

現在，她不只到山裡看風景，也會在村裡、鎮上逛逛，還會去縣城和省城；又去親戚家，還造訪不少高官府第。

幾年工夫，她窺視山裡許多角落，找到一些能賣錢的東西，也摸清野獸的習性，更知道了許多人家的秘密。

她曉得哪家鋪子是黑店、哪家信譽真正好、哪家空有好名聲；亦見識到誰是好官、誰是貪官、誰好色、誰愛錢，以及一些官員家裡見不得人的陰私，還偷學了一些手藝人的祖傳絕技。

村裡與鎮上的人家大動干戈，多是為些蠅頭小利，實在不值一提。而省城及縣城那些高官巨賈就不一樣了，舉手投足間，往往就決定別人的生死，笑談中做成一筆大買賣。

最最重要的是，她已經完全領會了馬面話中的意思，非常非常感激他。

第十章

一天夜裡，錢亦繡正準備去深山看熱鬧。

深山裡住著一群聰明猴群，這兩天，有隻強悍聰明的年輕猴子聚集一群猴子造反，想把老猴王攆下臺，兩群猴子打得厲害。沒想到，猴子爭王位，照樣是血腥而殘暴的。

她才到半路上，竟看見好久不見的老熟人牛頭馬面。這幾年，牛頭馬面來這裡勾過魂，但有時是白天，有時她沒上山，都錯過了。

錢亦繡趕緊飄過去，招呼道：「嗨，牛爺、馬爺，你們又來勾魂了？」

牛頭馬面見她如此熱情，俱是一愣。

牛頭樂了。「真新鮮，我還是第一次看到對牛頭馬面這麼熱情的孤魂野鬼。妳是誰啊？」一眼神陌生得像從沒見過錢亦繡。

錢亦繡道：「兩位爺真是貴人多忘事，才幾年工夫，就把我忘了，我可無時無刻不想你們喔。」

牛頭說：「看來，妳認錯人了。」指指牛頭下的牌子。「瞧瞧這裡，我們是一零一牛馬組合，妳認識的可能是別的組合。」

錢亦繡這才想起，勾她魂的牛頭馬面好像也掛著牌子，上面寫的是零零七。想想也是，這麼多人、這麼多時空，光一對牛頭馬面，當然忙不過來。

馬面卻極不給她面子，拉下馬臉。「想我們？我們是妳這孤魂野鬼能隨便亂想的嗎？想憑兩句話就讓我們幫妳過黃泉路重新投胎？哼，想都別想。去、去，別影響我們幹正事。」

真是一個自以為是又傲嬌的馬面，似乎還有輕微的妄想症。看來，憨厚的牛頭是相同的，有個性的馬面卻各有不同。

錢亦繡讓開路，想了想，乾脆尾隨他們去看熱鬧。

牛頭馬面去了縣城，飄到一座青磚黛瓦的大宅子上。不一會兒，他們就用繩索套著一個魂魄飄出來。

那個魂魄還在哭。「我的命真苦，前半輩子被我爹管得緊，後半輩子又被我兒子管得緊，家裡有那麼大個保和堂，卻沒痛痛快快地花過銀子。臨老得了可心意的紅紅，還沒有盡興幾天，就死了。

「牛爺、馬爺，求求你們，給我一次迴光返照的機會吧，我把一些重要契書埋在後花園的金錢榕裡，想跟紅紅說一聲……這輩子我沒別的愛好，就喜歡知情趣又年輕的小娘子。紅紅極得我的心，她拿到那些契書，便能要脅我兒多討些銀子傍身，今後也不至於太辛苦。」

馬面聞言，哼了聲，斥道：「歲數一大把，竟如此不知羞，怪不得你爹死時求我們早點把你套走，怕祖宗的基業毀在你手裡。你真是牡丹花下死，做鬼也風流，都精盡身亡死在那婦人肚皮上了，還想著回去給她送契書。」又把臉一拉，吼道：「不行！」

那魂魄又哭著哀求。「那讓我給我的芳芳託個夢吧。下晌我才讓小廝支五十兩銀子給她家，我怕我死了，銀子被她乾娘扣下。」
牛頭憨憨地說：「不是我們不幫你，而是你那個芳芳不讓你入夢。她正跟別人作樂，根本沒睡覺，怎麼託夢？」
那魂魄聽了，氣不打一處來，也不哭了，大罵相好無情無義，又怪自己識人不清。
牛頭好脾氣地勸道：「別生氣，等你喝下孟婆湯，前世種種就全忘了……」
等他們的聲音漸漸遠去，錢亦繡就飄進那座大宅子裡，仔細逛了一圈。
這裡正是給錢三貴治過病的保和堂張家，她在心裡複誦張家老太爺說的藏寶地點，確定記住後，便飄出宅子，往山上去了。

春去秋來，花謝花開，時光過得飛快，轉眼又是一年春。
錢家三房的兩個孩子已經五歲，早能滿地跑了。
錢亦錦是個漂亮的健壯小子，濃眉鳳眼，皮膚很白，個子比錢亦繡高了將近一頭，看上去像六、七歲的孩子，又極聰明。
他還不會說話的時候，就知道怎樣討好大人，怎麼多搶一口吃食。有時大人不在跟前，若是餓極了，他不是抱著妹妹的鼻子啃，就是抱著她的耳朵啃，甚至啃過她的小腳丫子。小亦繡被他欺負得狠了，又推不開他，只能癟著小嘴哼哼，讓飄在一旁的錢亦繡看得直咬牙。
等到他會說話走路，更不得了，哄吃食的本事愈加高超。滿兩歲起，就能獨自跑去村裡找錢老太，與錢家相好的幾戶人家也被他光顧過。他長得漂亮，小嘴又討喜，有本事讓那些把錢攥得死緊的婦人們心甘情願分他一點好吃食，連小器的唐氏都給過他一顆蛋，錢老太的私房錢更是絕大多數進了他的嘴。

錢家三房的人，一個個都是身材苗條，臉呈菜色，唯獨錢亦錦胖墩墩的、紅光滿面。沒辦法，嘴甜的孩子有糖吃。

跟他一起茁壯成長的，還有大山。

大山已經長成一條健壯的大狗，棕色長毛又粗又硬，圓滾滾的身子異常靈活，而且十分威猛凶悍。錢亦繡覺得牠像前世的藏獒，卻又有些不確定。

錢家三房連人都養得半死不活，當然不可能把大山養得這麼壯。大山胃大如牛，又喜葷腥，小時候跟小主子一樣聰明，在家裡吃飽無望的情況下，遂自力更生，自己出去覓食。

村裡人家丟了多隻雞鴨鵝後，才發現不是被黃鼠狼偷吃，而是錢家三房的醜狗吞下肚，便全跑去錢家三房鬧，害得吳氏又賠了些錢財。

這下，溫柔的吳氏也發了脾氣，拿著棍子抽大山好幾下。「再去偷人家的雞吃，我們家就不要你了！」

大山聰明，又聽得懂人話，不敢再去村裡偷食，但又幹不出餓急了連屎都舔的事，走投無路下，只好隻身衝進山裡抓野物。這真是一舉兩得，不僅填飽肚子，連帶著也練出本事來。

長大後的大山又大又肥又凶，遠遠看到牠，不僅孩子被嚇哭，有些膽子小的大人也雙腿打顫。村民們見牠的樣子嚇人，認為牠是獅子和狗生的，叫牠大獅子狗，還是私塾裡有見識的柳先生說，大山是「番狗」，告誡村民們不要輕易惹牠，番狗性烈如火，比狼還厲害。

因此，有些村民覺得受到威脅，要求汪里正把比狼還凶的番狗打死。但錢家保證番狗看著凶，實則極聽話，若不惹著牠，絕對不會咬人，還再三保證，不讓大山進村裡。後來見大山的確沒傷害過人和牲畜，錢亦錦偶爾帶著牠在村邊閒逛，村民就睜隻眼、閉隻眼了。

至於小亦繡，她的樣子像極了父母，五官清秀可人，但太瘦太小，眼神呆呆的，明顯沒有哥哥討人喜歡；而且反應慢得多，性格又隨了娘親，膽小懦弱，特別愛哭，還幾乎天天尿床。

她很少去村裡，沒事就蹲在院子裡看花，或去門前的荒地裡看，或者在家裡侍弄花草。若錢亦錦沒去村裡，便跟著他院裡院外地轉，走不動了，就讓他揹。

錢亦錦極照顧妹妹，甚至有求必應。他跟別人可說是寸食必爭，卻能省一口給小亦繡吃。

不過，有件事讓錢亦繡十分氣不過。不是她跟小孩子一般見識，實在是錢亦錦那熊孩子欺人太甚。

兩個孩子洗澡時，是放在同一個大木盆裡，由吳氏或錢滿霞洗，程月打下手。

幾年來，小亦繡傻傻的，沒看出什麼異樣，但錢亦錦才剛學會說話，就指著妹妹發問了。「妹妹怎麼沒有小雞雞？」

錢滿霞羞紅了小臉，抿著嘴，不好意思回答。

程月很聰明地解釋：「錦娃帶把，有小雞雞；繡兒不帶把，沒有小雞雞。」

吳氏笑道：「月兒說得對。」

錢亦錦懵懵懂懂地點點頭，似乎懂得了男女差別。滿三歲後，有次洗澡時，看到小亦繡無意掃了他身下一眼，竟然捣住小雞雞，對妹妹說：「不能看這裡，要壞眼睛的。」

傻傻的小亦繡聽了，遂移開目光，怕眼睛真的壞了。

錢亦錦卻是不怕，竟盯著妹妹身下使勁瞧。

一旁的錢亦繡氣得要命，就像小屁孩看光了她一樣。哪有這樣的啊？只許探別人，還不許別人探他。

連吳氏都覺得自己的親孫女太傻，笑著把錢亦錦的腦袋轉個方向。之後，便給兩人分開洗了。

經過這幾年的鍛鍊，吳氏已經成為有力氣的村婦，不再是原來那個柔弱愛哭的婦人了。而錢滿霞不僅是家裡內外的幹活好手，閒暇時還教導著姪兒姪女。

錢三貴依舊孱弱，但身子比幾年前好了很多，至少冬天不需要整天躺在床上，不需要買補藥吊命，還能編些草蓆、草籃，賺點小錢。

程月還是傻傻的、純純的、美美的，只是小下巴又尖下來。除了兩個孩子週歲前的餵奶工作做得非常出色，唯有針線活可圈可點，家裡的縫縫補補便全交給她做。這兩件事之外，她什麼活兒都做不好，地掃不乾淨、衣裳洗不乾淨，還打碎過碗盤，吳氏連廚房都不願意讓她進去。

不過，兩個孩子仍由程月帶著睡覺。孩子還小時，吳氏都在這邊睡，待孩子滿兩歲後，就回自己房裡。本來想讓錢滿霞幫著帶一個，奈何程月不願意，聽說要把孩子挪走，就大哭不止。

吳氏見狀，實在沒辦法，只好依她了。

此外，錢家另幾房也分家了。因為錢四貴想去省城做生意，手裡沒有多少錢財，錢老頭便主持了分家。

這回，錢四貴把所有身家全押進去。錢老頭喜歡冒險，雖然自己沒本事到外面拚搏，卻十分支持兒子出去闖蕩。為此，還鬧著要跟錢四貴一起去省城，說是幫他們搭把手或出出主意。

錢老太沒跟著錢老頭去省城，一是因為省城的花費太高，她去了幫不了忙，還多耗一口吃食；另一個原因是她捨不得錢亦錦。這個重孫子太討喜，怕她一走，把他餓著了。

錢亦繡覺得這老倆口不像封建社會的大家長，更像前世那些為兒女操碎了心的老人。雖然錢老太非常重男輕女，又經常罵小娘親，但她還是發自內心尊重她。

這天下午，三房一家人看著桌上的兩貫零八串錢，笑得一臉滿足。

每年收了冬小麥，除了留幾斤給錢三貴開小灶外，其餘的，吳氏都會拉去鎮上賣。這幾年沒有大的天災，雖偶有小旱情或久雨，對收成影響倒不算太大。

夏天種的玉米和番薯值不了多少錢，除去自己吃的，剩下的連一貫錢都賣不到。家裡也沒人做繡品或出去幫工，錢三貴編的草帽或草蓆等物，一年頂多賣個幾十文。再加上賣棗子的兩、三百文錢，這個家每年的全部收入，大約就是四貫錢。這還是因為錢滿江從了軍，家裡免了賦稅，否則會更少。

但花費可大了。

早兩年，吳氏忙著照顧孩子和病人，抽不開身，農活都是請人幫忙做。孩子一歲前給程月下奶補身子，要多吃些肉蛋；小亦繡和錢三貴一樣，身子不好，經常吃藥，偶爾還要給兩人開開小灶，煮些好吃食。

自從「得了吳氏娘家的錢」，錢老頭兩口子的養老錢也開始給了；又要買鹽、油、種子等等，日常花費實在不少。所以，不只每年賣糧的錢分文不剩，連那幾個銀餅子都用得只剩一個。

不過，年前有傳，北邊的戰事快結束了，據說大金境內有人造反，大金軍隊已無心戀戰，被大乾軍隊打得節節敗退。

若這傳聞是真的，那錢滿江就快回來了，只要他回來，這個家便有希望。錢三貴夫婦和錢滿霞都認為，錢滿江肯定會當官，到時他們家就是官身了。

藏在角落裡的錢亦繡也非常雀躍。她早把自己當成錢家的一分子，跟他們同喜同憂。她高興地想著，要不怎麼有天無絕人之路這個說法呢？眼看這個家快要入不敷出，但壯丁馬上就能回來幫忙了。

再說，她也非常想念俊俏小爹爹。經過戰爭的洗禮，小爹爹應該更加英武不凡了吧？

如今，她已經不再天天算著什麼時候才穿越，因為她穿越了，就意味著小亦繡要死去。

她極心疼這個柔弱又漂亮的小丫頭，即使小亦繡反應慢又身子弱，還經常被錢老太罵成「討債鬼」。

這時，聽見有人敲門的聲音，吳氏趕緊把錢拿進臥室放好，去開門的錢亦錦牽著錢滿川的手走進來。

錢滿川二十多歲，看上去憨厚又不失精明，臉上帶著抑制不住的喜悅，還沒進門就大聲道：「三叔、三嬸，滿江弟弟還活著，就快回來了！」

錢三貴喜得從椅子上站起身，吳氏迎上前，拉著錢滿川急問：「滿江還活著？你怎麼知道？說仔細些。」

錢滿川說：「剛才我爹遇到我大舅汪里正，大舅從縣裡回來，說戰事已經結束，訃告也過來了。咱們村有三十個壯丁去打仗，死了二十二人，這些人裡沒有滿江弟弟。」

錢三貴夫婦聞言，喜極而泣。

一家人在欣喜和盼望中度過三個多月，打仗活著的人終於返鄉，卻只回來七人，獨獨少了錢滿江。

據這七個人說，錢滿江是新兵中晉升最快的，第一年就當旗長，第二年又當上八品校尉，第四年升正七品騎尉，且極得上峰欣賞，說他有勇有謀，前途不可限量。

只是，最後一戰中，錢滿江所在的軍營中了敵人埋伏，死傷大半，但不知為何，戰爭結束後，既沒看到錢滿江的活人，也沒找到他的屍首，竟是失蹤了。

第十一章

自古以來，並非沒有打仗失蹤的人。有些人是臨陣逃亡，有些人則不知死在哪裡？不過，逃的人少之又少，那可是砍頭的大罪。錢滿江這麼有前途，不可能逃亡，最大的可能，便是死了。

對家人來說，失蹤是最悲慘的。人死了，有十兩銀子的補償，殘疾也有八兩銀子，若平安回來，賞五兩銀子。唯有失蹤，既沒有錢也沒有人，甚至連個交代都沒有。

這次，不僅錢三貴倒下了，連吳氏都倒在床上。咬牙堅持這麼多年，兒子的死訊一下壓垮她，這個家再次陷入絕境。

錢老太聽說最心愛的孫子失蹤，等於死了，只是沒找到屍首，也跟著病倒。

此時，錢大貴一家當仁不讓地站出來，幫忙請大夫，招呼錢二貴父子一起幹三房的農活，又讓許氏替他們煮幾天飯。錢香也拎了肉來開解吳氏，又買參片給錢三貴補身子。

鄉下人善良，許多人家都來探望，有些人拿兩顆雞蛋，有些人拎一斤白麵，窮些的人家，甚至拎來一籃子菜。

蹲在角落裡的錢亦繡聽說小爹爹竟是這種結果，也非常難過，不知這家人要如何過下去？不過，她也感動，這幾天除唐氏說了幾句不中聽的話，其他親戚仍有愛心，不像穿越小說裡的惡毒親戚，淨想著早點把生病的人欺負死，然後占人家的家產、賣人家的娃。

但別人家也有事，秋收在即，五天後，家裡又歸於平靜。

一直躲著的程月，終於從她的小屋鑽出來。她不知道別人已經在背後叫她程寡婦，還有些不厚道的叫她傻寡婦。那幾天有人看見她的真容，傻寡婦貌如天仙的話又傳了出去。

這個家只有她不相信錢滿江已經死了，固執地認為他不會騙她，會在幾番花謝花開後回來，遂又怯怯地來到院門邊，從門縫裡看外面怒放的野花。

八月底，有些荒草已經發黃，繁花似錦、遍地花開的季節已經過去，但還有幾朵野花開得正豔，顯得更加傲然奪目。依程月多年來的觀察，草黃時，花就快謝了，等到來年花再開，離錢滿江回家的日子就更近了。

現在，十一歲的錢滿霞是這個家唯一的勞力，牽著兩個小的去廚房做飯。做好後，三個人把飯端到錢三貴和吳氏的床頭，服侍他們吃。

錢滿霞含著淚說：「爹、娘，咱們還有錦娃，咱們家還有希望。」

錢亦錦趕緊道：「爺爺、奶奶，以後我在家少吃一口，匀出一口給你們吃。等我長大，考狀元當大官，讓你們享福，請你們上館子。」

小亦繡也難得開了口。「還有繡兒。繡兒也會幹活，剛才燒火，昨兒餵了雞。」說完，抬手擦眼淚，弄得小臉更花。

程月不知何時進來了，說道：「月兒不吃白飯，會做針線，賣錢買糧吃。」

吳氏看著床前四個人，一個傻、三個小，又側過頭看看進氣少、出氣多的錢三貴，一下子哭了出來。如果她死了，他們該怎麼辦？

前幾天，眾人都拿這話勸她，讓她為丈夫和孫子撐下去。但她聽不進去，只想著沒了指望，乾脆求死。可現在看到幾個孩子如此貼心，又捨不得他們了。

她伸出胳膊，抱過錢亦錦和錢亦繡，嚎啕大哭，然後起身吃飯。

錢滿霞煮的是麵疙瘩湯，湯裡還放了一顆雞蛋。吳氏沒有謙讓，不僅把湯全喝完，也把蛋吃進肚子，有力氣後，便下床服侍錢三貴，振作起來了。

吳氏下床後，錢家三房開始正常度日。

只是，今年的花費更大了。錢三貴受到打擊，身子更糟，吃了不少好藥才沒丟命。大夫來給錢三貴把脈，他說的話，錢亦繡雖聽不太懂，卻能猜測出錢三貴是因受傷傷及根本，又嚴重營養不良，得了心臟病。這可是富貴病，要吃好、休息好、心情好，不能餓著、累著、氣著，即便在前世，這種病也不好療養。

按理說，這個家根本做不到這些，但錢三貴還是活了下來。光靠有限的那點補藥，絕對吊不了這麼多年的命。

錢亦繡又猜，錢家三房喝的水跟村裡人家的不一樣，水質似乎要好得多。

這裡的水源豐富，除了極富人家在院子裡鑿井，村民都喝泉水。村後偏東的溪景山腳下有一處深潭，人稱蝴蝶泉，村民們都在那裡挑水。但蝴蝶泉離錢家三房有些遠，他們就去自家院子後面偏西的松潭。

松潭在溪石山腳下，因旁邊有棵巨大的千年古松而得名。古松枝繁葉茂，不僅是溪石山下唯一長得好的樹，連溪景山的大樹都鮮少比得上。這讓很多人嘖嘖稱奇，只有錢亦繡知道原因。雖然有多條泉水從溪石山流下，但只有松潭的泉水是從別座山上拐了多道彎流下來的。雖然水流很小，但日夜不停地流，潭裡沒缺過水。

她的猜測不單針對錢三貴，還有錢家三房的其他人，包括已經失蹤的小爹爹。鄉下人風裡來雨裡去，兼曬著大日頭，皮膚肯定不會好，可他們不說像城裡人一樣白嫩細膩，卻是比村裡其他人好得多。哪怕營養不良，臉有些泛菜色，但絕對不黑。

因為錢三貴的病，這個冬天，錢家的日子更不好過了。

這兩年，錢滿霞的個子長得快，棉襖早已變短，補過一年又一年，今年不只短了，還薄了。小姑娘正是愛美的年紀，每次看到錢滿蝶做新衣裳，都羨慕不已。

之前吳氏答應替她重新做一件，可如今僅有這點錢用，只得抱歉地對小女兒說：「霞兒，讓妳嫂子把舊襖子拆了，再加些棉花。」

錢滿霞懂事地點頭。「好。嫂子手巧，改過的舊襖子也好看。」

錢亦錦在一旁說：「奶奶，把我的棉花給姑姑吧。我是男娃，不喜歡穿新衣。」除了吃食，其他的東西，他都有先人後己的覺悟。

昨天錢老太過來，說錢亦錦的棉襖、棉褲短了，去鎮上買一斤棉花與幾尺粗布，要程月幫他做棉衣和棉褲。

吳氏可不敢把這些棉花挪給錢滿霞用。平時錢老太偷偷給錢三貴和錢亦錦拿吃食來，還防著吳氏給錢亦繡和錢滿霞吃，話裡話外敲打著，若動這明面上的東西還得了？

於是，她把錢亦錦原來的棉襖拆了，抽些棉花給錢滿霞的襖子添上，剩下的棉花，還可以改改錢亦繡的小襖。

吳氏扳著指頭算計手上僅有的錢。冬天艱難地過去，一家人盼著收冬小麥去賣，家裡就會好過些。現在，他們連人都餵不飽，不僅錢亦錦去村裡吃飯的時候多了，連大山進山的日子都比往年多。

還有，村子西邊又有閒漢出現，會趁大山和錢亦錦不在家時，來錢家三房的院子外面學學狗叫或蛙叫，說兩句渾話，但光天化日下，還是不敢做過分的事，因為他們很怕三房養的番狗。雖然大山隔三差五便會進山找東西吃，可是天黑前都會回家。

這些人也怕錢亦錦。有一次，村子裡的范二黑子和花癲子見大山進山了，就結伴過來學蛙叫，卻被院子裡扔出的石頭砸個正著。

伴隨咒罵聲，錢亦錦拎著柴刀出來，看見他充血的雙眼和寒光四射的柴刀，兩個大男人嚇得撒腿便跑。別看錢亦錦還是個孩子，凶狠起來的架勢卻不輸給大山，一人一狗合力保護自己的家人不受欺侮。

春天來了，百花盛開，錢家三房也慢慢平復悲傷。只是，錢三貴的身子依舊十分不好，還躺在床上起不來，不過能挨過嚴冬，已經是奇蹟了。

四月初六清晨，除了錢三貴還在屋裡歇著，其他人都在堂屋吃早飯。早飯是玉米糊，但多了兩顆水煮蛋。

吳氏把雞蛋遞過去，笑著對兩個孩子說：「今天是你們六歲生辰。一晃眼，我們錦娃、繡兒都這麼大了。」

兩個孩子早就等著這一天，伸手拿起雞蛋，笑得見牙不見眼。

錢亦錦大聲說：「謝謝奶奶。」小亦繡也跟著小聲道謝。

「還有呢？」程月生怕他們把她忘了，趕緊開口。

「謝謝娘親。」兩個孩子齊聲道。

錢亦錦猴急地剝了蛋殼，兩、三口便吃進肚裡，又喝兩碗粥。

小亦繡卻把雞蛋揣進荷包裡，糯糯地說：「等繡兒餓了再吃。」然後只吃了大半碗粥。

吃完飯，吳氏下地去了，大山也跟著跑出門。山裡的野獸開始多起來，牠幾乎每天都會進山打獵。

錢滿霞洗好碗，再把衣裳洗了，就要上山撿柴火。平時都是她去，但昨天她撿的乾柴多，遂把一捆藏在灌木林裡，讓錢亦錦去幫她拿。

錢亦錦長得又高又壯，從來都把自己看成小大人，聽說能幫小姑姑的忙，很高興地點頭，走之前，還挺著小胸脯，囑咐小亦繡。「妹妹，我們走後，妳要把門關嚴門好，別人敲門不要開，想出去玩耍，等哥哥回來再帶妳去。記著把娘看好，娘親這樣美貌，不能讓人瞧了去。」

小亦繡聽哥哥一聲令下，忙糯糯答道：「好。」

錢亦錦滿意地說：「妹妹真乖，哥哥回來給妳扯幾朵好看的大花。」

蹲在牆角的錢亦繡腹誹不已。小屁孩歲數不大，架子倒不小，不僅個子壓小亦繡一頭，行事作派更是老練，把性子像極程月的小亦繡甩了一條街。

他們走後，小亦繡就去關院門。

院門關上的瞬間，程月突然瞥見門外有一簇鮮豔的紅色。昨天還沒有那幾朵花呢，今天突然長出來了，便說道：「花兒好看。」

小亦繡把門關好，又站上小凳子，用栓子把門閂上，才過來牽著程月的手。「院子裡的花也好看，娘看院子裡的花。」

此時，桃花花期已經過了，枝上長出比指肚還小的青桃子。即使熟了，這些桃子也不能吃，又酸又澀。

因為程月喜歡看花，兩年前吳氏特地在院牆下種幾棵薔薇，如今一小片院牆上爬滿枝葉繁茂的藤蔓，已經冒出數不清的花苞，零零星星開了幾朵花。

程月看桃樹和薔薇幾眼，眼光又轉向大門。「江哥哥說，要看門外的花。」

小亦繡把雞蛋拿出來，學著大人的口氣哄她。「娘親乖喔，乖了就有雞蛋吃。」

程月知道現在家裡難過，過生日的人才能吃雞蛋，搖搖頭。「錦兒嘴饞，娘不饞，不能吃繡兒的雞蛋。」說完就悶悶地坐在小凳子上。

小亦繡心軟，捨不得看程月受委屈，見她噘著小嘴，極不忍心，便猶豫著說：「那娘親只看一下下，好不好？」

程月忙點頭。「好，娘乖，」頓了下，又說：「繡兒也乖。」

小亦繡又站上小凳子，把門閂拉開。母女倆把門推開一條縫，身子站在院子裡，頭伸出門外看花。此時，太陽已經有些烤人了，錢亦繡出不去，躲在牆角聽母女兩人說話。一會兒，傳來一個男人的聲音，再一會兒，就聽見幾個人離開院子。

錢亦繡不由擔心起來。程月從沒有出過門，這是去哪裡？到底被誰帶出去了呢？

除了樹上鳥兒吱吱喳喳的叫聲外，院子裡又沈寂下來。

錢亦繡正心神不定，卻看到久違的牛頭和馬面來了，脖子上還掛著寫有「零零七」的牌子，正是當初勾她魂魄的那對牛馬組合。

牛頭呵呵笑道：「恭喜啊，妳要重生了，等小丫頭的魂魄一出來，妳就趕緊鑽進去。」

錢亦繡並沒有多歡喜，不忍道：「小丫頭好可憐，那麼小便死了。」

馬面說：「人家福氣好，下輩子是女強人的命，要當CEO。」

哦？如果這樣，倒是令人羨慕。

正說著，一群人衝進院子，大喊道：「三貴哥，不好了！滿江媳婦和繡兒滾下山坡了！」

錢三貴聽見，趕緊拄著枴杖出來。

那些人跑入堂屋，小亦繡剛被抱進去，一條繩子就把她的魂魄勾出身子。

錢亦繡還在愣神，只覺背後被人一推，便昏了過去……

第十二章

當錢亦繡再次醒來時，正躺在床上，耳邊有人說話，是錢老太在罵人。

「……這個家已經過不去了，還救她幹什麼？繡兒那丫頭救便救了，到底是咱們錢家的人，何必管那個傻子？不會做活，又到處勾人，要我說，死了正好！

「為了她，妳借這麼多錢，把人送到縣城的保和堂診治，買那麼貴的藥……哎喲，我可憐的三貴，怎麼娶了個不會過日子的敗家婆娘……」

吳氏哭道：「月兒是滿江的媳婦，是錦娃和繡兒的娘，我怎能忍心眼睜睜看著她死？」

「哼，不忍心看到她死，那就忍心看著一大家子喝西北風？我三兒的身子那麼弱，錦娃正在長身體，霞兒還沒找人家。妳說說，妳家欠那麼多債，讓他們怎麼活？」

接著，錢老太又哭道：「現在四貴也艱難，把所有錢都投進生意裡，我們這幾年攢下的棺材本全借了他們。如今我身上沒有錢，偶爾香娘給幾文，也多吃進錦娃嘴裡，就是想幫你們，都拿不出錢啊！」

這時，錢亦錦從外面端水進來給錢老太。「太奶奶快喝口水，加了糖的。」見錢老太喝了，又說：「求太奶奶別罵我奶奶了。我和妹妹已經沒有爹爹，若是再沒娘親，可怎麼活？」

錢老太本來想說沒了娘會活得更好之類的話，但見錢亦錦癟嘴要哭的樣子，又忍住了。

臨走時，她還是從荷包裡掏出十幾文錢給吳氏。「這是給我三兒和錦娃買雞蛋補身子的錢，不許給那個傻子用。」

錢亦繡擁有小亦繡的記憶，又結合剛才錢老太和吳氏的談話，便知道了來龍去脈。

她們母女倆是被范二黑子騙出去的。聽說錢亦錦從山上摔下來，程月和小亦繡就慌了，哪怕她們膽子再小，還是極擔憂親人，遂跟著他跑出去。

范二黑子領著她們往院子後面的山腳下去。他膽子再大，也不敢往西走，而是直接上了溪景山和溪石山的岔口。見周圍沒有人，又有樹和大石擋著，他便說起下流話，向程月動手動腳。

程月本就不喜人接近，更別說這個長得黑黢黢的髒漢子，遂尖叫著拉起錢亦繡就跑，結果失足滾下山坡。

即使程月是傻子，出於本能，也知道保護小亦繡，滾下坡時，她把女兒緊緊摟在懷裡。范二黑子還想下坡去占已經昏迷的程月的便宜，正好謝虎子夫婦路過這裡，大聲吼起來，把范二黑子嚇跑。接著，兩口子趕緊衝下山坡，把程月和小亦繡揹回去。

雖然小亦繡被程月護著，山坡又不算太陡，但她這天就是該死。她們滾落的山底正好有個積年的水坑，小亦繡倒栯，頭栽進去，臉還朝下，加上人又昏迷，就這樣溺死了。

程月傷勢頗重，前額磕破一個洞，血流不止，左胳膊的骨頭也裂了，身上還有多處碰傷。林大夫不敢治，只得送去縣裡的保和堂。

為此，吳氏把那點積蓄用完後，又借了一貫六百文，讓本就赤貧的家境更是雪上加霜。

幸虧保和堂的張老爺仁慈，沒收診金，不然花的錢會更多。

錢亦繡沒有受傷，但肺部進了水，加上原主身子太弱，又受到驚嚇，一直昏迷到現在才清醒。

她偏過頭，見程月臉色蒼白，腦袋上還纏了一圈綳帶，一頭青絲灑在枕間，像朵美麗的睡蓮，靜靜地躺在那裡。

錢亦繡覺得，她的小娘親就像瑤池裡的一顆蓮子，被風吹落凡間，在這裡生根發芽，開花結果。不知道她之前有什麼際遇，竟讓她頂著絕美容顏，癡癡傻傻飄零在鄉野間？也不知道她前世做了什麼善事，讓她遇到這戶良善人家，呵護她、保護她，否則，還不知會怎樣可憐？

俊俏小爹爹十有八九是死了，離錢亦錦長大成人還有十幾年，這個家該怎麼辦呢？窮不怕，帶領全家脫貧致富奔小康，是穿越女最擅長的本事。但要在這個弱肉強食的封建社會裡守護一個弱智美人不被欺侮，難度就有些大了。

錢家是無權無勢的鄉下人家，三房更弱，她必須找個契機跟有權勢的人家拉上關係，讓自己強大起來，護著家人不被惡人侮辱。再把那些看好的東西拿到手賣了，買座大院子，再買些下人，把美貌小娘親藏得深深的，還得保證在她變強之前，不讓小娘親出事。

不過，她現在只是個鄉下小土妞，無論怎樣折騰，也不可能攀上權勢人家，還是得採曲線救國的策略。

先搭上門第不算高，卻跟權貴有密切來往的保和堂張家。她知道他家藏寶的秘密，若是找到機會說出來，便能拉上關係。還必須想辦法搭上宋家莊子的高管事，宋家是官身，莊子離花溪村近，有他們撐腰，至少不怕鄉里的閒漢惡霸。

想到這裡，錢亦繡伸手摸摸程月的臉，喊了句：「娘親。」

瞬間，溫暖的孺慕之情在胸中瀰漫開來，滾下山坡時被人緊緊摟在懷裡護著的感覺又湧上心頭。

錢亦繡的眼眶濕潤，手輕輕摩挲著程月的臉頰。

「繡兒醒了？」吳氏喜道：「奶奶的乖孫女，醒了就好。奶奶去給妳盛碗雞湯喝。」說著就走出去。

錢亦錦送錢老太回來，見錢亦繡醒了，忙跑過去，漂亮的小臉湊到她眼前，哽咽道：「妹妹，妳終於醒了，可娘親還沒醒。都是哥哥不好，沒好好護著娘跟妹妹……」

錢亦繡聞言，眼淚掉下來，輕輕喊了一聲：「哥哥。」

她飄在這個家裡近七年，看著他們喜怒哀樂、悲歡離合，現在，她終於成為其中一員。雖然家裡依舊艱難困苦，但被關心的感覺真好。

錢亦繡在床上躺了半個多月，喝下許多苦藥湯。偶爾起來動一動，也只能在小屋裡慢慢走。

這十幾天來，外面下著綿綿春雨，天氣又冷了些。吳氏怕她吹風加重病情，不許她出屋，連門都關得緊緊的，讓錢滿霞把飯端進來給她們母女兩個吃；想上茅房，也是在裡面解決。

可是，屋裡的味道實在不好聞啊。

之前小亦繡幾乎天天尿床，可家裡又沒有多餘的褥子，不能換，只好白天把褥子拿出去晾乾，晚上再收回來繼續用；要是下雨，還得生堆火烘。這些天，尿騷味熏得錢亦繡想吐，剛穿來時，她連覺都睡不好，後來才漸漸好些。

睡不好也有好處，就是一想尿就起來解決。剛開始一夜起三、四次，慢慢地次數少了些，身子好後，現在每晚只起來一次。尿床不光是因小亦繡反應慢，跟身體不好也有關係。

這些天來，錢亦繡天天都跟程月膩在一起。程月拉著她的小瘦手，不加掩飾地一次又一次表白，她則報以更熱烈的回應。

「繡兒，還疼嗎？娘再也不帶妳出門了。娘離不開繡兒，娘喜歡繡兒，喜歡錦娃……還喜歡江哥哥……」

「娘，繡兒不疼了。繡兒也離不開娘，繡兒好喜歡美美的小娘親喔；也喜歡哥哥、喜歡爹爹……」

聽得一旁的錢亦錦直抽嘴角。

這天下午，林大夫冒雨來給程月看傷，重新換了藥，說再吃幾服湯藥便行，以後慢慢養著，而錢亦繡已經沒有大礙，可以出門。

晚上，一直淅淅瀝瀝下不停的雨終於停歇。

明天，肯定會是個豔陽天！

錢亦繡激動得夜裡都沒睡好。躲在陰暗角落裡將近七年，明天終於可以重新站在陽光底下了！

天矇矇亮，鳥兒吱吱喳喳叫起來。

聽到吳氏去廚房的腳步聲，錢亦繡便起身，爬過睡在中間的程月，又爬過睡在最外面的錢亦錦，下了床。

原來是程月睡在最外面，錢亦錦睡在中間，錢亦繡睡在最裡頭。出事後，錢亦錦就強烈要求睡在最外面，好保護娘親和妹妹。

錢亦繡拿起放在凳子上的衣裳穿好。粗布小衣裳洗得發白，還縫了好多塊補靪。這是錢亦錦穿小的舊衣，改了改，又給她穿。

可憐的孩子，長這麼大，卻沒穿過一件新衣裳，連一年只吃一次的雞蛋都沒來得及吃，就死了。但願她下輩子混得風生水起，天天買新衣，頓頓吃大餐。

錢亦繡默默念叨完，便打開門，一陣清風撲面而來，讓她不由打了個冷顫。地還沒有乾，有許多小水窪。她繞開水窪來到院子中央，晨風吹在臉上潤潤的、涼涼的，舒服無比。她深深吸了幾口氣，帶著花香、草香、葉香的濕潤空氣沁入鼻腔，感到愜意無比。

她面向東方，凝視久違的太陽。那個大火球只透出半張臉，掛在村裡人家的房頂上，此時依然涼，但她心裡卻覺得異常溫暖，朝太陽送了幾個飛吻，又扯著嗓門喊：「太陽公公我愛你！」清脆的聲音把樹上小鳥驚得飛起來。

廚房裡傳來吳氏的訓斥。「病才好就發瘋，別吵著妳爺爺。」

剛進廚房幫忙的錢滿霞說：「自從繡兒受傷後，性情開朗得多，人也變伶俐了。」又把腦袋伸到廚房門外喚道：「繡兒，早晨風涼，快回屋裡去，等小姑姑收拾完，就去屋裡幫妳梳頭。」

錢亦繡對錢滿霞笑道：「小姑姑忙妳的，不用管繡兒。繡兒要自己梳頭，還要幫哥哥和娘親梳頭。」便回了屋。

錢滿霞笑起來。「瞧妳得意的。若你們幾個真不用我操心了，我倒省事。」口氣像十足的大人。說完搖搖頭，自去忙了。

回到屋裡，錢亦繡對著鏡子努力半天，還是沒能把自己打理好。這個時代沒橡皮筋，想用小布條紮頭髮，難度比較大，加上小手還沒有那麼靈巧，折騰了一會兒，便累出汗，只得放棄。

「繡兒？」

錢亦繡轉過頭，看見程月已經坐起來，正呆呆地睜眼望著她，便走過去，拿起程月的衣裳道：「從今天起，繡兒幫娘親穿衣裳，娘親要聽話喔。」

程月的左胳膊吊在胸前不能動，只能把她的右胳膊套進袖子，然後把衣帶繫好。儘管穿的是已經發白的打補靪舊衣裙，但穿在她身上就是好看。錢亦繡不會梳古代女人的髮髻，再說白繃帶還纏在頭上，遂用帕子把她的頭髮鬆鬆束在腦後，這種髮型讓程月顯得更加慵懶而優雅。

被打理好的程月又坐在床頭望向窗外。晨光透過小窗照在她的臉上，顯得面色更加蒼白、瞳仁更黑更大。她的眼神空洞虛無，似乎在看別人看不到的地方，坐著一動不動，如白蓮般，靜靜地在晨光中綻放。

這種氣質，可不是小門小戶能培養出來的。錢亦繡對程月的身世感到好奇，想著以後慢慢啟發她，看能否記起什麼？

然後，她又說，要給穿好衣裳的錢亦錦梳頭。這個時代，小男孩要等到七歲以後，才留頭髮梳總角。現在，錢亦錦只在腦袋中間留了一撮頭髮，四周剃光，梳頭時，只須把那撮頭髮用帶子紮上就成。

錢亦錦不願意，嫌棄道：「哥哥都不會梳頭，妹妹怎麼會？」

錢亦繡還嘴。「哥哥不知道男女有別嗎？平時都是奶奶和姑姑給爺爺梳頭，什麼時候看到爺爺給奶奶和姑姑梳頭了？」

錢亦錦說不過她，只得由著她梳。失敗多次並保證這是最後一次後，錢亦繡終於幫他紮了個沖天炮。他的頭髮又硬又黑，像根小鋼管般直衝雲霄，看著極有個性。

乖孩子太帥了！錢亦繡好想親一口，其實她更想親程月，但怕嚇著古人，遂忍住了，伸手捏了捏錢亦錦的臉。

錢亦錦愣了愣，也不說話，轉身出去蹲馬步了。自從程月和錢亦繡受傷後，他的話明顯少了，整天愁眉不展，無論錢亦繡怎樣逗他，都悶悶不樂，而且，無事便照錢三貴以前教他的方式到院子裡練武，下雨就在房簷下練。

進來打理母子三人的錢滿霞看見，吃驚不已，笑得眉眼彎彎。「這真是壞事變好事。繡兒病好後變得更加能幹，不僅不再尿床，還會給娘親穿衣裳，給哥哥梳頭。」

錢亦繡一驚，故作天真地說：「繡兒一直想幫家裡做事的，只是手笨。這次受傷後，手怎麼一下子靈活起來呢？小姑姑，是不是張神醫的藥把繡兒的手笨治好了？」

錢滿霞聽了，咯咯笑道：「真是傻話。」

錢亦繡順勢裝糊塗，也衝她呵呵笑起來。

因為錢亦繡的頭髮短，綰不起包包頭，只能分兩邊紮好。又因她的頭髮又黃又細又軟，綁起後不像錢亦錦的沖天炮，而是向四周散開再彎彎垂下，像兩朵盛開的小菊花。

錢滿霞幫她們整理好頭髮跟衣裳，又回廚房忙了。

錢亦繡照了半天鏡子，樂得不行。這張小臉雖比不上絕美的小娘親，但還是極可愛、極動人。頂著這張臉，可不能再傻得像前世那樣，等一個不愛她的男人二十年。

錢亦繡剛把鏡子放下，就聽見錢滿霞在外面喊吃飯。

終於可以去堂屋吃飯了！錢亦繡開心不已，便去拉程月，可程月的眼淚立刻湧上來。「害怕，不出去。」她被嚇壞了，受傷後，就沒出過小屋子。

錢亦錦也進來勸道：「娘親，有兒子在，沒人敢來欺負您。」

程月還是不出去。

錢亦繡無奈道：「那娘在屋裡乖乖等著，繡兒去端飯給您吃。」說完就跟錢亦錦一起去堂屋了。

錢三貴仍躺在床上，只有吳氏、錢滿霞、小兄妹倆在堂屋吃飯。

飯菜十分簡單，只有番薯玉米糊、醃鹹菜，連玉米餅子都省了。

錢滿霞把裝了糊糊的破碗端到大山面前，才進屋吃飯。沒辦法，家裡窮，這點糊糊還是大家各省一口才有的。

大山嫌棄地看看碗，還是吃了。因為牠嘴饞跑去山裡，致使兩個主人受了傷，小主人到現在都不肯搭理牠。這些天，雖然牠餓得前胸貼後背，也不敢再擅自進山覓食，老老實實待在家裡。

看到蹲在門口吃糊糊的大山，錢亦繡想起多年來一直耿耿於懷的事，說道：「我不喜歡大山這個名字。哪有母狗叫這個名字，又土又不好聽。」

吳氏頭也不抬地說：「我倒覺得這個名字挺好。叫了六年，都習慣了，改什麼呀。」

錢亦繡嘟著嘴。「反正繡兒不喜歡。」

錢亦錦問道：「那妳說，取什麼名字好？」

錢亦繡早想給大山換名字，卻沒想好取什麼，想了想，道：「叫醜醜，怎麼樣？」

話聲一落，錢滿霞咯咯大笑起來，連鬱悶了半個多月的錢亦錦也露出笑意。

一直委靡不振的大山聽見，不吃糊糊了，抬起頭，怒氣沖沖地對錢亦繡一陣狂吠，厲害得不得了。

錢滿霞笑道：「看吧，不光我們不同意，大山都不高興了。取的什麼名字呀，笑死人了。」

這叫萌！是你們不懂欣賞好不好？

錢亦繡嘟嘴道：「妳不喜歡叫醜醜，叫狗妹好不好？」

大山又是一陣狂吠。

見牠確實氣得不輕，錢亦繡只得作罷了。

第十三章

飯後，吳氏便去忙農活。下這麼多天雨，該好好整理整理農地了。

剛剛四十歲的她已經有些駝背，頭髮也白了一半，眼角生出許多深深淺淺的皺紋，像五十歲的老嫗。

錢亦繡極心疼這個年輕奶奶。一個人扛起一個家，幹完地裡的活兒，還要照顧一家病弱，等她有能力了，一定要多多孝敬奶奶。

錢滿霞服侍錢三貴吃了早飯，收拾完屋子，就出去洗衣裳。若是前世，十二歲的小姑娘還在上小學呢，她卻要幫吳氏頂起這個家，再苦再累也毫無怨言，整日笑咪咪的。

錢滿霞出門前，誇獎了正準備剁雞食去餵雞的錢亦繡。看到她燦爛的笑容，錢亦繡的心情更加明媚了。

錢亦錦則在院子裡磨刀霍霍，作夢都想把范二黑子殺了。他非常難過，覺得自己是家裡唯一的健全男人，卻沒盡到保護娘親和妹妹的責任，讓她們被欺負，真是沒用。

這半個月來，他幾乎每天都會磨刀，然後拎著寒光四射的柴刀，頂著綿綿小雨站在村口等范二黑子。

但范二黑子早嚇跑了，到現在都沒敢回村。

之前，錢家其他幾房加三房，一共十幾個人跑到范家討公道。范家人多勢眾，壯丁比錢家多得多，錢家人不敢動拳頭，只能講道理。雖然有大山跟著助威，但人家手裡拿著扁擔、刀、繩子，一看就是專門對付大山的，所以錢亦錦把拴狗的繩子勒得緊緊，怕這些人乘機打死大山。

范二黑子的娘躺在地上撒潑打滾，說是要命一條，要錢沒有，錢家若有本事，就把范二黑子抓回來，要錢也成，打死也成，全隨他們。

最後，在汪里正的作主下，范家才不情願地拿出一百文賠償錢家，連湯藥錢都不夠。

錢亦繡餵完雞來到前院，看見錢亦錦還撅著小屁股在磨刀，漂亮的小臉異常嚴肅。

錢亦繡蹲在他面前，說道：「哥哥，凡事要動腦子。用腳趾頭想都知道，現在范二黑子是絕對不敢回村的，你天天磨刀，又跑到村口等，能等到他嗎？

「再說，即使范二黑子回來，你只有他的胸口高，打得過他嗎？到時候，你沒砍死他，他倒先把你打傷。如果你也受傷，咱們家就別過日子了，直接賣地、賣房，然後出去當乞丐要飯。」

錢亦錦聽了，看大山一眼。「那我放大山去咬他。」

「要是大山攻擊人，那些人更有理由打死牠，你捨得大山死嗎？」

「那怎麼辦？就讓他平白欺侮娘親和妹妹？」錢亦錦恨恨說道。

錢亦繡說：「當然不能讓他平白欺負，但現在咱們太小，憑蠻力是打不過他的。得好好學本事，等強大了，不僅能找他報仇，也沒有人敢欺負咱們。」

錢亦錦想想，重重嘆了口氣。他懂這個道理，就是氣不過。

錢滿霞洗完衣裳回來，錢亦繡就拉著錢亦錦，帶大山一起出了門。

她知道幾個野兔窩和幾個野雞常下蛋的地方，都離家不遠。如今小身子還虛弱，走不了遠路，只能打這幾窩兔子和野雞蛋的主意。雖然值不了太多錢，但也能賣個幾文，或改善改善吃食。

出了院門，眼前豁然開朗起來。這片荒野，之前她看過無數次，卻都是在夜色中看的，朦朦朧朧，不甚清楚，現在如此清晰地展現在眼前，覺得更加遼闊。荒草中開著許多認識或不認識的野花，青草香夾著花香，隨春風撲面而來。由於才下過多日春雨，地上的水窪比平時多，像一面面小鏡子，在陽光照耀下閃著金光。

錢亦繡不禁感慨萬千。再次出現在這片荒原上，她已經是人了。見錢亦錦背對她彎下腰來，愣了愣才知道，他是要揹她呢。

見路上的確不好走，若把鞋子打濕又容易生病，錢亦繡便爬上他的背。小哥哥的背雖然不厚實，卻極溫暖，揹著她一晃一晃，舒服極了，比曬在背上的陽光還暖和。

錢亦錦朝西走著，問她：「妹妹怎麼知道那裡有個兔子窩？」

「哥哥不在家時，我一個人在附近轉呀轉，就發現了那個洞。」錢亦繡隨口編道。

來到離錢家不到百尺的地方，有座不大的小土坡，坡上碎石多、荒草少，還有棵要死不活的柳樹和大石，大石底下的小洞就是兔窩，一個多月前，母兔在這裡生了一窩小兔子。土坡另一面也藏了個小洞，跟那洞口是相連的。

錢亦繡先讓錢亦錦把大口袋堵在洞口，讓大山看好，只要有兔子沒鑽進去逃出來，就把牠抓住。然後她來到另一邊，把從家裡帶的乾草塞進洞內，點火燒了。

隨著煙飄出，洞裡有了動靜，接著，五隻小兔子竄進口袋。

錢亦錦興奮極了，手腳並用，緊緊把口袋按在洞口四周。大母兔鑽出口袋，也被大山抓住。

大山想飽餐一頓，兔子卻被錢亦繡搶走。「妳的肚子那麼大，何苦跟我們搶吃食？自己去山裡找。」

大山氣得瞪她一眼，轉身向山中跑去了。

錢亦繡把大母兔放進口袋，再把袋口繫好，交給錢亦錦。

錢亦錦興奮地接過，扛在背上，牽著妹妹的手回去。

兄妹倆把勝利果實帶回家，錢滿霞激動得臉通紅。她算了算，大母兔大概有四斤多，每隻小兔子也有一斤多重。

吳氏從地裡回來，看了也高興，說下午就拿去鎮上賣。

錢亦繡想留一隻小兔子給自家吃，吳氏說一隻小兔子就有一斤多，吃了可惜，不如賣了，在鎮上割一斤板油（注）回來，又能煉油、又能得噴香的油渣吃，划算些。

午後，吳氏賣完兔子回來，說六隻兔子共賣了一百八十文，又用十八文買了一斤板油。

她的臉上終於有了笑容，把錢用線串好，放進臥房。

錢亦繡有些挫敗。賺了錢，她卻連一個子兒都沒撈到。

吳氏熬板油時，錢亦錦牽錢亦繡去廚房，守在大鍋旁邊排排站好。

錢亦繡覺得這樣挺丟人，但七年多沒聞到豬油香味，又讓她捨不得離開。她還是在剛穿過來的那兩天喝了雞湯，吃了幾塊小雞肉，然後就再也沒見過葷腥了。

吳氏把油渣撈進碗裡，在孫子與孫女嘴裡各塞了一塊，笑道：「小饞貓，吃著了。出去吧。」說完，轉身去忙了。

燒火的錢滿霞看見，趁吳氏沒注意，又拿起兩塊油渣餵他們，兩個小人這才滿足地出了廚房。

第二天，錢亦繡又領著錢亦錦去撿了十顆野雞蛋回家。這次去的是溪景山和溪石山的岔路口，大概相距百尺的灌木林裡。

她讓錢亦錦帶她去山腳下玩，玩著玩著，把他引到有野雞蛋的地方，當作是他找到的。給家裡掙了十顆蛋，讓錢亦錦十分得意。

去時，錢亦繡自己走路，回程走不動，又是錢亦錦揹她。

吳氏看見野雞蛋，還想拿去賣，但錢亦繡不願意了，癟嘴道：「娘流了好多血，繡兒的頭也昏，哥哥和小姑姑在長身子，爺爺奶奶又辛苦。這些蛋，咱們自己炒著吃。」

錢亦錦也在旁邊使勁點頭。「妹妹現在連路都有些走不動。」

注：板油，豬油的一種，未加熱前呈板形或塊狀。

吳氏聞言，嘆口氣，便沒再說賣雞蛋的話。

中午，飯菜擺上桌，是玉米番薯粥、一小盤韭菜炒野雞蛋、一碟鹹菜、一大碗炒白菜，白菜裡還放幾顆油渣。這對錢家三房來說，可是一頓不錯的午飯。

吳氏先撥了些雞蛋和白菜放進錢三貴和程月的飯碗裡，要錢滿霞和錢亦繡分別端過去讓他們吃。

剩的雞蛋不多，吳氏又挾一大半給兩個小孩。剩下一點，她和錢滿霞分了。

錢亦錦還是覺得沒吃飽，撂下筷子。「妹妹，咱們好久沒去錢家大院看太奶奶，我想她老人家了。」

錢亦繡可不願意去。錢老太偏心得很，以前小亦繡難得跟哥哥去一趟錢家大院，錢老太還嫌她礙眼，要她去找錢亦善的妹妹錢亦多玩，然後再悄悄把錢亦錦叫進她的小屋裡，吃好吃的。

所謂好吃的，也就是一點麥芽糖，或點心、雞蛋什麼的，是錢老太拿私房錢買來，或錢香送的。除了自己躲在屋裡吃些，絕大多數都給錢亦錦留著。

每次，錢亦錦都會偷偷藏點吃食出來給錢亦繡吃，但手指甲那樣大的東西，實在不夠塞牙縫。而且這種事情幹得一多，錢大貴的寶貝孫子錢亦善、孫女錢亦多就會發現端倪，一看錢老太把錢亦錦領進小屋就鬧騰，弄得汪氏和許氏極不高興。

尤其是汪氏，覺得錢亦繡聽不懂，還當著她的面罵過。「這老貨，吃著我們家的、喝著我們家的，還要我們服侍，卻偏心三房的人。」又嗔怪自己的孫子、孫女。「你們也該跟人家學學，看看人家怎麼只憑著一張巧嘴哄人……」

於是，錢亦繡頭都沒抬地說：「你自己去吧，我要在家裡陪爺爺和娘親。」

錢亦錦起身，來到錢三貴門外。「爺爺，您在家好好歇著，我去大院看太奶奶。她的腿腳不太好，我去幫她捶捶。」

錢三貴在屋裡嗯了兩聲。「好，好娃子。」因為他有病，吳氏不許兩個孩子進他們的屋。

錢亦錦又跑去左廂房，把同樣的話跟程月說了，還加一句。「娘不怕，我已經讓妹妹把門閂緊了。」便噔噔噔地跑出院子。

錢亦繡吃完飯，回屋幫程月把外衣脫了，上床歇午覺。她也跟著爬上去，越過程月，到裡面躺下，看著她酣然入睡，自己卻睡不著。

程月的臉色白得近乎透明，眼睛閉上，顯得睫毛更長更密，像一對斂起翅膀的黑蝴蝶。小巧精緻的鼻子裡，傳出微弱的鼾聲。

如今程月成了寡婦，想占她便宜的可不止范二黑子一個。錢亦繡還是鬼魂時，就聽過幾個壞男人背後議論錢家傻寡婦是如何嬌嫩可人，別說睡一覺，就是摸上一摸，死了都甘心。所以，范二黑子才色慾薰心，竟敢在光天化日之下，把人騙出去用強。

若有錢就好了，修座大宅子，再買幾個護院，把美貌小娘親藏得深深的，等閒人看不到，便安全得多。不過，現在這個小身子骨上山去挖已經偵察好的寶貝還不行，太弱了。

此刻，她又有些懷念當鬼魂的那段日子。每天夜裡，無論漫天星辰還是月黑風高，她都會飄進群山中，飄進千家萬戶探看。想快些，可以夜行百里，還不覺得累；想瞧仔細些，可以附在地面，不懼狼蟲虎豹，進行地毯式的搜索。

正如馬面所言，群山裡藏著無數寶藏。

深山老林裡的那些寶貝，她不敢惦記，只要穿越成人，就別想去那裡，哪怕東西再好，都不是她能妄想的。她的目標鎖定在她能到達的地方。

經過近七年的觀察，她幾乎把山裡的情況摸清了，確定幾個地點，都埋藏著能賣錢的好東西，價值隨著是否難以採擷而加大。

有三個地方在溪景山上，那裡的東西算不上特別值錢，只要她的身子好些，再把小苦力錢亦錦帶上，就能拿到，賣個幾百兩銀子不成問題。

其中，最近也最好走之處，就是熱風谷。

熱風谷幾乎沒有什麼喬木，都是野草和低矮灌木。一到春天，夾雜在其中的山花競相開放，數不勝數，萬紫千紅，如天上的雲霞落入凡間，絢麗多姿，繽紛無比。

只是村民並沒有多餘心思去觀賞這風景，在他們看來，好看的不如好吃的，這些山花遠比不上河邊與溪邊的灰灰菜可愛。灰灰菜可以吃，花不能吃又不能賣，看了能長二兩肉嗎？所以，沒有人特地來賞花，偶爾有人路過，也只會站著望望，然後繼續往前走。

錢亦繡知道，絕大多數的山花挪進家裡後是養不活的，但她在其中發現幾株名品，而且長勢極好，若移回去種活，可是能賣些錢的。她在前世養過一些好花，其中有盆君子蘭，當時有人出價萬元她都沒捨得賣，後來被尚青雲要去，巴結他前兩任的岳父。

還有個地方在溪石山上，她取名為洞天池。溪石山山路崎嶇，許多山峰如鬼斧劈成，陡峭無比。寶貝藏得極深，別說沒什麼人去溪石山，即使有人去，也找不到。只要把那個地方的東西拿到手，便夠她這輩子，不，是幾輩子吃穿不盡。

至於剩下的寶貝，再好，都不在她的考慮範圍內。

錢亦繡想得昏昏沈沈，緊挨程月，也不知不覺地跟著睡去。

第十四章

午後，春風和煦，院子裡飄著花香，錢滿霞便把感覺好些的錢三貴扶出房，坐在桃樹下曬太陽。

自從穿到這具身體後，不，應該說自從一縷幽魂來到這個院子裡，錢亦繡從沒靠近過錢三貴。

她十分喜歡這個善良卻又無可奈何、身不由己的爺爺。看著他在生死邊緣掙扎，即使起不了身，也是這個家最大的精神支柱。

聽見錢三貴的聲音，錢亦繡迅速穿上罩衣，跟著跑出房，拉著他的袖子說：「爺爺出來了！爺爺病好了！」誇張的大嗓門抑制不住驚喜。

這份歡喜感染了錢三貴，他笑起來，眼裡的愁苦少了許多。

其實，錢三貴只比前世的錢亦繡前世大不到十歲，今年才四十出頭，可看著卻如六十歲的瘦弱老人。由於幾個月沒有出屋，他的臉色灰白發暗、兩頰深陷，又瘦得皮包骨，偶爾笑，也遮掩不住眼裡的憂鬱。

他敢做鏢師，當初肯定屬於鬥狠的角色，如今聽到至親被人欺侮至此，卻躺在床上無能為力，該多麼痛徹心腑。

錢三貴斜靠在椅子上，錢滿霞在身後幫他梳頭髮，錢亦繡拉著他的手看她。

溫暖的陽光從桃樹枝葉縫隙間灑下來，讓錢三貴睜不開眼睛，卻又感覺舒適無比。等他適應了刺眼的陽光，再抬眼看看，桃花已經開盡，枝上結了些指甲蓋大的小青桃子。

一年又一年，他居然還活著。雖然他覺得這樣活著生不如死，卻不能不咬牙堅持，因為他有太多牽掛。

錢亦繡見狀，嘴甜地說：「繡兒喜歡爺爺編的草籃子，比鎮上賣的還好看。爺爺病好了，就再給繡兒編個精巧些的吧，用它裝好看的花兒。」給他鼓勵，讓他知道自己是個有用的人。

錢三貴呵呵笑起來，有氣無力地說：「好、好，等爺好些了，就給繡兒編。」

錢滿霞好久沒有聽到他如此輕鬆的笑聲，也跟著湊趣。「爹再給錦娃編雙草鞋。他總沒個消停時候，幾雙小鞋都穿破了。」

「好。」錢三貴笑著答應。

錢滿霞幫錢三貴梳好頭髮，就進屋去，把錢三貴和錢亦繡的被褥拿出來曬。

錢亦繡坐在錢三貴身旁逗他開心，試圖忽略褥子上那一圈又一圈的污漬。猛一抬頭，看見程月的腦袋在窗前晃了晃，或許她也想出來了。

這是個好現象！

錢亦繡馬上喊道：「娘親，爺爺在院子裡，壞人不敢來的。您也出來曬曬太陽，可暖和了。」

程月搖搖頭，大眼睛裡又盛滿恐慌。

錢亦繡指指緊閉著的大門。「娘，您看，院門已經關好門緊，若還不放心，我再去拿根扁擔把門抵上。」說完，真的起身去拿扁擔，把院門抵住。

錢滿霞見狀，也高聲道：「嫂子，我也不出去，在這裡陪妳。咱們家這麼多人，壞人早被嚇跑了。」

程月還有些猶豫，又聽見錢三貴開口。「滿江媳婦，公爹在這裡，不要怕。」他的聲音有氣無力，體力或許還比不上錢亦繡，但因為他是個男人，又是這個家的支柱，程月信了，居然走出房門，來到那片薔薇藤前。

如今薔薇花開得正豔，紅色花朵爬滿藤蔓，芳香四溢。程月欣喜地看著這些花，深吸幾口氣，抿嘴笑起來，蒼白呆滯的小臉因笑意而生動了幾分。

錢亦繡花癡般地看了美美小娘親一會兒，又轉頭瞧瞧像個活死人的錢三貴，再望望小大人般的小姑姑，又想到在地裡忙活的吳氏，和去討要吃食的錢亦錦。

這些都是她深愛著的親人，她必須盡快賺錢養家！

想到這個現實又沈重的問題，錢亦繡的小臉嚴肅起來，在錢三貴身邊坐下，小手扶住下巴，望著天空發呆想心事。

馬上要收冬小麥了，家裡的地是坡地，吳氏又不善農事，地裡的小麥長勢明顯沒有別家的好，兩畝地能收成六百斤就不錯，賣了也不到三貫錢。況且，今年開始要繳稅，再把賣兔子的錢加上，落在手裡的，還不一定能有兩貫五百文。

家裡向錢香借了一貫錢，又跟錢大貴家借五百文，錢二貴家借一百文，把錢還了，這個家可怎麼過？

湛藍的天空澄澈而悠遠，只有幾抹薄薄雲團飄浮在上，偶爾飛過幾隻小鳥。天空下是連綿起伏的群山，一直伸向遠方。

那裡面有值錢的好東西，隨便取一樣，就能解決家裡的困境，但現在卻是可望不可即。既然目前還去不了山裡，只能發揮她的聰明才智為家裡掙點錢了。

前世錢亦繡主修經濟，幹的是工會工作，定期發放各種物資，每逢節日或假日，再辦辦活動。兢兢業業做了十幾年，剛剛升上辦公室副主任，就穿越過來了。

她比較擅長和拿手的，就是猜測上司意圖，拍拍馬屁，寫漂亮的工作報告。有活動時，把員工們哄到舞臺上亮亮相，或自己上去唱兩句，博大家一笑；其次，就是做點心和種花。她一心一意暗戀尚青雲，沒有談戀愛，工作也不忙，下班後的大把時間便用來養養花、做做飯。

賣點心倒是可行，但她沒有錢，更關鍵的是，原主不像錢亦錦，反應只比程月快一點，被人歸類在僅次於她的傻子，現在突然伶俐起來，已經讓人驚訝，不能再聰明過分，得循序漸進。

思前想後，錢亦繡決定就地取材，暫時當個賣花姑娘，既不需要本錢，又不需要太多的本事。再說，花是小原主擺弄過最多的東西，也不會嚇著大家。

這時，敲門聲突然響起，程月驚得站起身。

「誰呀？」錢滿霞問道。

「是我。」一個女子的聲音傳來。

錢滿霞趕緊對想跑回屋的程月說：「嫂子莫慌，是蝶姊姊。」

錢大貴的女兒錢滿蝶今年已經十五歲，已訂了親，只等明年出嫁。

錢滿蝶豐滿俏麗，雖然皮膚不算很白，但漂亮五官讓她擁有黑牡丹的稱號。她是錢滿霞最喜歡的堂姊，偶爾還會教堂妹繡繡花。

錢滿霞招呼錢滿蝶坐在棗樹下，進屋拿出一個綳子，上面綳了一塊舊白布，布上已經繡了幾朵花、幾片葉。兩個姑娘邊說邊繡花，程月坐在一旁，滿臉羨慕地看著。

錢滿蝶拿的綳子上綳著一塊紅綢，形狀像個小肚兜，上面繡著好看的花草，還有福字，看起來已經快完工了。

錢亦繡心道，錢滿蝶還挺開放，這種東西，不是要躲著人繡嗎？便問：「蝶姑姑，妳繡得真好看，是準備當嫁妝嗎？」

錢滿蝶聽了，臊得臉通紅，跺著腳嗔道：「妳胡說什麼呀，才不是哪。這是小孩子的肚兜，等觀音娘娘生辰時，準備拿去大慈寺賣的。」又瞪她一眼。「小孩子家家的，淨會胡說。」

錢亦繡也知道大慈寺，就在溪頂山山腰上。溪頂山和溪景山接壤，離這裡大概有十里路，離溪山縣城不遠。溪頂山盛產茶葉，不僅是大乾朝的茶文化起源地，也是著名的風景名勝，無論前山後山，都種著大片大片的茶樹，舉目望去，滿眼蒼翠，堆青疊綠，蔚為壯觀。山下和山裡的人家皆以茶維生，日子是這一帶的居民中最好過的。

之前，她的魂魄把方圓幾百里地轉遍了，唯獨不敢去溪頂山上，因為那裡有十幾座寺廟，大慈寺是最著名的一座，終日香火不斷。

不過，錢亦繡聽到的重點不是大慈寺，而是觀音娘娘的生日和賣東西，又問：「那時大慈寺很熱鬧嗎？還可以去賣東西？」

錢滿霞搶著回答：「可不是。每年的六月十九，好些人都會去那裡的觀音殿上香，祈求觀音娘娘保佑他們心想事成。這天去的多是婦人跟姑娘，求菩薩保佑她們生兒子或覓得良人，連縣城和省城有錢人家的太太、小姐們都會去。」

錢滿蝶點頭。「是啊，一到那天，好些村民都會去賣東西。上年我繡的小肚兜全賣掉了，一件還賣到三十文呢。」

錢亦繡一聽，激動得小臉通紅。這是一條財路啊！

她能賣點什麼呢？賣吃食不行，沒錢買食材，也沒有勞力。賣手工品？看看程月，她的胳膊還在胸前吊著，再等等吧，反正離觀音娘娘的生辰還有一個多月。

嗯，不如想辦法弄些不要錢的花去縣城賣，不僅可以掙點錢，說不定還能搭上有錢人家。

錢亦繡還是鬼魂時，去過有錢人家，看到他們也插花，精緻的花瓶裡或劍山（注）上插著幾枝漂亮鮮花，但無一例外，都是用青枝綠葉來勾線、襯托，花也多是牡丹、菊花、玫瑰那幾種，雖然美，卻稍顯單調。

不過，這裡的人講究意境和秀雅，不一定能接受前世西方濃烈豔麗的插法，但用滿天星搭配鮮花，照樣能做出雅致耐看的插花。最重要的是因地制宜、就地取材，不用花錢。

錢亦繡在心裡盤算好，便打算過幾日出門找花，親手試做，看看效果如何？

這天晚上，是錢三貴幾個月以來第一次在堂屋吃飯，程月也上桌，雖然少了小饞貓錢亦錦，大家還是難得高興。

錢亦錦吃過飯才回來，一進門就把小髒手伸到錢亦繡面前獻寶。他手心裡有一小塊麥芽糖，髒兮兮、黏糊糊的，上面還有牙印，一看就是從嘴裡吐出來的。

錢亦繡嫌棄地搖搖頭。「我不要。」

「甜得很呢。」錢亦錦掏心掏肺地說。

錢亦繡把頭轉過去。「那也不要。」

錢亦錦無奈，只好又把糖放進自己嘴裡，甜得直瞇眼睛。

第二天起，錢亦繡便出門找適合做花束的野花。

這些花不僅要有觀賞價值，花枝還得粗些、硬些。她找到不少，雖然沒經過人工培植後好看，但已經非常不錯。家裡人知道她從小喜歡擺弄花，並未多問。

在她忙碌的同時，開始收冬小麥了。今年依舊跟往年一樣，錢家幾房一起收，錢滿霞和錢亦錦都要去幫忙。雖然家裡的勞力全下地，做的事還是明顯比大房、二房少，閒話是少不

注：劍山，一種板狀的插花器具，上面有針，可用來固定花朵。

了了，尤其以唐氏說得最多。

錢亦繡被委以重任，在家裡照顧兩個病人，不敢走遠，只能在院前院後走動。只要出院子，她都會謹慎地把院門鎖好。

一晃到了五月中，收成的小麥脫了粒，吳氏跟著錢大貴等人把小麥拿去鎮上賣。本來要留幾斤給自家吃，錢三貴沒答應。

繳完賦稅後，只剩下兩貫兩百文，再加上賣野兔子的錢，共兩貫四百文。還了二房一百文，大房五百文，只剩下一貫八百文，欠錢香的一貫錢還沒還。

一家人望著這點錢，心情極低落，今年的日子該怎麼過呢？

錢三貴拿出五百文，對吳氏說：「孩子的娘，明天妳去縣城一趟，先還錢香一點吧。以後不夠，再借也行，總不能不還。放心，我的身子骨好些了，不用再吃藥，還能編草蓆賣錢。」

錢亦繡聞言，起身跑回左廂房，抱著小罈子出來。小罈子裡插了幾枝野百合，還有一些滿天星。金黃色的大花朵在潔白的滿天星中顯得更加嬌豔奪目，整束花看起來更有立體感和蓬鬆感。

錢滿霞驚道：「霞草配野百合這麼美啊！這幾天繡兒神神秘秘，忙上忙下，原來是在幹這事。」

吳氏眼裡也是滿滿的驚豔。「是啊，真漂亮。」

程月也難得主動開口。「嗯，花好看。」

錢亦繡裝出可愛的表情，扳著小指頭道：「不只配野百合好看，霞草配許多花都好看。比如月季、牡丹、薔薇、馬蹄蓮……哎呀，反正好多好多。」

錢三貴亦吃驚不已。「真沒想到霞草看著不起眼，跟別的花配在一起，卻這麼不一樣。」

錢亦繡說：「當然了，戲不都這樣演的嗎？有主角就要有配角，那才好看，花也一樣。雖然紅花要用綠葉配，但光是綠葉配紅花，看多了就審美——呃，不新鮮了。」

錢滿霞取笑道：「喲，繡兒說得一套一套的，連戲都沒看過，還什麼主角、配角呢。」

錢亦繡道：「我聽太奶奶講的。」錢老太年輕時看過幾齣戲，現在仍經常嘮叨著。

錢亦繡把小罈子放在桌上，又跑回屋拎出兩只小花籃。小花籃不大，一只是黃色，用草編的；一只是綠色，拿細柳枝編。小籃子是這幾天錢三貴照孫女說的樣子編的，又小巧、又好看。

因為沒有前世的營養泥，又買不起這個時代用來插花的劍山，錢亦繡就將泥土跟草木灰、水和在一起，拿芭蕉葉把這坨泥包好裝進籃子裡，再把花插上去。這種簡易營養泥雖然不好看又粗陋，但灑點水也能用。因為芭蕉葉被花枝紮破，泥巴露出來不好看，她又去小溪邊撿了些帶顏色的小石子，和著滿天星的花苞，一起灑在上面。

黃籃子裡插了十幾枝紅色薔薇，空隙處用滿天星填滿；綠籃子裡則是粉色月季，也用滿天星點綴。黃配紅，綠配粉，再加上星星點點的白色滿天星，兩籃花顯得夢幻而朦朧，美麗而迷離。

錢亦繡又說：「霞草有個別名叫滿天星。你們看，許多霞草放在一起，是不是星星點點，如滿天星星？」

幾個人都沒想到，山間荒地裡最常見的幾樣東西組合在一起，竟是這樣別致好看。除了錢亦錦實在太小，不知道這有什麼特別的，幾個人又誇讚起來。

錢三貴很吃驚，原本反應遲緩的孫女一下子變得精明起來，不只教他做小籃子，連花都配得這麼漂亮。

見錢三貴詫異地看她，錢亦繡扭著小手說：「繡兒沒事就愛蹲著看花，想著怎麼配才能更好看？使勁想，使勁想，就想出來了。」

吳氏笑道：「這倒是。錦娃最喜歡做的事就是去村裡尋吃的，繡兒最喜歡做的就是蹲著看花。」

錢亦繡又問：「這些花兒這麼好看，能不能賣錢呢？我們屋裡還有些叫不上名字的花。」

錢三貴笑道：「應該能賣。之前我跑鏢時，也去過有錢人家，他們插的花不見得比這些更好看。尤其是這兩只小花籃，當真精巧別致。」

吳氏聞言，激動起來。「若這些東西都能賣錢，那就太好了！咱們這裡花多，四季不同，總有得賣。」

錢三貴搖頭。「那些大花沒有人家種的好看，我們主要賣的是霞草。別人不知道霞草配花好看，我們搶個先機，等別的花農跟花商開始賣，我們便賣不了好價錢了。」

的確是這樣。錢亦繡從未打算靠插花賺大錢，只想掙些小錢，幫家裡度過眼下難關。於是，幾人商量，找錢香還錢的事先緩一緩。明天吳氏、錢滿霞、錢亦錦上山剪花，拿回來給錢亦繡配，又聽她說了好些延長插花壽命的方法，像折枝法、末端擊碎法和浸燙法、茶水法等等，全是她前世學的。

吳氏問錢亦繡怎麼曉得這些？她說她在院子後面的山坡上剪花時，碰到一個老婆婆，老婆婆有些餓了，坐在石頭上起不來，她就把早上捨不得吃的玉米餅給了老婆婆。

老婆婆誇她是個好姑娘，不僅教她處理花，還教她唱歌，又告訴她，霞草的別名就叫滿天星。

吳氏等人聽了，這的確像錢亦繡會做的事，便信以為真，接著討論起採花的地點，不再多問。

第十五章

第二天，吳氏、錢滿霞、錢亦錦走得遠些，剪了兩筐滿天星跟好些花回來，竟然還有香石竹、馬蹄蓮跟野芍藥。香石竹與馬蹄蓮正是前世錢亦繡常見的康乃馨及海芋，做插花最好，放得久，又好看。

錢滿霞說：「今天我們去了熱風谷，那裡花多，地方又廣，採了這些花回來。」

錢亦繡聞言，心立刻狂跳幾下。這幾個人去了熱風谷，還是沒發現那幾株好花？

吳氏也道：「是啊，那裡的花真多，滿谷都是，種類也多。若是好賣，咱們下次再去那裡摘。」

錢亦繡收下花，處理完，就開始搭配。當了一輩子配角的滿天星終於在她手裡逆襲轉正，每束花都有它美麗的倩影，每朵大花都因它的朦朧和迷離陪襯，顯得更加光彩照人。配好花束，她用棕櫚葉代替透明塑膠紙把花包好，再用布條紮緊。

忙了好幾個時辰，錢亦繡一共做了三十五束插花，二十束小的、十五束大的，還做了五只小花籃。

錢三貴考慮後，把價錢定下：小花束賣八文，大花束賣十五文，花籃賣六十文。

吳氏聽了，有些猶豫。「當家的，這野花野草賣這麼貴，有人買嗎？」

錢滿霞也抽著氣。「照爹定的價，要是這些花全賣完，就能賺到好幾百文了。」

錢三貴挺有把握。「這個價，對那些有閒錢又喜歡花的人來說並不算貴，以後或許賣不到這麼高，但第一次賣個新鮮，肯定行。妳們不能去西市賣，那裡窮人多，不會掏錢買花，要去南市，那裡有錢人多。」又問錢亦繡：「繡兒，妳說呢？」

「我也覺得行。」錢亦繡說道。心裡卻想，賣花的方法不同，賣出的價錢也會不同。明天換種法子賣，說不定賺的錢更多。

錢亦錦被大家忽略了，很不高興，撇嘴道：「我覺得不行。這東西又不能吃，誰會花那麼多錢買啊？」

熊孩子就知道吃。他的話，大家直接當作沒聽到。

不過，讓誰去賣花，眾人的意見又不一致了。

錢三貴的意思是，讓吳氏和錢滿霞去，見錢亦錦眼睜睜地看著他，又說：「若錦娃想去，就去吧。」

錢亦繡一瞧，沒她的事了？那怎麼行，銷售也講策略的好不好！憑他們幾人往地上一坐，能賣多少錢？

她急得眼圈發紅了，糯糯地說：「繡兒也要去。」

吳氏勸道：「那麼遠的路，妳走不動。奶奶和妳姑姑要揹這麼多東西，揹不了妳。」

「路遠坐車就行了，繡兒想去。」錢亦繡的淚水在眼眶裡打轉，跟程月的可憐模樣有得拚。

程月看不得女兒受委屈，也紅著眼圈開口了。「讓繡兒去。」

錢三貴心疼孫女，想著小人兒辛苦了這麼久，不讓她去確實不好，遂點頭道：「好。若這些花全賣了，可是能掙點錢，就坐車吧。」

但錢亦繡不想讓錢亦錦去。

賣花時，她想裝裝可憐，這樣或許好賣些。可熊孩子又白又胖，有他在旁邊，他們怎麼看都不像窮人。

於是，她皺起眉，擺出無可奈何的表情對錢亦錦說：「哥哥，咱們都走了，萬一花癲子又在咱們家外面學狗叫怎麼辦？」

錢亦錦本想說讓大山去咬，但他們都走了，家裡連個放狗的人都沒有。

他瞥了靜靜坐在那裡的程月一眼，又想起娘親和妹妹被欺負而滾下山坡的事，便說：「你們去吧，我在家裡守著爺爺和娘親。」

錢亦繡笑得眉眼彎彎。「哥哥真好，等賺了錢，給你買糖吃。」就這麼商議定了。

第二天清晨，錢家眾人早早起床，吃了飯。

錢亦繡回房換衣裳，但每件都是又舊又小、補靪摞補靪，一看即知出自貧苦人家。衣裳雖破舊，可那張小臉卻乾淨清秀，再頂著兩撮菊花一樣的小髮束，小模樣不僅不讓人嫌棄，還心生憐愛。

因為要去縣城，吳氏和錢滿霞都選了相對好些的衣裳。即便如此，也有補靪，只是少些而已。

吳氏用扁擔挑兩個筐，揹著背簍。筐內放著花束，背簍裡裝三只花籃。錢滿霞也揹個背簍，裡面有兩只花籃，手上拎大籃子，籃中塞了些花束。筐和背簍、籃子都用布蓋嚴實了。錢亦繡等人一起去村北等牛車。今天不逢集，所以去縣城的人並不多。到了辰時整，加上她們，只有六個人，車夫就趕著牛車走了。

到了溪山縣，吳氏肉痛地給車夫五文錢。車夫收下，又說未時末會準時從西城門回去。溪山縣屬於冀安省的大縣，縣城繁華熱鬧。

下了車，吳氏對錢亦繡說：「這裡拍花子（注）多，拉緊妳小姑姑的手，別跑丟了。」

錢亦繡答應著，又問：「喔。奶奶，南市遠嗎？」

吳氏說：「不算太遠，咱們從西門進去，往南走不到三刻鐘，就到了。」

她們出了街口，向南拐去，進了一條巷子，喧囂聲隨之小下來。巷子不寬，兩旁是小院連著小院。

走入小巷，前面有條寬路跟窄路。吳氏想都沒想，就往窄路走去。

錢亦繡知道，若走寬路，便會路過富人住的地方，便扯著吳氏的衣襟，不依道：「繡兒不走爛路，要走好路。」

吳氏心疼她，想了想，低聲說：「那條街上住的都是有錢人家，繡兒走時，可不要大聲喊叫。」

錢亦繡暗道，不大聲喊叫怎麼賣花？但還是使勁點了點小腦袋。

三人走出巷子，眼前豁然開朗起來。路寬了，青磚院牆又高又長，躍過牆看去，一片片黛瓦翹角掩映在綠樹翠竹中，偶爾走過的人，穿著都不俗。

這一帶的宅子是溪山縣的大戶人家，縣城的富豪大多住在這裡，錢亦繡還是鬼魂時，來過許多次。

錢滿霞的臉紅了，豔羨地看著院牆裡的房頂。

錢亦繡停住腳，向吳氏討一只花籃，又要錢滿霞把大籃子上的布取下來，挑一把漂亮的大花束握在另一隻手裡。接著，讓吳氏跟她們保持一定距離，遠遠地看就行了。

吳氏吃驚地問：「繡兒要幹什麼？」

錢亦繡回答：「賣花呀，就我和小姑姑兩個人賣。」兩個小姑娘賣花，更容易博取同情心。

「這裡住的都是有錢人，不能叫賣的，繡兒可別惹禍。」吳氏低聲道。

錢亦繡說：「怎麼不能叫賣？您看前面那個貨郎，他都能賣，繡兒也能賣。」然後，拉著錢滿霞緊跑幾步上前。

吳氏對這個小孫女沒轍，只得隔幾十尺的距離看著，若是有事，她再過去。

姑姪倆沿著院牆往前走，聽貨郎喊幾聲，停住了，錢亦繡便抱著花籃開口唱起歌來——

小小姑娘，清早起床，

注：一群拐賣兒童的人，專門騙人錢財。

手拿鮮花上市場。
走過大街，穿過小巷，
賣花賣花聲聲唱。
潔白的滿天星呀，
開在山下小溪邊；
美麗的香石竹，
怒放在山谷前。
一片孝心於鮮花呀，
為娘治病還藥錢，
沒有爹爹沒有錢，
生活處處遇艱難。
朵朵鮮花賣不完，
滴滴眼淚流不乾。
花籃滿滿、錢囊空空，
怎麼回家見親娘？

前世，有一次工會辦藝文活動，幼兒園的小朋友用這首歌當伴奏跳舞，她便學會了。那時，她媽媽正好來看她，說這首歌是北韓老電影「賣花姑娘」的曲子，還說這部電影如何如何感人，幾十年前上映時，戲院裡哭聲一片。

錢亦繡聽了，特地去找這部老電影來看，看一半就沒繼續，覺得沒有真實感。但在這裡重生後，苦日子又讓她想起那部電影，有了感受，又同樣得靠賣花維生，便把歌詞改了改，正好拿到這個萬惡的封建社會裡來唱。

小原主的嗓音清脆悅耳，錢亦繡的唱法雖比不上專業歌手的水準，但應付這種簡單小調，還是得心應手。曲調優美、悲傷，加上她有真實感受，融入感情，唱起來悲悲切切，不說她情不自禁流淚，連錢滿霞的眼圈都紅了。

這片宅子附近非常清靜，沒人高聲喧譁，偶爾有貨郎叫賣，但聲音也不大，能讓院裡的人聽到，又不至於太唐突，否則驚擾人家，做不成生意，還可能被暴打一頓。

此時突然傳來一陣小女娃的歌聲，劃破這片大宅的清靜，既悠揚動聽，又稚嫩清脆，再細聽歌詞，卻讓人心裡酸楚不已。

路上的人看到兩個穿著破爛的小姑娘拿著花束、捧著花籃，一邊唱歌，一邊賣花。大點的姑娘大概十歲出頭，小女娃只有四、五歲，雖然都穿得破爛，但面貌俱是乾淨清秀。

尤其是那個小小女娃，她穿著一雙小草鞋，露出瘦腳丫子，身上的小衣裳、小褲子又短又小，還補靪拽補靪；稀疏的頭髮繫在頭頂兩端，軟軟地捲下來，像兩朵盛開的小菊花，因為太瘦，顯得眼睛更大更圓。她難掩悲傷地唱小曲兒，儘管已經流出淚來，還是忍著繼續唱，任誰看到她這副模樣，都會不由產生幾分同情。

這個時代的人幾乎沒有走街串巷賣鮮花的，更別提賣插花或花籃。人們買花，多去花市，或買種子自己種，要不直接買盆栽；想插花了，就在自家園子裡摘幾枝，插在花瓶裡即可。花店裡也有賣插花，都是劍山插花，比較貴，一般人家不會去買。

但因錢亦繡的歌聲太動聽，太愁腸百結，還有什麼滿天星之類的，名字真好聽。於是，路人站住望向她們，有些人還走過去看看，甚至有僕役從小門中探出頭來看。

他們仔細一看，這些花束和花籃可不得了，美麗的大花朵籠在星星點點的小白花裡，朦朧又好看，還有夢幻般的感覺。大家也看過不少插花，還沒見過這麼別致的呢。

錢亦繡唱歌的同時，只要有人過來，錢滿霞便會小聲吆喝：「大嬸、姑娘、大爺，買把花吧！」。

一個婦人開口道：「喲，這些大花和小花放一起真好看。這就是滿天星？我怎麼覺得像鄉下山邊長的霞草？」

錢亦繡見有人想買花了，便停下歌聲，脆生生地說：「這就是霞草，它還有個好聽的別名，叫滿天星。」

這位婦人是一戶富裕人家的管事嬤嬤，手上有些閒錢，見這些花別致又漂亮，先誇錢亦繡乖巧懂事，然後問起價錢。

錢亦繡回答：「小把的十文，大把的二十文，花籃一百文。」這也不算坐地起價，可是賣唱兼表演的。她的歌聲和眼淚才賣這麼點錢，已經便宜到底了。

她沒理會吃驚的錢滿霞，繼續糯糯地說：「大嬸，滿天星的花期很長，至少能活半個月。這些花是經過處理的，活七到十天沒問題。像大嬸這樣有錢又懂欣賞的人家，花一、二十文買把漂亮的插花擺在桌上，不貴，看著又舒心，多好。」

婦人被錢亦繡捧得高興，笑道：「這孩子真會說話，大嬸可算不上有錢人家。雖然沒什麼錢，但幾把花還是買得起，況且，這花著實好看。」

於是，婦人挑了野百合配滿天星的小花束，又掏二十文買一把香石竹配滿天星的大花束，想拿回去孝敬喜歡花的主子。

婦人走後，陸續有人來買花。手上的花賣完了，錢亦繡就跑去吳氏那裡拿，再把錢交給吳氏。

有個年輕公子買了一只花籃和兩把花，直接扔一錠銀子給她。「多的錢賞妳了。」

錢亦繡激動得小臉通紅。這是她目前為止掙到的最大一筆錢，忙道：「謝謝公子，您真是個好人，好人一路平安。」

這話太直白，那位公子的腳步頓了頓，呵呵笑了兩聲。

還有個白面無鬚的俊俏中年男子來買了一只花籃、兩把花，扔一小錠銀子給錢滿霞，也說剩下的錢賞她們，聲音悅耳動聽。然後，他直愣愣地看了錢亦繡好幾眼，露出迷人的微笑道：「這小女娃長得俏，還有好嗓音。」

錢亦繡被他看得有些發虛，忙低下頭，等那人走遠了，才抬起頭來，跟錢滿霞繼續唱歌賣花。

第十六章

姑姪倆一路唱歌、一路賣花，來到一座大宅子外面。

離這裡還遠時，就能看到院子裡的高高樓閣掩映在一片紅花綠樹中。這座樓叫望月閣，有四層高，建在人工堆的山坡上，是這一帶最高的樓閣。

錢亦繡緩下腳步，走得非常慢，已經低下來的歌聲又拔高了些。錢滿霞以為小姪女累了走不動，陪她慢慢走著。

落在後面的吳氏步伐大，走兩步就得放下扁擔歇一歇，等她們走一段了，再跟上去。

姑姪倆走過那座大宅子的側門，一個十四、五歲的姑娘從門中走出來，追上她們。

「小妹妹，等等！」

錢滿霞見這位姑娘穿的是綢緞，頭上插著金簪子，走近了還能聞到一股好聞的香味，以為她是大戶人家的小姐，便有些害怕，但還是壯著膽子叫賣。「小姐，買把花吧。」一聲音有些發抖。

姑娘笑道：「我哪裡是小姐啊，叫我姊姊就行。」

她把錢亦繡手中的花籃拿過來仔細端詳一番，驚詫地說：「這只香石竹的花籃做得真好，插花也好看。這些星星點點的小花就是滿天星吧？」

錢亦繡點頭。「嗯，也有人叫它霞草。姊姊，我姑姑背簍裡還有芍藥花籃和薔薇花籃，都很好看喔。」

這姑娘摸摸錢亦繡頭頂的小菊花，讚了句：「小妹妹的歌唱得真好聽。」

說完，她伸手把錢滿霞背簍上的布揭開，裡面的兩只花籃果然也好看。再看看大籃子裡的花束，滿天星配著不同的大花，瞧著美極了。

姑娘一時舉棋不定，遂道：「我家老太太和太太隱隱聽到妳們的歌聲，覺得曲兒好聽，又憐惜妳們小小年紀著實不易，讓我出來看看，買些滿天星。沒想到妳們的花這麼別致好看，我都挑得眼花了。這樣吧，妳們跟我進去，讓老太太看看，她老人家若是喜歡，全買下來也不一定。」

錢亦繡聽了，眨巴眨巴眼睛，感動地說：「妳家老太太真是菩薩心腸。」

她當然知道這家老太太喜歡花，又菩薩心腸了。今天如此賣力地唱歌，不只是為了賣花，更是為了吸引這座宅子主人的注意，因為這裡正是保和堂東家的府第。

保和堂是冀安省最大、最好的醫館，甚至京城裡的貴人都會慕名前來求診。現在的當家人是張仲昆，不僅醫術高明，還為人正直，極富同情心。

錢亦繡跟張仲昆的亡父有過一面之緣，之後好奇心使然，去過張家多次，知道一些他們家的私密。

張家祖先曾是前朝太醫院院判，因得罪皇后被砍頭，臨死前立下規矩，他的後人只能在遠離京城的老家行醫救人，不許去京城開醫館，更不能進宮當御醫。

張家人的醫術極高超，特別是對某些疾病的診治，在整個大乾朝可說是首屈一指。但他們遵照祖宗的遺願，只在溪山縣開醫館，連省城都沒去。

張家人丁不旺，幾乎代代單傳，尤其是傳到張仲昆的爺爺那一代，老爺子年近四十才得一子，就是張仲昆的爹，被他祖母寵得厲害，非但不學無術，還喜歡跟年輕的小娘子廝混。

張仲昆的醫術是跟他祖父學的，保和堂也是直接從他祖父手裡接過來。如今保和堂在他的經營下，更是蒸蒸日上。

只是，有件事讓張仲昆一直睡不踏實。他爹不滿他祖父把醫館直接交給他，偷偷把幾份重要的契書偷走藏起來，又死得突然，沒來得及說出契書藏在哪裡？他把家裡翻了個遍，也沒找到，若這些東西落到有心人手裡，即使保和堂不易主，他也會脫層皮。

張家老太太因男人不爭氣，前半輩子過得苦，男人死了後，日子才舒心起來。只是那殺千刀的死鬼，都死了還不做做好事，不知道那些重要契書被他藏在哪裡？她擔心兒子，也經常睡不好。

見這個丫鬟要帶她進院子見張老太太，錢亦繡心裡一陣狂喜，但面上不顯，只點點頭道謝。「謝謝姊姊。」就跟著丫鬟往側門走。

錢滿霞有些害怕，阻止她。「繡兒。」

這個丫鬟看出錢滿霞眼裡的戒備，笑道：「我們家老爺是保和堂的東家，善名遠播，妹子不用怕。」

錢滿霞一聽是保和堂的東家，便放鬆警惕。錢三貴的藥就是在保和堂買的，程月和錢亦繡的病也是裡面的大夫看好的。張仲昆知道她家窮，還免了診金，只收藥錢，錢三貴和吳氏經常念叨張仲昆是大善人。

兩個小姑娘跟著丫頭進了側門。進門前，錢亦繡衝離側門不遠處的吳氏微微笑一下，意思是讓她放心在這裡等著。

吳氏也隱隱聽見那個丫鬟說這宅子是保和堂張家的府第，便安下心，等女兒與孫女回來。

路上，錢亦繡在心裡為此行制定了一套行銷策略——就是學習劉姥姥的聰明才智，不僅要想辦法把手中的花高價賣了，再看看能不能憑著她對老太太的逢迎，討幾個賞錢？沒辦法，穿越過來後，她才真切體會到人窮志就短。都快餓死了，還講什麼尊嚴？等她們一家能過下去了，再提高尚的人格吧。

至於張老太爺藏的契書，得跟張家套上關係後，再想辦法去後花園，從金錢榕的盆栽裡幫他們「找」到東西。如此，她的功勞可就大了。

攀上張家可是好處多多，不僅能把一些好東西脫手，還能讓錢三貴和程月繼續看病，更能給自家當靠山。

她們穿過幾個亭閣，其中包括望月閣。兩個小姑娘好奇地抬頭望望高高在上的樓閣，朱窗黛瓦、飛簷翹角，周圍是一片秀木和四季海棠。但她們不知道，四樓的雕花窗內，有幾雙眼睛正饒有興趣地看著她們。

接著，她們走過一片藥圃，便來到園子裡。園子很大，栽著許多花，姹紫嫣紅、芬芳馥郁，盡頭是種滿荷花的池塘。

她們竟然進了傳說中的後花園！

錢亦繡的眼睛滴溜溜轉了幾圈。園子西南邊有座涼亭，涼亭裡有張竹編桌子，兩個渾身錦緞的婦人在桌前坐著，還有幾個丫鬟、婆子在旁邊服侍著。

亭子內擺了一盆大盆栽。咦？還有一盆金錢榕呢？兩盆原來放在一起的。她當鬼魂時來過這裡多次，都有看見。

錢亦繡心裡猛地一沈。別是他們家扔了吧？那可損失大了。不僅是張家的損失，也是她的損失。

丫鬟把錢亦繡牽到亭子裡，笑道：「老太太，奴婢知道您稀罕漂亮花兒，更稀罕漂亮人兒，就自作主張，把人和花都給您帶來了。」

那位歲數最大的婦人長得慈眉善目、富態白淨，正是張老太太。把她喊得老，其實也不算老，年紀才五十出頭。她旁邊坐著一個約三十歲左右的美貌婦人，是張老爺的媳婦宋氏。

張老太太隱約聽到一個女娃在唱歌，尋思這孩子大概有七、八歲，沒想到這麼小，同情心又開始氾濫。

她向錢亦繡招手。「快過來讓我瞧瞧。哎喲，可憐見的，這麼小就出來討生活，有四歲嗎？」

錢亦繡憋得一陣內傷，走上前去，可憐巴巴地說：「回老太太，我已經六歲了。」

張老太太捏著錢亦繡瘦得像雞爪子一樣的手，見小手雖是皮包骨，皮膚卻白，連指甲縫裡都洗得乾乾淨淨，小模樣也討喜，更喜歡了些，問她：「剛剛我聽見妳唱的曲兒，妳爹爹已經死了？娘也病著？還借了錢？」

錢亦繡紅起眼圈，癟著嘴說：「是。我爹爹打仗死了，上個月我娘和我從山上滾下來，還是在保和堂醫治的。張老爺慈善，減去診金，家裡又借了好些錢，才能治我娘和我的病……」

張老太太聞言，紅著眼圈直嘆氣。

宋氏道：「可憐見的，小小年紀便如此聰慧，歌唱得也好聽，就是太瘦小了些，定是日子艱難，吃不飽飯……」

這時，後面傳來少年的說話聲。「這次朝廷極為善待陣亡將士的家屬，不僅發放十兩銀子當補償，還免三年賦稅，你們怎會過得如此艱難？」

話落，三個錦衣少年走過來，開口的是一個個子很高的少年，長身玉立，五官立體俊美，若非正處於鴨子嗓的變聲期，錢亦繡會以為他是十七、八歲的青年。他的相貌好是好，就是太著急了點，跟她的發育遲緩正好相反。

另外兩個少年看起來約十三、四歲，都比大個子矮了半個頭。其中一個是張仲昆的獨子張央，清瘦秀雅，錢亦繡曾經見過；另一個少年跟說話的大個子有一、兩分相像，亦是丰神俊朗、氣質絕佳。

三人走到錢亦繡身邊，向張老太太躬身行禮，就轉過臉來看她。

特別是那個大個子，很不屑地耷拉眼皮瞥著錢亦繡。由於他個子極高，錢亦繡得把腦袋完全仰起，才能看到他的臉。

雖然這孩子長得高大威猛、英俊瀟灑，但這話說得太招人恨了，這副表情更讓人牙疼。

錢亦繡氣得小臉通紅。這熊孩子真討嫌，便不管不顧地頂撞道：「這位大叔，你以為十兩銀子很多嗎？減三年賦稅就能過上好日子嗎？別說我家沒得到這些補償，即便那些得到的人家，失去一個壯勞力，甚至可能是家裡的頂梁柱，十兩銀子夠一家老弱吃多久呢？」

另外兩個少年聽見這小女娃對梁錦昭的稱呼，不禁大樂起來。

宋懷瑾笑問：「妳喊他大叔，喊我們兩個什麼？」

「大哥。」錢亦繡脆生生地回答。

錢亦繡一說完，那兩個少年笑得直跺腳。

梁錦昭沒想到小丫頭的嘴皮子這麼厲害，居然喊他大叔。他才十三歲，是這三個少年中年紀最小的，因長得老成，沒少招同齡人的笑話，現在被一個小女娃明晃晃地打臉，氣得臉都紅了。

他不是不同情那些陣亡將士的家人，只是覺得這小女娃古靈精怪過了頭，篤定她在騙人博同情。

梁錦昭的眼力極好，在望月閣的四樓上看見錢亦繡一路唱歌賣花走過來，她在有人的時候悲悲切切，還抹著眼淚，等買花的人一走，便喜笑顏開地數著手裡的錢，更讓人受不了的是，還把錢錠子拿到嘴裡咬。離她們一段距離的那個婦人明明跟她們是一夥的，卻不走在一起，這不是博同情是什麼？

梁錦昭斥道：「哼，年紀不大，心眼忒多。張老太太和張太太是慈善人，聽妳的信口雌黃，我可不相信。妳爹爹戰死了，朝廷怎麼可能不發賠償的銀子？」又從錢滿霞挽著的大籃子裡拎出一把花。「這是霞草，偏偏要說什麼滿天星，分明就是在撒謊騙錢財嘛！還有，後面的婦人跟妳們是一夥的，卻裝作不認識。」

錢滿霞本來極害怕這些有錢人家的少爺，聽錢亦繡開口頂撞，還使眼色讓她別得罪人。可這人竟說自家姪女撒謊騙錢，也顧不得害怕了，氣憤道：「繡兒沒撒謊，我哥哥是戰死的。因為沒找到屍首，就說他失蹤了，沒有人也沒有錢。」

話沒說完，她已經淚流滿面，又指著滿天星說：「繡兒沒撒謊，她有跟人說這是霞草，別名叫滿天星。我娘怕我們出事，才跟在後面，我們從沒說過不認識她……」

錢亦繡見這熊孩子把錢滿霞氣哭，氣得小心肝怦怦狂跳，也跟著哭了。

她沒像一般小女娃那樣嚎啕大哭，也不似錢滿霞那樣默默流淚，而是像足她的小娘親程月，大大杏眼裡湧上一泡淚水，在眼眶裡直打轉。她並未哭出聲，而是吸吸小紅鼻頭，抽抽噎噎起來。

她拉著錢滿霞的衣袖，泣道：「小姑姑，我要爹爹……打仗回來的叔叔說爹爹勇猛，當了騎尉，可他為什麼沒回來呢？你們說他戰死了，可大頭哥哥的爹爹戰死了還有錢拿，咱們家怎麼沒錢呢？

「爹爹不回家，家裡沒人幹力氣活，時常被欺負。爺爺病重，大半工夫躺在床上，還要給他買藥治病……咱們家只有兩畝坡地，奶奶天天忙碌，也掙不了多少錢。繡兒長這麼大，從來不知吃飽是什麼感覺……」

說到這裡，她的眼淚慢慢滾落下來，又轉過臉對張老太太說：「老太太，我沒有撒謊。上個月，娘親和我被人欺負得滾下山坡，娘的腦袋磕破，胳膊也裂了，流好多血，我也差一點沒命。為治我們的傷，家裡借了一貫六百文，張老爺知道的，還免了我們家的診金。

「前幾天，家裡把剛收的小麥一斤不留全賣了，繳完賦稅後，只剩下兩貫錢。我們要吃飯、要還債，還要孝敬太爺爺跟太奶奶，哪夠啊？嗚……我餓，我想吃飯……瞧這花好看，我就跑上山採回來，想著興許能賣點錢財好還債，也可以買些吃食。可這位大叔卻說我們騙人錢財……我沒騙人，我要爹爹……爹爹，你在哪兒呀……」

錢亦繡先是輕輕啜泣，後來越說越難過，哭得不能自已，卻是極力隱忍，壓低嗓門。

這次不是演戲，她是真悲傷了。

小小的年紀、悲慘的身世，不說張老太太和宋氏拿帕子抹起眼淚，連旁邊的丫頭與婆子也紅了眼圈，錢滿霞更是失聲痛哭，連剛才笑話梁錦昭的張央和宋懷瑾都嚴肅起來。

梁錦昭沒想到會是這樣。他怎麼把小女娃「欺負」得如此悲傷欲絕，還引起眾怒？一時傻在那裡。

這時，一個清瘦俊朗、年紀大概三十幾歲的男人走進園子，正是保和堂的當家人張仲昆。他剛巡視完保和堂，要去望月閣給京城來的貴人看病，卻聽見後花園一片哭聲，便過來瞧瞧。

路上，他也聽到斷斷續續的哭訴聲，猜到兩位小客人不知百姓疾苦，或許說了什麼話傷到小姑娘。

他靠近一看，竟還是熟人，上個月剛給她和她娘看過傷，遂上前笑道：「哎喲，是錢家小妹妹啊。傷好了？」

錢亦繡哭得眼睛通紅，哽咽著說：「張老爺，這位大叔說我撒謊騙錢，可我沒有。爹爹的確戰死了，我們治病花了好些錢，家裡實在過不下去，才摘花來賣……」

張仲昆點頭。「莫難過，我們都相信妳。」又指著梁錦昭解釋：「梁公子從京裡來，不曉得妳家情況，才會那麼說。現在他曉得了，不會再那麼說妳。」

梁錦昭又氣又愧又糾結。氣的是這小女娃口口聲聲喊他大叔，直覺她是故意的；愧的是，他經常聽祖父和父親講陣亡將士的家人生活困苦，卻不以為然，今天遇到一個，沒幫幫她不說，還跟人家起爭執，好像要把她欺負死一樣。小女娃伶牙俐齒惹得他想發火，但她家的情況又讓他十分同情，這兩種情緒交纏在一起，可不是糾結了？

宋氏善解人意，不願得罪京城的貴人，抹抹眼淚，打圓場道：「可不是，梁小公子不知實情，那麼說也情有可原，小姑娘快別難過了。」

她把「梁小公子」幾個字咬得特別重，像在暗示錢亦繡別再叫大叔，然後去瞧她們帶來的花，高聲道：「喲，這花籃和花束真漂亮，我們怎麼都沒想到霞草——喔，也叫滿天星，跟這些花配在一起這麼好看呢？」

錢亦繡也覺得夠了。那個大個子已經被擠對得差不多，真要把他惹火，倒楣的還是她，便順坡下驢，吸吸鼻子，從懷裡掏出帶了補釘的帕子擦乾眼淚，賣力推銷起花籃和花束。

她又把主角與配角的說法講一遍。「……人們只覺得換了主角會不一樣，向來只換花朵，但配角綠葉永遠不變，看久就不新鮮了。其實，不換主角只換配角的感覺，也很不一樣。」

她的話逗得張老太太跟宋氏呵呵笑起來，張仲昆也笑了，說道：「的確是這個理。如此淺顯的道理，卻被一個孩子參透了。」

錢亦繡又說，玫瑰花配滿天星的造型最美，可惜山裡沒有野玫瑰。丫鬟們聽了，去花圃裡摘了幾枝玫瑰花來，跟滿天星配在一起，果真好看。

見她們說起花來，氣氛也恢復和樂，張仲昆便領著幾個少年走了。

第十七章

張老太太素來喜歡花，家裡種有各季花朵，其中不乏名品，見星星點點的小花如此別致，簡直愛到了心裡，就問：「不知這霞草——哦，滿天星，能不能養在園子裡？」

錢亦繡道：「現在栽種滿天星已經晚了，八月末是最好的時機。我把種子收集好，到時候來幫老太太種。」覺得這口氣似乎太老到些，遂又糯糯地補充道：「繡兒在家無事就喜歡看花，知道幾種花的習性，定能養活它們。」

張老太太高興地點頭，摸摸她的小臉。「可憐見的，多伶俐的女娃。回去多吃些飯，長高些、長胖些。」

她慈祥的樣子，感動得錢亦繡直想流淚。

兩人正說著，一個婆子來稟報。「老太太、太太，搬花的婆子來了。」

張老太太詫異道：「搬什麼花？」

宋氏解釋：「園子裡有幾盆花養得不甚好，我讓他們扔了，再重新買幾盆好的來。婆婆還是進屋歇歇，別驚著您。」

錢亦繡順著宋氏指的方向看去，遠處樹下，有六、七盆要死不活的盆栽橫七豎八地堆在一起，其中一盆正是金錢榕。

要在她的眼皮子底下扔掉金錢榕？這是不是上天給她的絕佳機會？看來，這輩子她當定女主角了！

錢亦繡的小心肝一陣狂跳，正在想怎樣去挖那盆金錢榕，卻聽宋氏道：「這些花束和花籃，我們很喜歡，全買下了。」吩咐身後的丫鬟：「給她們五兩銀子。」

錢滿霞聽說這點花竟然能賣五兩銀子，激動得身子發抖，趕緊躬身。「謝謝太太。」

錢亦繡沒想銀子的事，只暗驚，這是在打發她們走了？

張老太太又說：「再賞五兩銀子。小丫頭可憐見的，回去買身新衣裳，吃好一點。」

她們身後的丫鬟和婆子遞上兩個荷包，要給錢亦繡。

錢亦繡回過神來，接過荷包，彎腰道謝。「謝謝老太太、謝謝太太。」然後望向那盆金錢榕，沒有走的意思。

錢滿霞紅了臉，趕緊拉著錢亦繡，便要往外走。

錢亦繡怎麼可能跟她走，甩掉她的手，急道：「不要拉我。」又對老太太和宋氏說：「老太太、太太，我看那盆金錢榕還沒有死，只是長勢不太好，向一邊歪了些，許是土裡有小石頭的緣故，若老太太不見怪，讓我把這小樹扶正。把金錢榕丟了到底不好，有破財的意思。」

錢滿霞嚇壞了，再是大善人也是大戶人家，怎麼能由著窮人在這裡胡說？遂喝道：「繡兒胡說什麼呢？快跟我走！」使出力氣去拉錢亦繡。

錢亦繡不走，竟被她拉倒在地，錢滿霞趕緊彎腰把她抱起來。

管事婆子見狀，不高興了，覺得這個鄉下小女娃看張老太太性子好，在這裡胡說八道，想多要賞錢。都給了十兩銀子，還賴著不走，真是心大得厲害，便似笑非笑道：「這小女娃真是猴兒精，看我們老太太跟太太仁慈好性，竟耍起賴皮了。妳不自己走，難道讓我們用八抬大轎把妳抬出去？」

錢亦繡也不管丟臉不丟臉，懇求道：「老太太、太太，就讓我看看那盆金錢榕吧，給我試試，看能不能把小樹弄活？求妳們了。」

張老太太看錢亦繡噘著嘴，頭髮有些散亂，大大杏眼透著渴求，也以為她窮瘋了，想多要賞錢。

張老太太遇人不淑，年輕時就開始禮佛，一輩子仁慈寬厚，想著這麼小的女娃出來討生活，的確難為她，便對下人道：「不要為難她，要弄就弄吧。不管弄不弄得好，完事後，把桌上的點心包好，給她帶走，再賞一個荷包。」說完，在宋氏的攙扶下走了。

錢滿霞又氣又嚇又覺得丟人，掉下眼淚。

錢亦繡可沒工夫哄她，跑到那盆金錢榕前面蹲下。

她看看金錢榕，抬頭對一個小丫鬟說：「麻煩姊姊幫我拿把小鏟子來。」

這個小丫鬟也很鄙視錢亦繡，覺得她小小年紀，心眼卻忒多，給了賞還賴著不走。但鄙視歸鄙視，不敢不去拿，不情願地取來小鏟子後，就往地上一扔。

錢亦繡當然不會跟小丫鬟一般見識，拿小鏟子挖起來。

幾個婆子推進一輛車來，把其他盆栽拉出去。

這時，吳氏被下人帶到園子裡。她在外面等待許久，不見女兒與孫女出來，有些著急，便敲了側門。看門的婆子來請示時，正好碰到去望月閣的張仲昆，便讓婆子直接帶她來後花園。

吳氏見女兒紅著眼睛站在那裡，孫女正蹲著拾掇大花盆裡的泥土，驚道：「繡兒，怎麼能在貴人家裡淘氣？快住手！」

錢亦繡抬頭笑道：「奶奶莫慌，我是在給花治病。」

錢滿霞向吳氏告狀，吳氏也害怕了，蹲下來想拉錢亦繡。

錢亦繡躲開她的手。「奶奶，不要亂拉。若把花弄死，倒真得罪貴人了。」

吳氏便不敢亂動了。

錢亦繡輕輕鏟著泥土，又用小手不停地刨，接著突然放下鏟子，雙手連刨幾下，再拿起小鏟子小心翼翼地挖了一陣，取出一個小罈子。雖然沾滿泥土，但也看得出是白底青花，很精緻，蓋子比罈口大，還用蠟封嚴了。

她一陣狂喜，心都快跳出來。真是老天幫忙，再晚一步，金錢榕就要被扔出去。若罈裡藏的是契書，那張老太爺腦袋真進水了，居然把那麼重要的東西藏在如此不安全的地方。

但她面上卻裝出一副呆萌樣。「咦，這是什麼？」說完，假裝要把罈子打開。

旁邊的婆子極詫異，又見這小罈子十分精緻，不像下人的東西，忙道：「不要亂動，我拿去給太太瞧瞧。」

說完，她帶她們去一間小空房等著，就抱著罈子去找張老太太。

正房裡，張仲昆和張老太太、宋氏接過罈子，揮退下人，打開了瓷蓋。

看見裡面裝的東西，張仲昆欣喜不已，張老太太卻是又哭又罵。

罈內裝了一個包了幾層的油紙包，正是張仲昆尋找許久的契書，都有些發霉了。

「再放久些，即便找到這些契書也沒用了。」張仲昆拿著契書慶幸道。

宋氏說：「哪裡還能放得久？若非那小女娃耍賴，想給花治病討賞錢，這東西早已被扔出去。」

這麼一說，幾人又是一陣後怕。

這盆金錢榕是張老太爺種的，雖然長勢不好，但張老太太和張仲昆還是沒把它扔了。張老太爺什麼也不幹，什麼也不會，府裡好像只有這盆盆栽是他親手弄的。張老太太雖然恨他，但人都死了，便把這盆栽留著，當個紀念。誰知養兩年多後，竟要死了，宋氏請示丈夫，準備把它扔掉，誰知道裡面竟藏著這個東西！

但凡有腦袋的，誰會把紙藏在花盆裡？即使裝入罈中也不妥啊，萬一進水怎麼辦？

小空房裡，桌上擺了四道菜跟一碗肉丸子湯，其中一樣菜還是大片的梅菜扣肉，是張家招待錢亦繡的。

祖孫三人早已飢腸轆轆，一陣風捲殘雲，將飯菜全部吃光了。

飯後，丫鬟拿了些東西進來，笑道：「那個罈子是老太太多年前埋下的陳年佳釀，老人家年紀大，竟然忘了。繡兒無意中幫她找到，老太太十分高興，說謝謝繡兒。」

接著，她拿出荷包與小錦盒遞給錢亦繡。「這個荷包裡是老太太賞的銀子，讓繡兒以後吃好些，把身子養結實；錦盒裡是兩樣首飾，給繡兒戴著玩。老太太還說，若以後妳們有什麼為難，就來府裡找她，她能幫忙的，定然相幫。」

錢亦繡接過這些東西，再交給吳氏收著。

丫鬟又送上十包藥和五帖狗皮膏藥。「這十包藥是我們老爺給錢大叔配的補藥，讓他多吃幾服，對身子大有益處。等藥吃完，再請錢大叔親自來保和堂，給我們老爺把脈，再開新藥。這五帖膏藥，是給繡兒的娘貼胳膊的。」

然後，還有一疋桃紅色細棉布和一疋靛藍色細棉布，跟兩包點心、兩包糖果。「這是太太賞的，說讓妳們做身像樣的衣裳。」

丫鬟說一句，錢亦繡道一聲「謝謝」，吳氏則唸一句「阿彌陀佛」。

錢亦繡偷笑。因為梁公子攪局，她沒當成劉姥姥，卻讓吳氏當上了。

她把荷包遞給吳氏時，偷偷掂了掂，沈甸甸的，大概有幾十兩，真是發了。但這些東西不是最重要的，要緊的是張老太太最後那句話。有這句話，許多事就好辦了；還有張仲昆的許諾，以後不僅錢三貴要見他，程月也要找他醫病。

初戰告捷，女主角的好運氣果真擋不住。雖然第一桶金掙得沒有別的穿越女多，但對於一個小胳膊小腿的小丫頭而言，已經不容易。

最後，丫鬟把一個小包袱交給錢滿霞，笑道：「這是我的舊衣裳，妹子改一改，還能穿的，別嫌棄。」

錢滿霞紅著臉收下。「謝謝姊姊。」

丫鬟見東西都交到錢亦繡手上，又幫她們收拾完，便送她們出去了。

三人剛出側門，錢亦繡便四腳並用爬到吳氏身上。「奶奶，我好累。」又唱又哭那麼久，她的體力嚴重透支，腿似有千斤重。

吳氏見錢亦繡極疲憊的樣子，便把背簍放下，將布疋拿出來裝在筐裡，讓錢亦繡坐進去，再揹起來。

錢亦繡不知道，她的賴皮樣，又被望月閣裡的幾雙眼睛看到了。

「看看那小女娃，果真是人前人後兩個樣吧？」梁錦昭不屑地說。

張央笑道：「這女娃臉色青白，又矮又瘦，一看就是長期吃不飽飯、身體孱弱，累了半天，可不是疲倦了？梁公子義薄雲天，怎麼還在跟她計較？」

梁錦昭聞言，紅起臉，指著自己的鼻子，嘴硬道：「小爺會跟幾歲小娃一般見識？你把小爺瞧扁了！」

宋懷瑾也笑。「梁兄弟沒跟小女娃一般見識，是氣她眼色太差，喊他大叔，卻喊咱們大哥。」

「哈哈哈……」望月閣裡又傳出幾位公子的大笑聲。

梁錦昭想了想，雖然那女娃牙尖嘴利，有些不招人喜歡，但家裡艱難倒是真的。他沒看到便罷，看到又不幫忙，心裡實在過意不去，讓祖父知道了，也會怪罪。

於是，他招呼小廝梁高過來，吩咐道：「去，追上那個小女娃，給她十兩銀子。」又提高聲音說：「再告訴她，這銀子是貼補陣亡將士家人的，可不是單給她。丁點大的小豆子，心眼忒多，讓她以後出來掙錢時，別人前一套、人後一套。女娃家家的，居然拿著銀子往嘴裡咬，如此不顧形象，怎麼對得起她那為國捐軀的父親？」

梁高應是，拿著銀子走下臺階。

梁錦昭想起錢亦繡好像暗諷過十兩銀子不算多，又改口道：「等等，給她二十兩。那小娃，人不大，心挺大。」

梁高聽見，回頭再取十兩銀子，便出門去找人了。

第十八章

梁高追出去，過了巷口，才看到錢家三人的背影。

他剛想高聲招呼，卻見兩個男人鬼鬼祟祟尾隨她們，遂放慢腳步跟著，看看那些人到底要幹什麼？

錢亦繡還不知道有危險靠近，坐在背簍裡望天，一搖一晃的，讓她有些犯睏。此時的陽光正烈，照得她睜不開眼睛。雖然吳氏身上的汗味甚濃，可她一點也不覺得難聞，反而覺得非常溫馨踏實。

家人慈祥有愛，現在又賺了這麼多銀子，她的生活還不錯嘛。

「奶奶，買點肉吧，咱們晚上開葷。爺爺、娘親和哥哥好久沒吃肉了。」錢亦繡閉著眼睛道。

「好，咱們割條肉回去。」吳氏爽快地答應，摸摸胸口，那裡沈甸甸的放著許多錢。「咱路過大榕村時，到方家肉鋪買，那裡的肉比縣城便宜些。」

花溪村和大榕村只有一間肉鋪，就是方家開的，位在大榕村西面，靠近花溪村。

這時，有人突然從後面竄出，擋住了她們的去路。

原來是兩個男人，一個白淨俊俏，一個凶神惡煞。面皮白淨的男人指著錢亦繡說：「她就是上午唱歌賣花的小女娃？」

吳氏以為是劫匪，嚇壞了，忙道：「兩位大爺，我們只是鄉下賣花的，沒錢。」

男人說：「這位大嬸別害怕，我們不是劫匪。」指著錢亦繡。「這小女娃長相好、嗓音好，大嫂把她賣給我們戲班吧，十兩銀子怎麼樣？這可是高價了。小娃本不值這個價，我們二老闆覺得她是可造之材，特意吩咐多給五兩。」

吳氏連忙拒絕。「我們不賣人。」

男人勸道：「大嬸，若這小女娃紅起來，你們家可發達了。到時上百上千兩銀子往家裡搬，妳就穿金戴銀成財主了。」

背簍裡的錢亦繡本來睏得迷迷糊糊，聽見這兩個男人打的主意，嚇得睡意全無，伸直腦袋道：「我才不唱戲！」又催促吳氏。「奶奶快走，不要跟他們多說。」

吳氏拉著錢滿霞就要走，另一個凶神惡煞的男人伸出胳膊，擋住她們的去路。「我家二老闆相中了這小女娃，妳們別不識抬舉。妳在溪山縣城打聽打聽，我們紅雲戲班的戲多少達官貴人喜歡看，縣尉幾乎天天去捧場。這小女娃，妳們肯賣最好，不賣也得賣！」

兩個男人說著，就欺身上來。

錢亦繡嚇得魂飛魄散。沒想到青天白日搶人的戲碼會發生在她身上，雙手死死抓住背簍，尖叫著哭起來。

吳氏後退，錢滿霞則用身子擋著錢亦繡，哭喊道：「搶人哪！搶人哪！」

這地方本就安靜，現在又是歇午覺的時辰，路人極少。雖遠處有兩個人，也不敢過來多事。

梁高忙跑上前大喝：「住手！哪來的大膽之徒，光天化日之下，竟敢搶人！」

吳氏馬上哭道：「小爺，救命啊！」錢亦繡和錢滿霞也哭著一起喊。

兩個男人看是個十三、四歲的少年，便也不怕。長相俊俏的那個攔著吳氏三人，長得凶狠的上前打梁高。

別看梁高年紀不大，卻是練家子，幾下拳打腳踢，就制伏那人，又從腰間抽出匕首橫在他脖子上，對另一名男子厲喝：「放人！」

長相俊俏的男子怕了，趕緊道：「小兄弟別誤會，我們不是搶人。我已經跟這大嬸講好價錢，花十兩銀子買下小女娃，可她卻坐地起價，要五十兩銀子。你能不能把我大哥放了？我給你銀子打酒喝。」

吳氏哭喊：「我沒講價，我沒賣孩子……」

梁高對那兩人道：「你們可看好了，他們是保和堂張老爺家的遠親，今兒才認下的，剛剛在張家吃過飯，怎麼可能賣孩子？要不，咱們一起去找張老爺說說？」

紅雲戲班有縣尉護著，卻比不上保和堂，保和堂的靠山是省城的大官。他們以為這幾人是去張家賣花的，所以一直在遠處盯著，見她們出來，才跟過去。若真是張家遠親，那他們便不敢硬搶了。

「喲，是張老爺家的遠親啊，誤會、誤會。她們不願意賣人，那就算了。」

長相俊俏的男人鬆開拉吳氏的手，梁高也放了另一個人，那兩人便跑了。

梁高見人跑了，便拿出兩錠銀子，對坐在背簍裡抹眼淚的錢亦繡說：「別害怕，壞人已經跑了。我們少爺賞妳二十兩銀子，還說，這銀子是貼補陣亡將士家人的……讓妳以後出來掙錢時，要人前人後都一樣……還有，別拿銀子往嘴裡咬，不然，對不起妳為國捐軀的父親。」

梁高不好意思把梁錦昭的話原封不動講出來，只挑能說的說了。

聽這話，銀子定是那個高個兒公子給的。這熊孩子說話太不中聽，一聽便知這小廝沒把原話學出來，原話肯定更難聽。

熊孩子雖討嫌，但對陣亡將士家屬的關心還是真的，而且，陰錯陽差下救了她。

錢亦繡很沒骨氣地接過銀子，抹著眼淚說：「謝謝小爺和你家公子的救命之恩。求小爺好人做到底，送佛送到西，送送我們吧。我怕那兩個壞人見你走了，又來搶我。嗚嗚嗚，我不想唱戲、不想當戲子……」

梁高想想也是，他一走，那兩個惡徒可能又來搶人，遂道：「妳們跟我回去一趟，我跟我家少爺說說，看能不能用馬車送妳們一程？」便護送她們折回張家。

四人到了張家，梁錦昭幾人已在望月閣上看到出事經過，趕緊出來，正好在門口碰上。

聽完梁高的回稟，幾個少年義憤填膺，宋懷瑾罵道：「真是太狂妄，竟敢在光天化日之下搶人！」

張央說：「那紅雲戲班仗著紅牌花無心得縣尉大人寵愛，很是狂妄，如果梁高沒跟去，這小女娃可是要受罪。」

梁錦昭見背簍裡的錢亦繡哭得小臉像花貓，頭髮零亂，大眼睛又紅又腫，還不停抽噎，顯然是嚇壞了；再想到她上午說過和娘親被人欺負得摔傷的事，心裡酸楚。看來，這小女娃最艱難的不僅是吃不飽飯，還隨時可能被惡人欺侮。

這些年，大乾朝的邊界並不太平，陣亡的人成千上萬，但失蹤將士的親屬，朝廷卻沒給過交代和賠償，對那些為大乾戰死又屍骨無存的人來說，太不公平了。之前他太狹隘和自以為是，如今看見，不能坐視不管，得回京跟爺爺和爹爹說說，看能不能想辦法救濟？

梁錦昭對張央說：「表哥，你能不能派人送送她們？」他和宋懷瑾是表兄弟，張央的母親又是宋家遠房親戚，幾個人算是表親。

「這個自然。」張央回頭，讓自己的小廝去備車。

吳氏自是千恩萬謝，錢亦繡也鬆了口氣。「謝謝各位的救命之恩。」

一會兒，馬車便來了。

她們不知道，那兩個男人並沒有走遠，還躲在遠處看。見張央與另外兩位身著華服的公子把她們送上車，看來她們真跟張家關係匪淺，便不敢再打主意，回去稟報主子了

馬車快得多，半個時辰就到花溪村北邊。

吳氏請車夫去家裡坐坐，車夫搖搖頭，直接趕車回縣城。

目送馬車遠去後，幾人急匆匆往家裡奔。雖然荷包裡有許多銀子，但已無之前的興奮，全嚇壞了。

她們剛到村西頭，就看見荒地另一邊站著一高一矮兩個人，正翹首以望，是程月和錢亦錦。

程月是不出門的，難道家裡出事了？吳氏等人又心慌起來，快步往前趕。

錢亦錦也看到她們了，向她們跑來，還傳來程月哽咽著喚女兒的聲音，但他的嗓門大多了，喊道：「娘擔心妹妹，哭了一下午，怎麼勸都不成。」

錢亦繡從沒離開程月這麼久，偶爾出門，一個時辰內就會回家，若過節時去錢家大院，也是吃完飯便馬上回來。不像錢亦錦，天天在外野，程月習慣了，只要他晚上回來睡覺就成。

中午見女兒還沒回家，程月擔心起來，錢三貴和錢亦錦勸著，她才勉強吃半碗飯。下午，還不見女兒，便嚇哭了，執意到門外等。

錢三貴怕有不好的男人調戲兒媳，只好拿小板凳，坐在院門口看著。幾個人路過，見程月站在門外，果然忍不住多瞧兩眼，他輕咳幾聲，他們就識趣地轉過目光。

程月把奔過來的錢亦繡抱起來，哽咽道：「繡兒可回來了。娘怕繡兒像江哥哥一樣，一出門，就不回家了。」經常辭不達意的她，把思念之情表達得淋漓盡致。

錢亦繡抱著程月的脖頸，鼻子也有些酸了，用小手幫她擦眼淚。「繡兒捨不得娘親，不會不回家的。」說完，親她一口。

錢亦繡早就想親程月了，一直不敢，怕把美人嚇著。但經過下午的那場驚嚇，雖然覺得小娘親的懷抱不算穩當，但趴在裡面倍感溫暖，情不自禁，就親上去了。

程月一愣，紅紅的臉蛋像春陽下的嬌花，猶豫一下，為難地說：「江哥哥說過，除了他，誰也不能親月兒，不然他會生氣的。繡兒只能親這次，下次不能了。」

這個傻娘親！

錢亦繡嘟嘴道：「爹爹說的是外人，我是您的女兒，您生的，連您的奶都吃了，親親有什麼啊？」

程月聽了，也覺得沒錯，遂笑咪咪地在錢亦繡臉上親了下。

得到她的回應，錢亦繡又湊上去一親芳澤。

兩人正在親熱，錢亦錦不樂意了，急得臉通紅，眼睛鼓得像牛目，抱著程月的腰急道：「娘和妹妹親來親去，怎麼把我撇開了？我是娘的兒子，我也要親！」說到後面，都帶了點哭音。

程月捨不得錢亦錦著急，便把女兒放下，彎身親了兒子的小臉。錢亦錦這才抿著嘴樂了，回親程月後，斜眼瞥著錢亦繡。

錢亦繡邪惡地暗笑。她這個壞阿姨早想親親他了，倒是自己送上門，於是使勁親錢亦錦一口，吧唧聲傳出老遠。在他回親她一口後，手腳並用爬上他的背。「繡兒累了。」

錢亦錦渾身是勁，立刻揹起了妹妹。

幾個人像沒事一樣，吳氏和錢滿霞卻羞得像兩隻大紅蝦，只得催促他們趕快回去。

回到家，把門一關，一家人去了堂屋。

錢三貴見吳氏幾人的臉色不太好，臉上明顯帶著淚痕，吃驚道：「怎麼，賣花不順利？」

吳氏把錢和東西拿出來，嘆氣講了錢亦繡如何能幹，又如何引來壞人，差點被搶進戲班的事。

錢三貴心疼地把錢亦繡摟進懷裡。「唉，都是爺爺無能，讓繡兒這麼小就得出去掙錢，還受了大驚嚇。記住，以後千萬不要以身犯險，咱們窮些不打緊，重要的是妳不能出事。」

錢亦繡趴在錢三貴懷裡，流出淚來。封建社會拿女孩換錢的人家比比皆是，可她的爺爺奶奶卻是寧可餓肚子，也不願意賣掉孫女。

程月聽說有人要搶繡兒，嚇得又哭起來。

錢亦錦走過去，拉著錢亦繡。「以後妹妹不要去賺銀子了，這些事留給哥哥做。」

錢三貴看了一桌子的錢和荷包，開口道：「有了這些錢，錦娃也不要惦記著出去賺錢了，好好收收心，過幾天就送你去讀書。等你以後出息了，就能護住這個家、護住妹妹。」

看看堆了一桌子的銅錢、銀角子、銀錠子及幾個荷包，眾人數了數，共有八十幾兩及二百多文銅錢。接著打開錦盒，裡面裝了一支梅花碧玉簪、一支赤金孔雀釵，錢三貴估了估價，恐怕不會低於百兩銀子。

還有錢三貴的十包補藥，裡面有幾味珍貴藥材，怎麼算，也得要十幾兩銀子。

這筆意外之財讓一家人感覺像在作夢。這麼多錢，夠家裡過十幾年好日子了。

「老太太一下賞了五十兩銀子，還有這兩樣首飾，到底是什麼酒，竟然那樣值錢？」錢三貴驚道。

「繡兒也不知道，只覺得裝酒的罈子特別好看。」錢亦繡眨眼，像程月一樣懵懂地說。她暗道，契書可比這些東西值錢多了，張家不好明說，只能拿酒當藉口。不過，就張仲昆的為人，欠下如此大的人情，以後肯定會幫助他們的。

不過，錢亦繡也開心。費了這麼久的心思和體力，總算小有收穫，又想起山裡那些她看中的寶貝，伸手捏捏又細又短的小腿，還是要快些長壯才好。萬一被別人捷足先登，快一步取走，可是欲哭無淚。

錢亦繡見錢三貴和吳氏仍有些惶恐，便說：「可繡兒覺得那罈子裡裝的不像酒，抱著一點都不沈。」

錢三貴聽了，有些了然，或許裡面裝著更重要的東西，張家不好說，便釋然了，笑道：「既然人家說是酒，就是酒了。家裡有這麼多錢，省著些用，可以過到讓錦娃把書讀完。不過，家裡有錢的事，千萬不能說出去，咱們住得偏僻，別讓人惦記上。」

錢亦錦道：「爺爺，有了這麼多錢，先修修院牆吧，這樣睡覺才踏實啊。」

錢三貴點頭。「嗯，是要修院牆，還要把茅草頂換成瓦片，把塌了的幾間廂房修好，但這些事得過一、兩個月再說。咱們這樣的人家，讓你上學都會招惹別人猜忌，何況再修房子？」又狐疑道：「對了，繡兒怎麼會唱曲兒和給花治病？」

錢亦繡倚在錢三貴懷裡，糯糯說道：「嗯……曲兒是那天老婆婆教我的，繡兒只是把詞改了改。我也不會給花治病，就是覺得那小樹肯定沒死，歪了而已，想幫它們正一正，多討幾個賞錢。」

錢三貴聞言，摸摸錢亦繡的頭頂，嘆道：「窮人的孩子早當家，難為繡兒了。記著，以後不要再去有錢人家多事。今天妳們是運氣好，遇到心善的張家人，若遇到那些蠻橫霸道的人家，沒有賞錢不說，弄不好還會挨打。」

錢亦繡乖乖地點頭。「嗯，繡兒知道了。」

吳氏見錢亦錦看著桌上的糖果和點心，早已開始流口水，趕緊拆開，拿一塊給他。

錢亦繡見狀，接過袋子，把點心分給大家。

吳氏捨不得吃。「留給繡兒和錦娃吧。」

錢亦繡道：「還有很多，奶奶也吃。」把點心硬塞進吳氏嘴裡。

吳氏吃完，起身把錢和首飾抱進她屋裡，一會兒又抱著東西走出來，對錢三貴為難道：「當家的，這麼多錢，放哪裡好呀？我覺得放哪裡都不妥當。」

為了把這些錢存在隱秘處，一家人想破了腦袋，最後，把大銀錠子和首飾放進一只小罐子裡，讓錢亦錦爬到錢三貴夫婦床底下，挖個小坑，把罐子藏進去，再把土添平，又去院子裡捧些乾土撒在上面。如此，大家才放心。

錢亦繡暗道，這般小心翼翼，還是因為家裡人太弱了。等以後掙多了錢，必須說服錢三貴買一房下人。大山再厲害也是狗，沒有人的心計。

第十九章

這天晚上，本來要買些肉開葷，但遇上那場驚嚇，也沒買成。吳氏和錢滿霞就去廚房煮了一鍋稠稠的玉米糊，又割韭菜炒雞蛋。

全家和樂融融地吃著飯，沒有謙讓，每個人都吃飽了。

這個家裡多久沒有這麼輕鬆自在了？好像從搬進這個院子起，就未曾自在過。錢三貴感慨萬千，眼圈有些發熱。

飯後，吳氏沒像往常那樣為節省燈油，不許大家點燈，桌上的小油燈像橙色月亮一樣，把屋裡照得溫暖。

一家人圍桌坐著，閒話家常，愜意而溫馨。

錢滿霞想起丫鬟給的衣裳，把布包取來打開，裡面裝著幾套八、九成新的衣裳和裙子，顏色鮮豔，還是綢緞，全是鄉下人沒穿過的樣式，遂喜不自禁，拿著裙子在身上比劃起來。

吳氏笑道：「大戶人家富貴，連丫鬟不要的衣裳都這麼好。哎喲，這兩套衣裳跟沒上過身的一樣。」

錢滿霞比完自己的，又挑了件桃紅色褙子遞給程月。「嫂子穿這種顏色最好看。」

孰料，程月抿嘴拒絕。「這是丫頭穿的衣裳，月兒不能穿。」跟以往緩慢遲疑的話語不同，聲音變得冷清乾脆。

錢家人之前就猜到程月出身富貴之家，沒想到她傻了這麼多年，過了這麼久食不果腹的日子，居然還這麼堅持，絕不穿下人的衣裳。

吳氏勸道：「月兒，這雖是丫頭穿的衣服，但沒有補釘，比妳身上穿的好多了。」

程月搖頭。「嬤嬤說的，主僕有別，我不能穿丫頭的衣裳。」

這是程月第一次說過去的事情，雖然只有隻字片語，還是令錢亦繡喜出望外，便趕緊追問。「嬤嬤？娘親說的是哪個嬤嬤？姓什麼？住哪裡？」

一連串的問題把程月問懵了，她眨眨大眼睛，反問道：「嬤嬤……什麼嬤嬤啊？」

得，又傻了。

錢亦繡後悔不迭，都怪她太著急，提太多問題。

不管錢家人怎麼勸，程月就是不要這些衣裳，也沒再提嬤嬤之類的話，只說不喜歡。

錢滿霞笑道：「嫂子不要這些衣裳，可是便宜我了，我不嫌棄。」在她眼裡，這些雖是舊衣，但都是綢子做的，比那些新裝還好。

錢亦繡見狀，把宋氏送的那疋桃紅色細布抱過來。「奶奶，以後咱們家還會掙更多的錢，這疋布就給娘親和我做套新衣裳吧，繡兒不想穿這身乞丐衣裝。」說完，嫌棄地扯扯捆在身上的小衣服。

程月看到這疋布，亦是眼睛一亮，驚喜地說：「月兒也喜歡。」

吳氏不同意。「這料子顏色好、質地好，留著給霞兒做嫁妝長臉面。改天我去鎮上，扯幾尺粗布給月兒和繡兒做新衣裳。」

錢亦錦開口了。「奶奶，就用這塊布給我娘和妹妹做衣裳吧。家裡的婦人穿得好，我們男人臉上也有光不是？不只娘和妹妹，奶奶也做一套。等姑姑出嫁時，我已經出息了，會買比這更好的綢緞給姑姑當嫁妝。」

錢滿霞聽了，羞得直跺腳，不依道：「她們要做衣裳就做唄，幹麼把我扯進去。」

錢三貴笑起來。「等到錦娃出息，你姑姑還不等成老閨女啊。」便對吳氏說：「這次繡兒辛苦，給她們娘兒倆做新衣裳吧。錦娃說得對，妳也用這藍布做一身，再給錦娃縫套長衫，讓他上學穿。」

接著，他分配了工作。「田裡的農活不能再耽擱，滿江娘和霞兒明天就去收拾，後天要和大哥、二哥一起犁地播種。有了這些銀子，家裡的日子不會難過，咱們就不去打霞草的主意了，跟大房和二房說說，他們人手足，若願意掙點小錢就去摘。便宜外人，不如便宜自家人。」

錢亦繡也是這個意思。現在已經有些家底，不願再想著小錢，光賣花，實在賺不了多少；再說，她也不敢去縣城賣唱了。

如此議定，等錢三貴喝完藥後，眾人就各自回屋歇息。

錢亦繡上了床，看程月穿著縫滿補釘的中衣，白色已經洗成黃色，白補釘上還縫了幾塊黑補釘。即使穿著這樣的破衣裳，她也不願穿丫頭的新衣裳。看來那種上下尊卑的等級觀念已經深深烙入她的心底，即使傻了也仍堅守著。

程月裹在麻袋一樣的衣裳裡，雖能遮擋美麗的容顏，但那是暴殄天物啊。等以後她多掙點錢，就給程月多買幾套好衣裳。她直覺，小娘親應該很愛美。

錢亦錦知道自己要上學了，激動不已。程月與錢亦繡都上床了，他還在看一本舊書。平時夜裡不許點油燈，他就拿起書，湊在窗邊藉著星光看。

錢亦繡勸道：「哥哥，以後有的是工夫發憤苦讀，現在莫把眼睛看壞了。」

錢亦錦聽了，這才上床，還抬頭叮囑錢亦繡。「以後妹妹不要再去城裡唱歌，危險……妹妹長得俊，壞人看到了，要打壞主意……沒有哥哥的陪伴，最好不要出村子……」聲音越來越弱，腦袋落在枕頭上睡著了。

聽到程月和錢亦錦傳來鼾聲，錢亦繡還是有些睡不著。

她激動。現在算是跟張家拉上關係了，以後要多去走動，有些寶貝到手後，可以賣給他家，或通過他家賣給別家。別人家，她實在不放心，見小財不起貪念的人多，但看見值錢的寶貝，又是出自家庭，不起貪念的人可是不多。張仲昆既精明，又不失厚道，是絕對的正人君子，可以信任。

她又想到，張仲昆曾說過，有位京城的貴公子每年都要來找他施針治病，好像得的是癇症，也就是前世的癲癇。在他和一個高僧的聯手診治下，已壓制住病情，三歲以後，就沒再犯過病，因此外界的人都不知道那位貴公子有這種隱疾。

今天聽那兩個公子的口音，都是京城人士，不會其中一個就是得病的貴公子吧？不論是儀表堂堂的梁公子，還是丰神俊朗的宋公子，誰得了這種病，都是可惜了。在前世，這種病也根治不了。

不過，錢亦繡清楚地記得，兩年前的某個晚上，她的魂魄飄去張仲昆的書房，他正給兒子張央講授醫術，提到有種名叫蛇蔓菊的靈藥，能治好癇症，可是這種藥只在他家老祖宗傳下來的手劄中記了一筆，卻是誰都沒見過，他家祖宗是在一本早已失傳的古醫書上看到的。

他起身來到書櫃前，打開暗格，拿出一落發黃的手稿給張央看。據記載，蛇蔓菊五年開一次，只在六月開，花瓣如絲，色彩豔若朝霞，生長在沒有人煙的懸崖峭壁上或高山上，凡是有蛇蔓菊的地方，都會有白蛇守護。若世上真有這種花，想得到，也難於上青天，必須要有機緣。

躲在他家房梁上的錢亦繡聽了，一陣狂喜，立刻飄出去，直奔溪石山。

月光下，岩洞邊，兩朵疑似蛇蔓菊的花傲然挺立在懸崖峭壁上，風一過，如絲花瓣飄散開來，美麗得近乎妖冶。只是，有一條碗口粗的白蛇盤踞在花的周圍，讓她不敢靠近。

若非錢亦繡有這種特殊際遇，根本看不到這不可思議的一幕。而且，她的運氣非常好，這地方如此隱蔽，蛇蔓菊又五年才開一次，她竟然就看到了。

白蛇似乎能看到錢亦繡的魂魄，瞪著青豌豆一樣的眼睛，不時向她吐鮮紅的芯子。

錢亦繡嚇得往後飄，看看上面，山尖直入雲霄，再看看下面，深不可測，她的心一下子涼了。這地方是人就別想上來，除非有非凡的輕功和武功。

她把思緒拉回來。如果當時看到的花真是蛇蔓菊，又確實能治癇症，若能摘來，那真是值高價了。

錢亦繡又翻個身，看見程月靜靜地臥在身邊，像朵睡蓮，沈靜、美麗。她突然想到，癇症屬於腦疾，既然蛇蔓菊能治，那能不能也治程月的病呢？

錢亦繡心裡激動，忽地坐起來，但隨即頹廢地躺下。她不是武功高手，穿越的不是武俠書，也不是修仙文，怎麼摘啊？

這下子，她更睡不著了——心口痛。有些事情不知道就算了，知道了卻無能為力，太痛苦了。

第二天，錢亦繡頂著黑眼圈起床。

吳氏笑罵道：「瞧妳，沒錢睡不踏實，有錢了還睡不踏實。」

早上煮了三顆雞蛋，不僅錢三貴有，兩個小兄妹也有份。錢亦繡沒客氣，幾口吃了，想快快讓身子長結實。

飯後，吳氏和錢滿霞要下地，走之前，還答應錢亦錦。「今兒上午，奶奶提前回來，去方家肉鋪買肉。」

昨天錢亦錦聽說她們中午在張家吃了那麼多肉，饞得直流口水。

錢三貴還囑咐吳氏。「見著大哥、二哥，趕緊跟他們說說摘霞草的事。」

母女倆答應著，剛把院門打開，錢二貴的媳婦唐氏就一陣風似的衝進來。

唐氏生得一張蠟黃臉，高顴骨、闊嘴巴，年紀約四十歲左右。雖然穿的衣裳沒有補釘，卻明顯沒有滿身補釘的吳氏乾淨俐落。她難得來三房，今天不知為何這麼早上門？

吳氏吃驚地問：「二嫂，什麼風把妳吹來了？」

「二奶奶。」錢亦錦招呼道。

唐氏沒理打招呼的錢亦錦，而是拉著吳氏道：「三弟妹，我特地來告訴你們一個好消息。咱們是親戚，聽說這種好事，我第一個就想到你們家。」

「哦？什麼好事能讓妳第一個想到我們家？」吳氏有些納悶。

唐氏指著正跟錢亦繡在院子裡散步的程月。「弟妹，妳這傻兒媳婦除了會吃，也不會做事，還留著幹什麼？我聽說大榕村的方老頭死了婆娘，放出話來，只要人長得水靈，不管有沒有嫁過人，他都會出五兩銀子當聘禮。

「滿江已經死了，這個傻媳婦留著沒用，不如把她嫁給方老頭，你們還能得五兩銀子使，程氏也有口飽飯吃，弟妹覺得怎麼樣？行的話，我就做做好事，去幫妳牽個線。」

錢亦繡聽了，鼻子險些氣歪。唐氏也太壞了，居然想賣姪兒媳婦，她算哪根蔥？還當著程月的面，把話說得這麼缺德。

不只錢亦繡氣壞了，院子裡所有人都怒了。

錢亦錦蹲下，撿了塊石頭，擋在程月前面，唐氏若敢來拉人，他就打過去。大山見小主人生氣，蹲到他旁邊，只要主人一聲令下，就衝上去咬斷唐氏的脖子。

吳氏氣得全身發抖。方老頭放話買媳婦的事她也曉得，方老頭雖是鄰村的人，卻在附近幾個村子裡大名鼎鼎。他年輕時是獵人，打不動了，就開肉鋪，和兒孫們一起殺豬賣肉。大榕村、花溪村的人家要買肉，都得去他家。

方老頭脾氣暴躁，力大無窮，據說娶的幾個媳婦都是被他活活折磨死的，甚至高興了，還會讓他兒子方老大跟她們睡一覺。偏偏他有親戚在縣衙裡當捕快，沒人惹得起，死了閨女的娘家都被他用錢收買了。只要心疼閨女的人家，都不願意把女兒賣給他，只要進他家的門，就等於去見閻王，所以大家都稱他為「方閻王」。

這次方閻王又放出只要人長得水靈，就會給十兩銀子當聘禮的話。但唐氏不僅缺德壞良心，還想貪下五兩銀子的賣命錢。

吳氏指著唐氏大罵道：「妳喪良心啊！怎麼就不怕死了遭報應，下十八層地獄！我兒媳婦不僅會吃，還會生孩子，她是我孫子跟孫女的娘。我兒雖然死了，但我們更會好好對待他的媳婦。誰不知道方閻王壞透了，會把媳婦往死裡打，妳那麼想要十兩銀子的賣命錢，怎麼不把自己的兒媳婦賣給他？或者乾脆把自己洗乾淨些，直接嫁過去！」

唐氏知道自己這麼做缺德，但想著沒人不愛銀子的，況且老三家借了那麼多錢，肯定還不起，她來勸勸，說不定真能把程月賣了，她也能得五兩銀子使，便背著錢二貴來當說客。沒想到三房的人這麼生氣，話也說得極為難聽。

唐氏撇嘴道：「不願意就算了，又沒拿刀逼你們，氣性還真大。要不是知道你們家窮得叮噹響，借了錢還不起，我才不來討嫌。妳當我不知道啊？婆婆經常偷偷給你們錢，有時還送點蛋之類的，那裡面可有我們二房的孝敬。既然你們這樣硬氣，收那些錢和蛋幹什麼？

「妳家滿江成親，我們送了八十文的禮，我家滿河年初成親，你們才給二十文，有這樣占親戚便宜的嗎？錦娃不僅到處討吃食，也吃了我家一個雞蛋哩。哼，吃屎的反要挾屙屎的，哪有這樣的道理！」

唐氏把三房說得太不堪，不說錢三貴氣得要命，吳氏更是怒得渾身亂顫，張著嘴說不出話。

錢亦繡見狀，大聲道：「二奶奶可不要張嘴亂說話。太奶奶什麼時候給我家錢了？她偶爾給幾顆蛋、幾文錢，是看我爺爺身子不好，給他補身子。今兒我就去問問二爺爺，當娘的心疼兒子，哪點不對了？」

從來不知道害臊的錢亦錦也紅了臉，振振有詞地說：「太奶奶說，你們種的水田都是我爺爺年輕時跑鏢掙下的，那得值多少一百文、買多少雞蛋？只有妳這種貪心的人，要了別人那麼多東西覺得應當，別人吃妳一顆雞蛋，卻記得牢。」

錢滿霞轉進廚房，拿了一顆雞蛋出來，塞入唐氏手裡。「雞蛋還給妳。我家錦娃以後再也不會吃妳家一口吃食！」

唐氏嘴硬道：「你家孩子就是這樣對待長輩的？真是大不孝。」看看院子裡所有人全怒視著她，尤其是那條大狗，舌頭都伸出來了，心虛不已，遂忙不迭地跑了。

第二十章

唐氏來去如風，卻把這個家攪得陰氣沈沈。

本來滿心歡喜要去下地的吳氏坐在小凳上抹眼淚，錢滿霞也哭出了聲。

程月含著兩泡淚水，緊緊抿唇，身子不停抖動。

錢亦錦扔了石頭，抱著她說：「娘莫怕，爺爺奶奶不會把您賣掉的。」

錢亦繡則去摟著吳氏。「奶奶不哭，不要因為別人缺德壞心，影響咱們的好心情。」

程月牽著錢亦錦過來，對吳氏說：「娘別生氣，月兒會繡花，能掙錢，不吃白食。」

吳氏抬頭看看程月。由於受了驚嚇，她臉色蒼白得嚇人，大大杏眼裡盛滿淚水，淚眼迷離中，仍掩不住對親人的關切和擔心。這顏色為家裡惹了多少災禍和閒氣，以後還不知會惹出什麼事？可程月是兒子的未亡人、孫女的親娘，兒子走前曾跪在門前，求她照顧好媳婦。

吳氏想罵人，卻罵不出口，指著程月哭道：「都說妳是福星，什麼福星？我兒還不是年紀輕輕就去了，妳還不是這麼小就當了寡婦！留下一家子弱小，受盡別人欺負……」說完，失聲痛哭起來。

程月的眼淚也洶湧而出，搖頭道：「江哥哥沒死。娘，相信月兒，江哥哥沒死。他說過會回來，幾番花謝花開後就會回來！」

錢滿霞也說：「娘，說不定嫂子說的是真的。朝廷也沒說哥哥死了，只是說他失蹤，很可能哪天便回來了。」

錢亦繡勸道：「奶奶，我信娘的話，也相信爹爹沒死。咱們好好過下去，等著爹爹回來。奶奶不是常說爹爹聰明得緊嗎？聰明人是不會那麼容易死的，他肯定會當大將軍，還給奶奶請封誥命。」

錢亦錦聽了，趕緊道：「柳先生說我聰明得緊，若發憤用功，定能考中舉人、考中進士，像翟大人一樣當大官。到時候，再沒有人敢欺負咱們。」

前段時日，錢亦錦跑去錢家大院玩，聽到錢亦善在背《千字文》，聽了兩遍，錢亦善還沒背下來，他就能背了，有回見到私塾的柳先生，就跑去背給他聽，請他多多指教。以前柳先生對錢滿江的印象就好，現在見錢亦錦好學又聰明，便起了愛才之心，不僅送他一本《千字文》，用上述那段話鼓勵他，還說他若有不懂之處，可以隨時去私塾問。

錢三貴拄著枴杖來到吳氏身邊。「孩子的娘，妳看孩子們這麼懂事，咱們還有什麼想不通的呢？老話說得好，前人強不如後人強，有這兩個好孩子，即使滿江死了，咱們家也有希望。原來是我想擰了，身子不好，又自暴自棄，縮在家裡不出去，讓妳受了這麼多的苦和累。現在我想通了，看在孩子的分上，也應該立起來。

「妳放心，唐氏這筆帳，我會清算。我們家的兒媳婦，怎能由著隔了房的嫂子賣！現在他們定在地裡忙，晚上我去大院請娘和大哥作主，讓二哥給咱們家一個交代。」

當家人發了話，又說得這般豪邁，吳氏的心情也漸漸平復下來。

一場氣耽誤不少工夫，巳時已過，吳氏抹抹眼淚道：「我就不下地了，去趟鎮上，添置些東西。她不是說咱們窮得叮噹響嗎？咱們就吃肉，把身子養得棒棒的。霞兒帶錦娃去地裡，我下午再去。」又吩咐他們先不要說唐氏的事，晚上她再和錢三貴去大院討公道。

錢亦繡聽說吳氏要去鎮上，拉著她的衣裳道：「我們的褥子熏得繡兒睡不著覺，奶奶買些棉花和布，給我們做床褥子吧。」

若是原來，吳氏還要考慮考慮，但經過唐氏的一頓罵，她也想通許多，點頭說好，便拿錢出門了。

錢亦繡又安慰程月一番，就把雞放出去覓食。

錢三貴坐在房簷下編籃子，好不容易舒展的眉毛又皺到一起。錢亦繡在地上給他畫幾個圖樣，是小籃子、小盒子和果盤，想等下個月觀音娘娘生辰時拿去賣。

錢三貴看到這幾個圖樣，感覺很是新奇，錢亦繡還煞有介事地講著細節，逗得他笑起來，臉上的愁苦少了許多。

程月則拿著小板凳，坐在堂屋最裡面的牆角發呆，那是之前錢亦繡當鬼魂時最喜歡蹲的地方。因為錢三貴坐在堂屋門外，她覺得這裡就是最安全的。

中午，吳氏滿載而歸，不僅買了豬肉、米、麵，還買幾十尺粗布和好多棉花。除了做褥子，還要幫自己和錢三貴各縫一套衣裳；張家送的布好，留著給錢亦錦用。另外，家裡每人再做件棉襖。

唐氏給的刺激還真大，竟讓節省的吳氏花錢不心疼。這倒遂了錢亦繡的心，她摸摸這樣，再摸摸那樣，呵呵傻笑著。

錢亦錦從地裡回來，看到這麼多好吃食，也是抿著嘴直樂。

收拾完東西，吳氏進廚房，炒了蒜苗回鍋肉，給排排站著等的錢亦錦和錢亦繡各餵了一塊，香得兩個小人捨不得吞進肚子裡。

吳氏笑著捏他們的小臉一下，盛了兩碗回鍋肉，把其中一碗放入籃子，說是給錢家大院的，又拿出一小包點心，說要單給錢老太，讓兩個小人兒先送去錢家大院。還囑咐錢亦錦，家裡有肉，就不要在別人家蹭飯。

兩個孩子笑著應下，提起籃子，一塊兒出門了。

錢家大院坐落在花溪村中間，門前是全村最寬敞也最平坦的路。錢亦繡穿越過來後，還是第一次來。

上年，二房拿著大房補貼的八貫錢搬出去，在另一個地方買地，重新修了房子。現在錢家大院只有大房一家住著，四房的家什雖然還在後罩房，但人卻遠在省城。

錢滿蝶來開門，笑道：「錦娃倒是經常這時來串門子，繡兒還是第一次，真是稀客。」

錢亦錦面色如常，笑著叫了一聲：「蝶姑姑。」

錢家大院很大，一色的青磚大瓦房，上房、東西廂房各四間。青石板鋪地，種著兩棵枝葉繁茂的大樹，樹下還有石桌，周圍幾張石凳子。

從外表看，錢家大院更像地主的家，即使年分有些久，仍氣派得很。這裡的一磚一瓦都是錢三貴提著腦袋掙出來的，他卻住在快垮掉的舊院子裡，不知心中有什麼想法？

進了堂屋，一大家子正在吃午飯。大房人不多，都坐在一起。

錢老太看錢亦錦來了，招手笑道：「錦娃來得巧，今兒有你愛吃的豇豆燒肉。」

話音剛落，五歲的錢亦多就癟上小嘴了。「錦哥哥又來吃我家的肉肉。我們家好不容易才吃一次肉肉，他就跑來吃，肉肉都被他吃光了，我還吃什麼呀？」

自從大房補了二房八貫錢後，就過起節衣縮食的日子，很難得吃一次肉，所以，錢亦多非常討厭來搶肉吃的錢亦錦。

錢老太聽了，瞪著錢亦多罵道：「小丫頭怎麼這麼饞，妳哥哥吃塊肉又怎麼了？」

錢亦多本來就不高興，又挨了罵，哇一聲哭起來。

汪氏沈下臉，從碗裡挾了兩坨肉給錢亦多，哄道：「多多不哭，就算是丫頭，奶奶也喜歡妳。咱們家的肉，想吃多少，便吃多少。」說完又挾了兩塊肉，放進她碗裡。

錢老太見狀，也沈了臉，錢大貴趕緊打圓場。「肉還很多，夠吃了。」又對錢滿蝶說：「再去拿兩個碗，繡兒難得來咱家吃飯。」

錢亦繡又替錢亦錦紅了臉，決定不說話，看他怎麼辦？

而錢亦錦完全沒有害羞的意思，端著絕頂漂亮的臉說：「謝謝太奶奶、謝謝大爺爺，不用拿碗，我們不在這裡吃飯。」又對抹著眼淚的錢亦多笑道：「多多妹妹莫哭了，哥哥吃了妳家的肉，一直記著這份情。等多多妹妹出嫁了，哥哥一定備頭大肥豬給妳當嫁妝。」

錢滿川聞言，笑了起來。「多多，人家錦哥哥要送大肥豬給妳當嫁妝，妳怎麼連幾坨肉都捨不得？」

接著，錢亦錦掀開搭在籃子上的布，從裡面拿出那碗回鍋肉。「我家炒了點回鍋肉，奶奶讓我送來給你們嚐嚐。」把碗放在桌上，先用手抓了一塊肉，塞進錢老太嘴裡。「太奶奶，是不是很香？」

錢老太點頭。「還真是好吃。」又從懷裡抽出帕子幫錢亦錦擦手，邊擦邊說：「還是我的錦娃孝順，太奶奶沒白疼。」

錢亦繡趕緊把手裡的一小包點心遞給錢老太。「這是縣城裡的點心，給太奶奶吃。」

汪氏笑道：「回去替我們謝謝你們爺爺奶奶，他們有心了，吃碗回鍋肉還想著我們。看來，你們家裡的債都還完了，還有餘錢買豬肉、買點心。」她最看不上那些借了人家的錢，自己卻吃大魚大肉的人，然後錢花完了，再去借。

錢老太原先還高興著，聽了汪氏的話，沈下臉，罵道：「吳氏那個敗家婆娘，剛賣麥子就買肉吃。那點錢，別說還債，恐怕連今年的日子都過不去，不知道好好算計著過日子，就這麼浪費了。哎喲，氣死我了，我三兒可憐呀，怎麼討了那麼個不會過日子的敗家婆娘！錦娃在長身子，偶爾嘴饞，就讓他來親戚家裡打打牙祭，剩下的人該勒緊褲帶過日子啊……」

錢亦繡嚴重鄙視錢老太的重男輕女。錢亦錦在長身子，她和錢滿霞就沒長了？汪氏也夠厲害，幾句話就把錢老太的火氣撩撥上來。

她趕緊解釋：「太奶奶，這肉不是賣糧食的錢買的，是我們在山裡摘些霞草和花去縣城賣，得了幾兩銀子買的；這點心也不是我們花錢買來，是張老太太賞的。」錢亦錦馬上要上學，得把銀子的出處說一說。

「山花也能賣錢？還能賣幾兩銀子？」許氏吃驚不已。

錢亦繡搖頭，挑著能講的講了些。「我們搶了先機，所以賣得幾百文，以後肯定賣不了那麼多錢。其他則是保和堂的張老太太看我們可憐，我又無意中幫他們家找到老太太埋的酒，便賞了幾兩銀子。」

汪氏笑道：「那敢情好，滿川媳婦和蝶兒也去山裡摘霞草和花去縣城賣。雖說賣不了多少，但多一點是一點。」

錢老太聽了，氣得不得了，暗罵道，貪心的婆娘，她的日子這麼好過，還去跟三房爭這點小錢。她不好明目張膽說汪氏，便使勁瞪錢亦繡。真是個缺心眼的傻子，跟她娘一路貨色，賺錢的好法子，怎麼能隨便亂講呢？

錢亦繡看見錢老太瞪她，鬱悶不已。不招人喜歡，怎麼做都不對。

汪氏看到錢老太「吃裡扒外」的樣子，又是一陣胸悶。

錢大貴的想法和錢老太一樣。「三房不容易，好不容易有了賺錢的營生，咱們何苦去跟他們搶？」

汪氏紅了臉，嗓音也大起來。「當家的說的是什麼話，這怎麼是跟他們搶？滿山遍野的花，三房一家人能摘得完？那麼大座縣城，他們一家能賣得完？」

錢亦錦忙道：「大奶奶說得沒錯，山裡的花多得是，便宜外人，不如便宜咱們自己人。我爺爺和奶奶特地讓我們來說這件事，這幾天或許還能賣點錢，過些天消息傳出去，就賣不了了。不過，主要是賣霞草，別的花都是給霞草做個陪襯。」
錢亦繡聞言，氣得暗暗翻白眼。這種討好的話又被他搶了去。
果然，大房一家人都露出笑臉，錢老太做個她沒白疼錢亦錦的表情，把他拉到懷裡。
「乖重孫，難得你爹和你有心，掙點錢還想著親戚們。」
錢亦錦忙為吳氏說好話。「不光是爺爺和我想著，奶奶也想著。」又瞥了嘟起嘴巴的錢亦繡一眼。「還有妹妹。」
錢亦繡一陣鬱悶。她做得最多，卻連句誇獎也無，便宜全給熊孩子占了。
眾人似乎都沒聽到錢亦錦的話，討論起明天去山裡摘霞草的事情，又問錢亦繡一些該注意的細節。
小兄妹走時，汪氏難得主動地裝了一小碗豇豆燒肉給他們帶回家吃。錢亦多大口吃著回鍋肉，也不心疼自家的肉送人了。
兩兄妹到家，錢三貴、吳氏、程月及錢滿霞還坐在桌邊等他們吃飯。
一小碗回鍋肉、一小碗豇豆燒肉、一碗白菜大骨湯，桌上幾樣菜是這個家近年來最好的午飯。一家人品嚐難得的美食，歡笑聲不絕於耳，唐氏的鬧劇被甩在了腦後。
這種笑聲有別於他們數錢時的笑聲，數錢時是興奮的、壓著聲音的，生怕被別人聽見；而此時的笑聲，卻是輕鬆愜意，隨心所欲。

第二十一章

下午，吳氏領著錢亦錦去地裡忙，錢滿霞則把衣裳拿出去洗。錢亦繡補昨夜沒睡好的覺，一直睡到太陽偏西才起床。

今天晚飯吃得早，因為錢三貴要去錢家大院，請錢大貴和錢老太作主，向錢二貴夫妻討公道。

這麼多年來，錢三貴第一次拄著枴杖走出家門，吳氏和錢亦錦陪他一起去。

錢亦繡站在院門口目送三個人往村裡走去。夕陽下，荒草中的小路上，錢三貴拄著枴杖一搖一晃地走著，走得極慢，還不許吳氏扶，寬大衣襬被風吹得飄起來，顯得更瘦。但此時他在錢亦繡眼裡卻是高大有力。家主立起來了，這個家的日子應該會好過些吧？

還有旁邊的小男子漢錢亦錦，他挺著小胸脯走在錢三貴身旁，經過這兩次打擊，他也成熟內斂了不少。

遠遠看，吳氏的背佝僂得更厲害了。

這三個人的背影依然老、弱、殘，卻是這個家的頂梁柱。

路，又遠且長。

錢亦繡嘆氣，把院門關上。回過頭，看見程月手足無措地站在院子中間，眼睛濕漉漉地望著她，想說話又不知道該說什麼？她似乎也知道自己「闖禍」了，讓公公婆婆難過。

錢亦繡過去抱住她，腦袋貼在她的肚皮上。其實更想貼在她的胸口，只是此時還太矮。程月的身子微微發抖，好一會兒才平緩下來。「繡兒，他們想把娘賣了，娘怕。」

錢亦繡蹭了蹭她的肚皮。「娘莫怕。爺爺、奶奶、哥哥、姑姑，還有繡兒，我們都喜歡娘，離不開娘。」

錢滿霞洗完碗出來，笑咪咪地說：「嫂子，咱們家可捨不得賣了妳。妳有一雙好兒女，繡兒現在會掙錢，錦娃讀了書就會有出息，咱們等著享他們的福吧。」

程月聽了，心裡才好過些。

夕陽的最後一絲餘暉漸漸失去光芒，夜色如潮水般襲來，半圓明月在星星陪伴下高掛空中。

幾個人坐在院子裡閒聊，門外突然響起聲音，還有大山的吠叫。

錢滿霞起身開門，大山竄進來。

錢亦繡過去拍牠一下，罵道：「越來越過分，怎麼這時候才回來？」

平時，大山挨了打罵，會躲在一邊生氣，今天卻圍著她們轉不停。錢亦繡仔細一看，驚道：「哎呀，大山好像要當娘親了。」又笑著說：「大山天天往外跑，原來是去找相公呀。」

錢滿霞聞言，小臉羞紅，瞪錢亦繡一眼。「小姑娘家家的，胡說什麼！」低頭看看大山，肚皮和奶子的確大了些。

幾個人看了都高興，盼著大山能多下幾個崽看家。

天更晚了，她們坐不住，敲門聲終於響起。「是我，開門。」是錢亦錦的聲音。

錢亦繡跑去開門，錢亦錦風一樣地衝進來，臉脹得通紅，也不理妹妹，跑到程月面前大聲說：「娘，以後沒有兒子的陪伴，不許出院子！」

程月沒反應過來，愣愣看著錢亦錦。

錢亦錦急得青筋都冒出來了，拉著她的衣襟吼道：「聽到沒有？沒有兒子的陪伴，娘不許出去！娘要聽話！」

程月有些怕霸道的兒子，見他急了，雖然不知道為什麼，還是癟著嘴點點頭。

錢三貴和吳氏隨後進來，兩口子的神色都不好。錢三貴明顯累著了，吳氏和錢滿霞趕緊服侍他洗漱、睡覺。

錢亦繡的心沈下來，感覺有不好的事發生，但看看程月，只得先按下心中的疑惑。一會兒後，見錢亦錦陪程月回左廂房去，才問吳氏，到底發生了什麼事？

吳氏嘆氣，說出了經過。

錢老太看到錢三貴終於走出家門，非常高興，激動得哭了。

錢二貴被請到錢家大院，聽說唐氏幹的缺德事，極為生氣，難得硬氣一回，回家押著唐氏過來，給錢三貴和吳氏賠禮。唐氏本還撒潑，錢二貴當眾打她一巴掌，並說出要攆她回娘家的話，唐氏才不情願地道了歉。

不過，錢老太、錢大貴夫婦及錢二貴雖覺得唐氏想把姪兒媳婦賣給方閻王的做法損陰德，但對程月的態度也好不到哪裡去。

錢滿江死了，可不是戰死，程月成了寡婦，卻連陣亡將士的遺孀都算不上，若真遇到哪個他們惹不起的人怎麼辦？他們不可能為了一個腦袋不清醒的女人，把自家搭進去。

上次惹事的范二黑子只是村裡的小無賴，汪里正就能處置，所以他們才敢上門講理；若是方閻王之類的惡人打上程月的主意，那錢家就惹不起了。

他們勸錢三貴夫婦，最好找個好點的人家把程月嫁掉，也算對得起程月和她的一雙兒女。少了這個惹禍精，三房的日子也能好過得多。

錢三貴和吳氏當然不願意，又說錢滿江走之前求他們照顧好程月。錢滿江雖然死了，但他們答應兒子要護好他的媳婦，怎麼能失信？再說，程月跟他們相處這麼久，早拿她當親閨女對待，哪裡捨得把她嫁出去？她的腦子不清醒，去了別人家，會被欺負的。

尤其是錢亦錦，哭得傷心極了。「我和妹妹已經沒有爹，你們怎能再讓我們沒有娘呢？我娘雖不聰明，但還是愛我們呀！每天晚上知道給我們蓋被子，還知道從嘴裡省一口給我吃，如果我們受欺負，她會哭好久。沒了娘親，我們可怎麼活……」

見錢亦錦這樣，錢老太不忍心了，其他人也不好再說什麼，只是讓錢三貴兩口子想清楚，不要感情用事。程月現在是寡婦，若有惹不起的人打上她的主意，切莫為她害了錢家人。

聽了這些話，錢亦繡的心跌入谷底。錢家人的意思是，若有惡人看上程月，他們會選擇自保而袖手旁觀；為怕招惹麻煩，還讓三房找個人家，儘早把她嫁了。

若方閻王或比他還橫的惡人真打上程月的主意，該怎麼辦？

現在錢家那兩房想撇清，單憑他們三房這一家病弱，別說那些惡人，就是普通人家都能把他們壓死。雖然家裡有大山，但牲畜再厲害，也比不上人的心計。

錢亦繡發愁了，抱著吳氏的腰，哽咽道：「奶奶，別把我娘嫁出去，我和哥哥離不開她。」

吳氏摸著孫女的頭。「繡兒莫哭。妳娘是妳爹的媳婦、妳的親娘，爺爺和奶奶不會把她嫁出去。」

錢亦繡又問：「若方閻王真想娶我娘怎麼辦？會不會明目張膽來搶人啊？」

吳氏嘆道：「明搶倒不敢。再說，這只是唐氏的一廂情願，方閻王也沒說要娶妳娘。記著，離那幾個蠻橫不講理的人家遠些，看見他們繞開走。以後妳娘不僅不能再出門，妳和錦娃也要小心，門一定要鎖好、閂好……」又細細囑咐好幾句。

錢亦繡點頭應下，看時辰不早，祖孫倆便各自回房休息。

夜裡，錢亦繡心中有事睡不著，想著如何拉攏靠山？

雖然攀上了張家，但關係還沒有那麼緊密，須設法多來往。

不過，縣城離得遠，有時遠水解不了近渴，還得想辦法結識宋家莊子的高管事。洪橋北邊，省城宋家有千畝良田及莊子，那裡離花溪村近，不到兩刻鐘就能走到。高管事算是附近最有勢力的人，那些大地主、財主都不敢惹他。

還有，要把三房跟大房、二房的關係打理好，讓他們捨不得撇清，真遇到事了，可以多個幫襯……

錢亦繡想了很久很久，直到後半夜才睡著。

第二天，除了錢三貴和程月身體不好，要多睡一會兒，錢家三房的人皆早早就起床了。

錢亦錦一出廂房，就跑到外面練武——跑步、蹲馬步、打拳、踢腿，這是錢三貴平時教他的。

錢滿霞進廚房做飯，吳氏則去松潭挑水。

錢亦繡頂著黑眼圈出門，喊道：「我去大爺爺家一趟。」

錢亦錦不放心妹妹，也跟著跑出去。

太陽剛剛從東邊升起來，荒原上濕漉漉的，野花上掛著晶瑩的露珠，空氣中的甜香味夾雜濕氣，沁人心脾。

一切都是那麼美好，可小兄妹的心卻不輕鬆。

他們敲響錢家大院的門，是汪氏來開的。除了汪氏和許氏，其他人才剛起床。

汪氏見兩兄妹這麼早就來，吃驚地問：「是家裡出了什麼事嗎？」

錢亦繡說：「沒有出事，我只是來跟大奶奶說一聲，聽說花店和花農今年沒有種霞草，或許會大量地買，你們最好先摘些霞草去花店問問，要快，別被別人搶先了。若花店肯收，價錢比自己叫賣好得多，雖然會被壓低些，但勝在穩定。」

汪氏笑起來。「喲，繡兒真是個機靈丫頭。難得妳有心，快進屋坐坐。」

「謝謝大奶奶，但家裡還等著我吃飯呢。」錢亦繡搖搖頭，拉著錢亦錦轉身跑了。

汪氏關上門，回廚房對許氏說：「繡兒滾下坡後，傷好了，人也機靈起來。那孩子實在，這麼早就跑來告訴咱們賣霞草的法子，不像錦娃，光是嘴甜，從沒見他動手做事。我看出來了，繡兒像妳三叔，錦娃像吳氏，光會說話賣乖。」想想又道：「該不會是他們有更賺錢的法子，所以才把這事告訴咱們吧？」

錢大貴正好進來洗臉，聽見汪氏的話，說道：「妳這個婆娘就是多心。昨晚三貴說他們家人手少，要先顧著地裡的活兒才不能繼續摘霞草，妳又不是沒聽見……」

汪氏聞言，撇撇嘴不理他，又忙著做早飯了。

小兄妹離開錢家大院後，又跑去錢二貴的家。想到唐氏，錢亦繡實在不肯來這裡，但看在錢二貴及錢滿河的面子上，只得跑一趟。

錢二貴家的院子是去年才修的，籬笆上還爬著好些藤蔓。泥磚房子、房頂蓋瓦片，雖然比不上錢家大院，但在村裡還算得上中等，比三房的房子好了不止一百倍。

小兄妹敲門，是錢滿河的媳婦小楊氏來開的。這麼早，唐氏那個懶婆娘定然還沒起來。錢亦繡又把跟汪氏說的話說了一遍。

小楊氏笑道：「謝謝繡兒，也謝謝錦娃，我這就跟公爹說。」

離開錢家二房，錢亦錦不解地問妹妹。「大爺爺、二爺爺那麼自私，還讓爺爺奶奶把咱們娘親嫁掉，尤其是二奶奶，心地更壞，為什麼還要告訴他們掙錢的法子？」他的眼睛還有些紅腫，可見昨天哭得多傷心。

錢亦繡無奈地道：「大爺爺、二爺爺不願意被娘親所累而選擇自保，跟唐氏為一己私慾就想把娘親賣進方家，兩件事還是不一樣的。大爺爺與二爺爺只是自私而非歹毒。自私是人的劣根性，是人都自私，只是有人自私得多，有人少些。像咱們爺爺奶奶那麼心善的好人，實在太少了。

「我說出掙錢的法子，是想讓他們捨不得撇清咱們家，更希望他們能記情，在咱們有事求上門時，能伸伸手……目前，咱們尚未找到更強大的靠山，還有求於他們。誰讓咱們太弱呢？人在屋簷下，不得不低頭……」聲音越來越低。

錢亦錦雖然只有六歲，但極聰明。他聽懂了妹妹的話，沮喪地低下頭，想一想，抬頭說：「等咱們出息了、變強了，不許他們嫌棄娘親，也讓他們求咱們。」說完，小嘴抿得緊緊的，一臉堅定。

「嗯。」錢亦繡重重地點頭。

兩兄妹說好了，錢亦錦便伸手拉著錢亦繡，慢慢往家裡走去。

晨光中，錢家三房的院子孤零零地聳立在荒原中，悲涼而殘破，感覺再來一場暴風雨就會被沖垮。

小兄妹走到院門前，剛剛站定，程月就把門打開了。她起床沒看到兒子、女兒，有些著急，聽說他們去了村裡，便一直守在這裡，從門縫往外看。

吃早飯時，錢亦錦跟錢三貴說：「爺爺，我想緩幾天上學，咱們先把院子和房子修一修。」

錢三貴搖頭。「爺爺已經是個廢人，就盼著你讀書明理，早些有出息，把門戶頂起來。你讀書，是咱們家的第一要緊事，比其他事都重要。昨兒夜裡，我想了想，咱們家的屋子的確該早些修繕，就下個月做吧。」

錢亦繡問道：「既然要做，幹麼不一起呢？」

錢三貴搖頭。「還是一件一件做的好，不至於太惹人眼紅。」

農忙期間，錢家都是三房人家一起幹活，先是大房，接著二房，最後是三房。三房人手少，不僅吳氏和錢滿霞要下地幫忙，錢亦錦也要去。

由於他們沒有牛或驢子，就一起出錢，借謝虎子家的驢來輪著犁地。

那三個人不在，錢亦繡就在家裡守著，偶爾出去，也只是在附近溪邊挖點肥嫩的野菜。

三房只有兩畝坡地，三天就忙完了，不像大房和二房，忙完這邊的坡地，還要去忙洪河邊的水田。

吳氏忙完地裡的活兒，第二天便去方家肉鋪割了條兩斤重的五花肉，又拿著張家送的糖果，領錢亦錦去私塾拜見柳先生。

柳先生本就喜歡聰明的錢亦錦，誇獎勉勵他一番，讓他第二天就來上學。

第二天一大早，錢亦錦穿上吳氏趕出來的藍色小長衫，準備上學。他看起來真是漂亮極了，就是髮型有些怪異。他現在開始留頭髮了，除頭頂那撮髮束長些，四周新長出來的頭髮還不到半寸，看著就像一座長滿雜草的小山頭上長出一棵小樹。

錢亦錦躊躇滿志地頂著小樹，拎著裝文房四寶的草籃走出家門。全家鄭重地送他到院門口，看著他消失在遠處的朝霞中。

錢亦錦去私塾的消息傳開後，花溪村的村民們驚訝不已。窮瘋的錢家三房居然送孩子上學了！

要知道，私塾一個月的束脩是七十文，午飯二十文，兩樣加起來，一年起碼要一貫錢。雖說農家孩子多在沙盤裡寫字，但必要的書和筆墨紙硯還是得買一點，這樣算下來，一年花費不會低於兩貫錢。

有人說他們家挖著寶了，有人說他們家遇到貴人，又有人說錢三貴的腦筋好，身子骨好了，便想到賺錢的好法子……

村裡傳得瘋言瘋語，但錢家三房依舊關著門，過自己的小日子。

第二十二章

送走錢亦錦，吳氏便去地裡忙，這些天沒下雨，她要去挑水澆地。下午準備去縣城一趟，向錢香家借的錢該還了。

錢亦繡非常感謝和喜歡那位爽利善良的姑婆。在錢家，除了錢老頭和錢老太外，只有錢香是不計任何報酬、無私幫助錢三貴的人。

上午，錢亦繡坐在院子裡的樹下望天發呆，想著群山裡的寶貝，卻看見錢滿蝶來了。原來，錢香來看錢老太，汪氏請三房一家去錢家大院吃午飯。這樣一來，下午吳氏就不用去縣城了。

大房和二房抓住先機，搶先跟縣城的兩家花店談好，每天提供四筐霞草，一筐霞草賣十五文，每天就能賺三十文。這麼一算，每個月有九百文左右，一直摘到八月底，能掙三貫錢，相當於一家人小半年的進項，兩家人都喜瘋了。

錢滿蝶記著錢亦繡的情，賺了錢的第一天，給她帶幾顆糖來，今天又送兩根頭繩。禮物雖輕，但人家有心，拉拔這樣的親戚，錢亦繡也還願意。

錢三貴回屋，拿出一貫錢來給吳氏，可本來準備送錢香家的那包點心就不好帶上了。

這兩天，汪氏和唐氏話裡話外暗示著吳氏，都是親戚，若有更好的賺錢法子，不妨大家一起賺。她們猜測，三房或許真如村裡人傳的那樣，還有其他掙錢的好法子，不然怎麼會送錦娃去讀書，又大方地把霞草生意讓給他們？

雖然吳氏再三解釋，是因錢亦繡討了張家老太太的喜，又恰巧幫她找到埋藏多年的酒，所以賞了點錢，可她們還是不信。

程月不願意去，錢三貴也沒勸，便讓錢滿霞在家陪她。

錢亦繡看到眼神有些黯淡的錢滿霞懂事地點頭答應，心裡說著抱歉。要不是為了見錢香，她就在家裡陪程月，讓錢滿霞去了。小姑娘才十二歲，還是個孩子呢。

錢亦繡早想好了，這個時代只有臘肉、醬肉，還沒有香腸，以後把香腸弄出來，讓賣肉的錢香家賺上一筆，感謝她多年來的幫襯。

三房祖孫四人還沒進大院，便聽到錢香爽朗的笑聲。

錢香看到錢三貴拄著枴杖進來，激動得眼圈都紅了，走上前說：「三哥來了，真好。」

錢三貴呵呵笑著，眼圈也有些發熱。

錢亦繡拉著錢香的衣袖。「姑婆，還有繡兒呢，繡兒想姑婆了。」

錢香高興地把錢亦繡抱起來親了一口。「姑婆聽說，咱們繡兒已經會掙銀子，真能幹。」又對一旁的錢三貴道：「都說大難不死，必有後福。繡兒就是個有後福的，說不定菩薩點化了她，才變聰明呢。」

錢三貴聽了，高興得哈哈大笑起來。

錢香繼承了錢家的好相貌，高眺、豐滿，滿月臉上五官秀美，特別是那雙大眼睛，炯炯有神。因保養得宜，穿著也好，雖然已年近四十，看上去卻如三十出頭的美婦；而且，她能言善道，精明會處事，怪不得李姑爺把她愛到心坎裡去了。

錢亦多見錢亦繡來了，跑過去拉著她。「繡兒姊姊下來，咱們一起玩。」

錢香把錢亦繡放下，扶著錢老太和錢三貴等人進了上房。錢亦繡想跟進去，卻被錢亦多纏得脫不了身。

錢亦多雖然只比錢亦繡小一歲，卻胖得多，個子還比她高點，錢亦繡無奈至極。這副身子太弱了，得加強營養和鍛鍊，長不高，臉蛋再漂亮也沒用。

「繡兒姊姊，咱們扯花戴吧。」

「繡兒姊姊，咱們玩泥巴吧。」

「繡兒姊姊，咱們扮家家酒吧，我當爹爹妳當娘。」

摘花要出院子，玩泥巴太髒，錢亦繡只好勉強陪小姑娘扮家家酒。

兩人正玩著，汪氏在廚房門口喊道：「繡兒，來幫大奶奶燒火。」

與陪錢亦多玩這些遊戲相比，錢亦繡更願意燒火，便牽著不高興的小姑娘去了廚房。

廚房的案板上擺著一條豬肉，鍋裡還煮著豬肉、豬蹄、豬心、豬頭，全是錢香帶來的；地上還放了一個盆子，盆裡裝著兩條肉，要給二房、三房拿回家。錢香真是錢家所有人都喜歡的人。

現在只有汪氏和錢滿蝶在廚房忙。錢大貴在上房陪著，錢滿川和許氏上山摘霞草。如今由大房的錢滿川夫婦和二房的錢滿河夫婦負責賣霞草，每天三人上山摘半天，另一個人拿去縣城賣。今天輪到錢滿河進城。

錢亦繡坐在灶口前，往灶裡加柴，錢亦多跟她擠在一起坐。

汪氏給兩個小姑娘各餵一片肉，笑著問錢亦繡：「香嗎？」

「香，謝謝大奶奶。」錢亦繡糯糯答道。

「嗯，繡兒真是個好孩子。」汪氏笑道，又低聲問：「繡兒，妳爺爺奶奶除了種地和編草籃子，還做了別的事嗎？」

錢滿蝶聽見，嗔了汪氏一聲。「娘！」

汪氏沒理她，依舊笑咪咪地看著錢亦繡。

這是在打探她家是不是有別的掙錢營生了？真當她像錢亦多那樣單純啊。

於是，錢亦繡天真地回答：「有哪。」

「是什麼？」汪氏急道。

錢亦繡擺出一副好孩子的模樣。「爺爺還編草蓆子、草鞋子、草盤子。」

汪氏一陣失望，錢滿蝶咯咯地笑起來，汪氏氣得掐她一下。

幾人正說著，便聽到了唐氏的大嗓門和另一個年輕女人的笑聲。

汪氏氣得把手裡的菜往案板上一撂。「嫁出去的女兒回娘家吃飯還不好意思呢，她倒把人叫來吃大伯的，臉皮怎麼那麼厚！」

錢滿蝶低聲勸道：「娘，算了，來都來了，鬧得太難看也不好。」

她們是在說錢二貴的二閨女錢滿朵。錢滿朵的性子有些像唐氏，嘴巴好吃，又不願意做事。嫁到綠柳村，家裡不太好過，經常會回娘家搜刮東西。

其實，錢滿朵是錢家上兩代所有女兒中長得最好看的，五官小巧精緻，甚至比錢滿霞和錢香都長得好，只是被唐氏教廢了，喜歡占便宜又眼皮子淺，幾錢銀子就被男人哄著失了身，最後不得不嫁過去。

她厚著臉皮來吃飯就算了，也沒勤快點進廚房幫幫忙，一來便跟唐氏鑽進堂屋坐著。而上山摘霞草的許氏一回來，立刻挽起袖子進廚房幫忙，讓汪氏喘口氣。

幾個女人忙了好一陣子，才終於料理好十幾口人的吃食，準備開飯。

晌午，堂屋裡擺了兩大桌，錢老太帶著錢香、三個兒子、兩個孫子坐一桌，其他女人和孩子坐一桌。

錢亦繡第一次和這麼多親戚一起吃飯。除了待在家的程月和錢滿霞，去上學的錢亦善和錢亦錦，遠在省城的錢老頭和四房，錢家人全到齊了，連進縣城賣霞草的錢滿河都趕回來。

錢滿河笑著給錢亦繡和錢亦多各一小包麥芽糖，兩個小姑娘都道了謝。

錢滿朵見狀，瞪著眼睛問道：「滿河，不給你嫡親的外甥嗎？」

錢滿河紅了臉。他在去縣城的路上碰到來花溪村的錢香，知道今天中午要來大院吃飯。他清楚自家父母不會想到拿些東西過去，可又想感謝錢亦繡的提點，才買了兩小包麥芽糖。聽錢滿朵這樣問，只得說：「下次吧。」便坐回男人那桌吃飯。

唐氏也有些生氣，但到底捨不得說錢滿河，遂對錢亦繡說：「繡兒，那麼多糖，妳也吃不完，分一半給妳財表哥。」李阿財是錢滿朵的大兒子，今年七歲。

當真欺負三房弱啊，錢亦多的不敢要，偏向她要。雖然錢亦繡不稀罕麥芽糖，但她就是討厭唐氏，直接拒絕。「今天吃不完，明天還可以吃啊，糖又放不壞。」

唐氏氣得直咬牙。「小豆丁子，心眼忒多。」

汪氏在旁邊笑出聲。如今吳氏恨透了唐氏，也裝作沒聽見。

菜擺上桌，長輩還沒有發話，錢滿朵便偷偷挾了幾片涼拌豬心吃起來。

眼尖的錢老太瞪她一眼，一聲令下。「吃吧。」

眾人這才動筷子。錢滿朵的吃相比錢亦多還難看，不停在盤裡翻揀又大又厚的肥肉。唐氏心疼女兒在婆家吃得不好，也不停往她碗裡挾菜。

汪氏瞧不上錢滿朵的樣子，只得拿錢亦多指桑罵槐，笑著說：「多多慢些，又沒有人跟妳搶。」

男人那桌正在說賣霞草的事，每天三十文的進帳，還要持續三個多月，對農家來說實在是一筆不小的進項。大房跟二房都高興，話裡話外謝了三房的情。

錢滿朵豎著耳朵聽了一陣，才知道賣霞草是錢亦繡的點子，待錢亦繡的態度立刻不一樣了，一邊吃，還一邊幫錢亦繡挾肉。「繡兒真是個聰明娃子，以後讓妳財表哥跟著多學學。」

錢亦繡看著碗裡的肉，頓時沒了胃口。錢滿朵雖然算是美人，卻實在粗鄙了些，衣裳污糟糟的，吃相難看不說，還喜歡咬筷子。尤其是那種大野狼看羔羊的眼神，更讓她不喜歡，遂放下碗對吳氏說：「奶奶，繡兒吃飽了，要回去陪娘親和姑姑。」

吳氏勸了兩句，見孫女執意要回去，便點頭答應。

又來上菜的錢滿蝶笑道：「我留了些菜給嫂子和霞兒，繡兒幫著帶回去。」

錢亦繡聽了，起身跟去廚房，錢滿蝶把裝滿肉的碗放進籃子裡，讓她拎回家。

錢亦繡回到家時，程月和錢滿霞正在吃麵疙瘩湯。留小半碗肉給錢亦錦，幾人都吃了個肚飽。

錢亦繡摸摸小肚皮，這頓吃得真舒坦。家裡雖然有了些錢，但錢三貴夫婦怕坐吃山空，仍非常節省。每頓吃飽不成問題，偶爾也會炒一小碗肉，但根本沒有像這樣大口吃肉的時候。

下午，錢三貴和吳氏回來，手中果然拎著一條兩斤左右的豬肉。兩人的神情喜悅又滿足，又商議著把肉切成片，多加些鹽煮熟，如此便能存放，再吃好幾日。

播種後，吳氏和錢滿霞開始有空閒，沒那麼忙了。

現在錢三貴能起床，錢亦繡不僅不需要人照顧，還能幫家裡幹活，吳氏輕鬆得多，就抽些工夫教錢滿霞做針線。

母女倆先把錢亦繡的褥子做好，修改兩套張家丫鬟給的衣裳，又給錢亦繡、錢三貴、吳氏做新衣裳和棉衣。至於程月的新衣，她堅持，等胳膊好了自己做。

錢亦繡摸著又厚實又軟和的褥子，把頭埋在裡面聞新棉花的味道，好半天不想抬起頭。

但褥子要等天冷了才用，現在床上鋪的是錢三貴編的草蓆。

吳氏縫新衣裳時，滿懷歉意地對錢亦繡說：「爺爺奶奶對不起咱們繡兒，長這麼大，還是第一次給妳做新衣。」

錢亦繡心道，他們對不起的是那個已經死了的可憐小女娃。小亦繡在他們家時，不僅沒穿過新衣，連頓飽飯都難得吃上。

錢亦錦非常用功，加上腦子靈、記性好，幾天後便超越同窗，更把錢亦善等幾個小些的孩子甩出幾條街。教到這樣有天賦的學生，柳先生欣喜若狂，覺得多年後肯定會有個中舉的得意門生，便經常給錢亦錦開小灶。

頭上頂著小樹的錢亦錦也得意，回去後馬上告訴家人，讓他們高興高興。錢三貴一直在吃張仲昆送的補藥，加上心情舒暢，身子骨更是好了許多。

六月，程月的左手腕和手能動了，雖然不算靈活，但稍微動動還是可以。

錢亦繡就讓吳氏去縣城繡鋪裡買些針線和碎布，而且必須買質地好、顏色鮮豔的。這次要走上層路線，做的東西要賣給有錢人家的小姐，所以最好用顏色漂亮的綢緞或細布。

吳氏聽說是給程月做針線，還要買好的繡線、碎布，有些不願意。「妳娘縫補紝或做粗布衣裳還行，但精細活行嗎？別浪費了錢財。要不，讓奶奶做？」

錢亦繡搖搖頭。她必須讓程月做點事，報答這個家對她的呵護和養育之恩，還得讓所有親戚知道，程月不只生了他們兄妹，還為這個家做出貢獻，別老想著過河拆橋，把她嫁掉。

還有，錢亦繡直覺，程月的針線活應是極好，現在讓她練練手，以後再讓她繡精品。遂扯著吳氏的衣袖道：「奶奶相信我，娘能做的，即使先浪費一點碎布，也值不了多少錢。等她熟練，做出來的好東西說不定能賣大錢呢。再說，這次做的不是繡花那種精細活，只是縫些玩偶。」

吳氏現在非常信任錢亦繡，聽她這麼說，便點頭同意了。

吳氏要進縣城買碎布那天，錢亦繡用滿天星和薔薇、香石竹紮了幾束花，一早又去溪邊挖肥嫩的灰灰菜，還把昨天請錢滿川進山摘霞草時撿的地耳（注）包好。縣城也有地耳，但明顯沒有鄉裡的好。

把這些東西收拾好，讓吳氏去張府一趟，把這些東西孝敬給張老太太和太太。

吳氏不願意。「怎麼好意思拿野菜和地耳送人？還是送張府那樣的大戶人家，只有妳這孩子想得出來。奶奶一把歲數了，可不好意思去丟這張老臉。」

錢亦繡道：「禮輕情意重。咱們家窮，只能送這些東西略表心意，奶奶就說是繡兒送的好了。」見吳氏還是不樂意，又說：「有時候把話說好聽了，比送金貴東西還讓人暖心。奶奶就這麼說：這灰灰菜是繡兒特地去山腳溪邊挖的，肥嫩得很，焯了用蒜拌著，不僅好吃，還開胃；地耳是繡兒託人在深山裡摘的，比外面的乾淨，清爽解膩。想著老太太和太太吃肉吃膩時，偶爾吃些山裡的東西，換換口味……」

錢亦繡的話沒說完，已經把錢滿霞逗得咯咯直笑。「這小嘴巴可真討巧。」

注：地耳，一種形狀、口感與木耳相似的野菜。

錢三貴聽了，也笑道：「妹妹說菩薩點化了繡兒，我看還真是。雖然是些不值錢的山裡野菜，或許有錢人家就喜歡這個，也表示咱們家一直記著張家的情。」

吳氏聞言，只好不情願地拿著東西走了，可下午回來時，她的表情卻樂開了花。

「丫鬟讓我在客房裡等著，她把東西拿進去，回來說老太太十分喜歡，說是正覺得有些悶，想吃些清爽的東西，可巧我們送去了。」她從懷裡掏出荷包。「這個荷包是老太太賞的，還給了一包點心和一包糖果。」

荷包裡是五個二錢的銀錁子，讓錢滿霞驚訝了好久。「虧繡兒想得出來。幾束野花、一把野菜、一包地耳，就掙了一兩銀子。」

錢亦繡想要這幾個銀錁子。手中有錢，心頭不慌，可找吳氏肯定要不過來，便摟著錢三貴的腰撒嬌。「爺爺，繡兒掙了那麼多錢，把那幾個銀錁子給繡兒吧。萬一繡兒又想到掙錢的法子，好拿銀子買材料。」說完，仰頭瞪著大眼睛看他，翹起小嘴，做出可愛的樣子。

錢三貴呵呵笑起來。「好，咱們繡兒能幹，是該獎勵。這銀子給妳留著買花戴，如果想買材料，再找妳奶奶要錢。」

吳氏驚道：「當家的，繡兒那麼小，怎麼能給她這麼多錢？」

「給她吧。」錢三貴點頭。

吳氏無法，只得連荷包一起遞給錢亦繡。

錢亦繡高興地接過荷包，看到錢滿霞羨慕的眼神，十分大方地拿出一個銀錁子給她。「姑姑拿去買花戴。」說得大家都笑起來。

錢滿霞長這麼大是第一次擁有銀子，樂得眉眼彎彎，忙不迭地跑回自己的小屋。她打開裝寶貝的舊木箱子，拿出一個小布包，裡面裝了四文錢。她數了一遍，再把銀錁子放進去。

她長這麼大，得過最多的錢，就是錢滿江成親時給她的五文錢紅包；不過，當她看到大嫂大公無私地把紅包捐出來後，也把錢交給了吳氏。其實，每年過年她都會得到錢老頭、錢老太及親戚給的壓歲錢，但家裡一有困難，她就毫不猶豫地貢獻出來，還給錢亦錦和錢亦繡買過饅頭和糖人。儘管沒為自己花過一文，存到現在還是只有四文錢。

現在，小布包裡竟然多了個亮晶晶的銀錁子，讓她高興得不得了，喜孜孜地看了又看，捨不得放下。

這回進縣城，吳氏按照錢亦繡的要求買來碎布，大塊的有半尺，小的也有成人手掌大，而且都是綢緞。這些碎布可不便宜，足足花了五十文錢，讓她心疼半天。

錢亦繡把碎布和繡線全抱回左廂房，美其名等做完後給大家驚喜，其實她還是怕程月浪費碎布繡線被看見，挨吳氏嘮叨。

錢亦繡雖不會縫紉，前世連縫釦子這種最簡單的針線活都要拿去店裡請人幫忙，但不妨礙她會欣賞，又記得許多樣式。

她連說帶比，想讓程月做幾隻玩偶小老虎。

程月竟然搞懂了，不停地點頭。她不通人情世故，卻對針線活極有天分。剛開始的確浪費一些線和布，但慢慢就做順了。

之後，程月過得很充實，不再像原來那樣，不是跟著忙碌的女兒轉，就是看著念書的兒子發呆。

晚上，錢亦錦又說柳先生誇獎他了。「先生說哥哥天賦異稟，長相俊俏，讓哥哥發憤努力，像翟大人那樣，不僅考上進士，還被皇上點了探花。」然後又老生常談地念叨一些書中自有黃金屋之類的話。

錢亦繡聽得不耐煩，心想，大概連翟大人都不知道自己成了大乾朝學子的勵志典範加眾多農家子弟的偶像。要真當了翟大人，其中滋味，如人飲水，冷暖自知。

這天下午，吳氏氣咻咻地從地裡回來，去找在房簷下編籃子的錢三貴。

「當家的，我有事跟你說。」

然後，吳氏進了她的臥房，錢三貴也跟著進去。

錢亦繡跟吳氏打招呼，她也沒理，直覺不對，便跑到他們臥房外的小窗下偷聽。

吳氏低聲對錢三貴說：「那唐氏真是吃定我們家了！先打主意賣月兒，現在又把歪念頭轉到繡兒身上。死婆娘，閻王怎麼不收了她？」

錢三貴一驚。「怎麼回事？」

吳氏氣道：「剛才她在路上攔住我，想親上加親，把繡兒說給她的外孫財娃當童養媳。還說繡兒就是個吃白食的丫頭片子，反正都要嫁人，不如早些嫁進婆家，還省了咱們家的口糧。」

錢三貴聞言，怒得拿枴杖敲地。「貪得無厭的惡婦，太可惡了！要不是看在二哥面上，真想一棍打死她。」

吳氏說：「那天在大院吃飯，你們說霞草是繡兒想出的法子，朵兒就記下了。定是那時打上繡兒的主意，讓唐氏來當說客。」

錢三貴咬牙切齒地罵道：「呸，虧他們想得出來！別說李栓子和朵兒是爛泥糊不上牆的東西，財娃又小小年紀到處惹是生非，就是再好的人家，我也捨不得把繡兒送出去。」

吳氏見錢三貴氣著了，趕緊勸他。「當家的快別生氣，為那個惡婦把身子氣壞不值當。我已經拒絕了唐氏，告訴她，我家孫女可是寶貝得緊，捨不得小小年紀就嫁出去，若她想跟李家親上加親，就趕緊讓她兒媳小楊氏生個吃白食的丫頭，一生下來就送進李家當童養媳，好給她娘家省口糧……」

說著，兩口子又嘰嘰咕咕一陣罵才出了房。

他們覺得孫女才六歲，跟她說嫁不嫁人的事不太好，也不敢跟程月說，怕嚇著她。只得把錢亦繡叫到身邊，隱晦地告誡她，離唐氏及錢滿朵的家人遠著些，這幾個都不是好人。

錢亦繡聽了，覺得鼻子酸酸的。她的爺爺奶奶真好。

至於唐氏，之前居然想把她的小娘親賣給方閻王，這筆帳還沒算呢，如今又把壞主意打到她身上，真是太壞了！

第二十三章

晚飯後，錢三貴和吳氏在堂屋裡說話，錢滿霞去廚房洗碗。錢亦錦正努力苦讀，想早日頂起自家門戶，程月不錯眼地看著他。

只有錢亦繡清閒，在院子裡逗著大山玩。

不知為何，大山突然躁動起來，轉了幾圈，開始用頭頂院門。

外面有情況！

錢亦繡很好奇，便跑去廚房跟錢滿霞說：「我帶大山出去一趟，馬上回來。姑姑快來把門閂上。」然後悄悄開門跟大山跑出去。

錢滿霞想阻攔，可錢亦繡已經跑遠，又怕嚇著程月，不敢大聲喊叫，只得跺跺腳，把門閂上了。

錢亦繡跟著大山來到院子後面，又往西走了幾十尺，竟看見一個光頭小和尚盤腿坐在山坡的巨石上，正托腮想心事。

小和尚看起來只有五、六歲，白白胖胖、五官俊秀，穿著灰色僧衣，小嘴抿得緊緊的，充滿智慧的大眼睛望向遠方，萌萌的樣子像極了卡通裡的一休小和尚。

他旁邊坐著一隻小猴子，姿勢跟他相同，也在托腮沈思，只不過眼睛裡的惶恐十分明顯，還不時聳聳鼻子，可見牠的內心絕對不平靜。

一看這隻小猴子，錢亦繡的眼睛頓時瞪得老大，當她還是鬼魂時，見過牠許多次。牠不是在深山裡嗎？怎麼跑出來了？

這猴子跟常見的獼猴不同，也有異於金絲猴，渾身紅毛，唯臉上有一圈白毛，後頸上也長了一撮。雖然是紅臉紅屁股、尖嘴猴腮，卻是猴子中長得最俊的。前世沒有這種長相的猴子，不知是滅種還是變種了？或生活在深山裡，還沒被發現。

說起這隻小猴子，還有一段驚天地、泣鬼魂的故事。

牠原是深山裡老猴王的兒子，剛出生，老猴王就被一隻年輕猴子趕走，帶著牠和猴媽東躲西藏，躲避新猴王的追咬。

去年底，山中連降多日大雪，牠們一家三口躲藏的地方被新猴王發現了。那天夜裡，新猴王帶著一群猴子，把牠們追到了懸崖邊。

懸崖兩邊光禿禿的，距離對面山頭大概有一丈多寬，若是平時，老猴王夫妻肯定跳得過去。但現在地上積雪很厚，使不上多少力，且這懸崖幾乎如刀劈般，近乎垂直，那些能踩著借力的岩縫或窄石上也鋪滿了雪，即便在明亮的星光下也看不清楚。

看到一家三口陷入絕境，飄在懸崖邊的錢亦繡心都提到了嗓子眼，不知牠們是選擇跳過懸崖，還是選擇爬下去？但無論哪條路，都是九死一生。

老猴王和猴媽交流一番，又伸手摸摸小猴子的頭頂，眼裡露出不捨和憐惜。

接著，老猴王先縱身往懸崖跳去，猴媽抱著小猴子緊隨其後。

當牠們離對面還有些距離時，身子開始往下墜，在這千鈞一髮之際，抱著小猴子的猴媽竟踩著略低於牠們的老猴王，奮力一躍，跳上了山頭。

老猴王卻哀鳴一聲，落入萬丈深淵……

星光下，懸崖邊，猴媽抱著小猴子哀嚎許久。對岸的那群猴子或許也被震撼了，沒再追牠們，回頭走了。

錢亦繡也難過得無以復加。父愛如山！在動物的世界裡，這種偉大的愛也讓人感動和震撼。

當啟明星出現在天邊時，猴媽才抱著小猴子，悲悲切切、一步三回頭地離開了懸崖。此後，錢亦繡的鬼魂再也沒有遇見牠們……

錢亦繡拉回思緒，逼退眼裡的淚水，仰頭問坐在巨石上的小和尚。「喂，你怎麼一個人領著小猴子跑到這裡來？你家——不對，你師父或師兄呢？」

小和尚耷拉著眼皮，看錢亦繡一眼，深深地嘆口氣，又抬起眼皮望向天邊，陷入沈思。得，熊孩子還裝智者。錢亦繡腹誹一句，又道：「我們這裡的深山有野獸，晚上會出來吃人，你不怕嗎？」

小和尚聽了這話，不鎮定了，望望四周，顯出內心的慌張。

錢亦繡問他：「你是哪座寺的人？離這裡遠嗎？若是不遠，我讓我奶奶送你回去。」她這麼說，純粹是表達善意而已。離這裡最近的寺廟在溪頂山，有十里路，又得爬上山腰，大人都要花近一個時辰才走得到，這麼晚了，怎麼可能送他回去？

小和尚猶豫一下，說道：「我是溪頂山大慈寺裡的弘濟。師父讓我把這小猴子送走，我不願意，就……」

弘濟今年剛滿五歲，兩個多月前和他師父悲空雲遊回寺，在山裡撿到一隻被咬得快死、長得十分怪異的猴子。出家人慈悲為懷，悲空大師把猴子抱回寺裡，治好了牠的病，還天天對牠誦經。等小猴子的病徹底好後，便要送牠回歸山野。

這隻小猴子的病好些後，就跑出去找山裡的獼猴玩，但不知為何，獼猴見了牠竟害怕得不得了，全躲到後山，牠只好去茶園和茶農家搗亂，讓茶農們苦不堪言。

因大慈寺宣揚護生，茶農們只敢驅趕，不敢打牠，更讓牠肆無忌憚。許多茶農都去寺裡找住持弘圓大師告狀，讓寺裡快把這隻怪異的猴子送走。

弘濟跟小猴子玩了這麼久，這猴子又頗通人性，一人一猴早已玩出感情。他捨不得把猴子送去深山，又不能違反寺裡不許養牲畜的規矩，也不敢把猴子放在溪頂山附近，或帶去別的山野，真是左右為難。

小猴子似乎也不願意離開，時時刻刻拉著他，走到哪兒跟到哪兒，生怕自己被拋棄。

這天下午，弘濟帶著小猴子漫無目的地走啊走，到這裡時，舉目四望，溪頂山的山尖已經遠在天邊了。

「貧僧也不是不講道理，可實在捨不下這小猴。牠在深山裡差點被咬死，若非我師父，牠的命已經沒了，我怎麼忍心送牠回去？可牠小小年紀，長相怪異又愛惹是生非，去別的山裡怕也活不了……唉，似乎哪條路都行不通，難哪！」話沒說完，弘濟的眼圈已經紅了，用小胖手摸摸小猴子的頭，萬般不捨。

小猴子的眼眶裡也湧上淚水，聳了聳鼻子，小嘴癟起來，就像個即將被大人遺棄的孩子。

哎喲，真是萌啊，錢亦繡簡直愛不夠。她還是鬼魂時就很喜歡這隻小猴子了，看著牠出生，看著牠如何聰明頑皮，看著牠被猴媽抱著四處逃竄，看著牠的父親為讓牠活下去，甘願粉身碎骨……

現在小猴子這副模樣，更讓錢亦繡心疼到了骨子裡。或許，猴媽已經死了，才讓牠淪落至此。可憐的小猴子，這麼小就沒了爸媽。

錢亦繡的母愛又氾濫了，她好想收養牠。而且，若有這隻小猴子，有些不可能就變成可能，有些得等幾年的事情，也可以提前辦到。

於是，她蹬著小石爬上坡，站在弘濟身旁，問了一個極天真的問題。「那小師父不想回寺裡了嗎？會不會為了小猴子還俗呢？」

弘濟的頭搖成了撥浪鼓。「怎麼可能！貧僧不會離開師父，更不會還俗。貧僧一出生就跟著師父待在寺裡，哪會離開他老人家？」

錢亦繡聞言，便蹲下來跟他商量。「你不還俗，就不能把小猴子帶在身邊。那這樣好不好，你把小猴子送給我，要是想牠了，就來我家看牠，或者我帶牠去寺裡看你。我家就在那裡。」指指前面的破院子。「你隨時可以來……放心，我非常非常喜歡這隻小猴子，定會對牠好的。」

弘濟想了想，覺得這個法子也不錯，總比把牠送進山野裡受罪強。面前這小女娃一看就善良，肯定會對小猴子好的，以後想牠，他也能時常來瞧瞧。便問：「小施主想養這隻小猴子？」

見錢亦繡點頭，弘濟又說：「牠可不是山裡常見的獼猴。貧僧的師父說，牠叫赤烈猴，是猴子中最聰明也最厲害的一種，存活在世間的數量極少，只在深山老林中出沒。赤烈猴脾氣暴躁，頑劣異常，長大了還極其凶殘，這樣，小施主還願意收養牠嗎？」

原來牠們名叫赤烈猴。錢亦繡當然知道這種猴子聰明又厲害，嗅覺比狗還靈敏，身姿比其他猴子更加敏捷，經過多年觀察，她還知道赤烈猴的喜好和逆鱗。牠們對待敵人像嚴冬一樣殘酷，對待親人像春天一般溫暖。

錢亦繡陷入思索。弘濟以為她嚇著了，趕緊道：「赤烈猴恩怨分明，若牠覺得妳對牠好，牠也會死心塌地對妳好，甘願聽妳的話。這些時日，我經常跟牠說話，我師父又常對牠念經，牠已經能聽懂很多人話了。」

這樣更好，省了許多工夫呢。錢亦繡使勁點頭。「我喜歡牠，願意收養。」

弘濟又說：「那小施主要保證對小猴子好、要善待牠。」

錢亦繡非常慎重地給了承諾。「我會對牠好的，我有一口吃食，就有牠的一口。」

弘濟聽了，把小猴子抱起來，傷心地說：「貧僧沒辦法把你留在身邊，你與這位小施主去吧，她會對你好的，貧僧以後也會時常來看你。你跟了她，至少不用再去山林裡受罪。」

小猴子聽懂了他的話，用小爪子擦眼淚，點點頭，又叫了兩聲。

錢亦繡伸手把小猴子接過來。小猴子雖然只有四、五斤重，但以她的小身板，抱著也挺費勁。

小猴子被她抱著，卻並非心甘情願，仍不停地聳鼻子抹眼淚，要多難過就有多難過。

錢亦繡說：「小猴子，別傷心，你跟著我有好日子過，還會有肉吃……」一邊說，一邊騰出一隻手，輕揉著牠脖子後面那撮略長的白毛。

揉了一會兒，小猴子不僅停止哭泣，還舒服得直哼哼，兩隻小爪子抱著錢亦繡的脖子，把小腦袋放在她的肩膀上，小屁股翹了又翹，簡直把她當成了猴媽。

這小猴兒賣萌的功力超強。

弘濟看了，吃味地說：「好奇怪，我抱牠的時候牠從沒有這個樣子。」

錢亦繡笑得眉眼彎彎，心道，他抱小猴子時揉過牠的後脖子嗎？想當初猴媽抱著牠，最喜歡揉牠這裡了，這叫媽媽的「揉」情。

錢亦繡又對小猴子說：「小猴子，我給你取個名字吧。」她總覺得，取名字就是宣示所有權了。

叫什麼名字好呢？錢亦繡頓了頓，開口道：「就叫猴……猴哥吧，怎麼樣？」

猴哥翹翹小屁股，哼哼兩聲，算是答應了。

真聰明！錢亦繡笑道：「從今天起，你就是我的弟弟了。記住，要聽姊姊的話喔，聽話的孩子有甜甜的糖糖吃。」

猴哥聽了，又翹起小屁股。牠在寺裡吃過幾次甜蜜蜜的糖糖，牠喜歡。

錢亦繡看看天色，太陽已經完全墜入山下，西邊的大片紅雲也變成黑雲，只有周圍鑲著一圈濃烈金色，給萬物披上一層金暉。不久，天就要黑了。

於是，她對弘濟說：「現在已經很晚了，我家沒有壯丁，晚上不好送你回大慈寺。你先去我家住一宿，明天再讓我奶奶送你回去，行嗎？」

弘濟的肚皮適時地咕嚕叫幾聲，除了同意，也沒別的辦法。

他起了身，但還是嘴硬地問一句：「小施主家沒有男人，貧僧去了，不太方便吧？」

熊孩子比錢亦錦還裝老成。錢亦繡瞄了被晚霞照得發亮的小光頭一眼，極力壓制住想去拍拍的衝動。「誰說我家沒男人？我只是說沒有壯丁。」又嘟嘴道：「連我這個俗人都知道出家人不分男女，你小小年紀還糾結這個，可見是修為不夠。」

這下，弘濟的臉更紅了，雙手合十說：「阿彌陀佛，小施主說得有理，貧僧的確修為尚淺，真是受教。這一宿，貧僧就叨擾了。」

錢亦繡腹誹。弘濟這模樣，還真像囉嗦的唐僧。

他們下了巨石，大山還在原地老老實實等著，看猴哥的眼神竟充滿了慈愛。

錢亦繡暗道，要當媽媽的大山果真不一樣，連看到猴寶寶都這麼有愛。

可猴哥真是個惹禍精。沒個怕字，居然跳下錢亦繡的懷抱，抬手就拉大山的翹尾巴。

錢亦繡嚇了一跳。大山脾氣暴躁，除了她家的人，別人都不敢靠近牠，何況還拉牠的尾巴，連忙跑到牠們中間，想阻止大山攻擊猴哥。

結果大山不僅沒生氣，還掐著嗓子輕輕叫幾聲，生怕把小猴子嚇著。

原來大山還有這麼溫柔的一面！錢亦繡吃驚不已。

猴哥是隻懶猴子，走幾步便不想走了，爬上大山的背，還聰明地抱緊大山的脖子。

但大山竟完全沒有被奴役的感覺，像揹著自己的寶寶，興匆匆地往家裡跑去。

第二十四章

錢亦繡把一人一猴帶回家，萌萌的小和尚弘濟和萌萌的猴哥受到了眾人的熱烈歡迎。因為錢三貴的命是和尚救回來的，所以錢家人對和尚非常禮遇。吳氏和錢滿霞趕緊去廚房張羅齋飯，錢三貴在堂屋裡陪弘濟說話。

錢亦錦先是好奇小猴子，之後就跟歲數差不多的弘濟說到了一起。

連不喜見生人的程月都來到了堂屋，不錯眼地望著小和尚，眼裡盛著滿滿憐惜，不時悲憫地說上幾句話。

「呀，這麼小就出家了。」

「沒有娘親的孩子好可憐。」

「你的家人真狠心。」

錢亦繡聽得有些鬱悶了。弘濟沒吃肉都比家裡人胖得多，可見沒餓過肚子，小娘親竟然可憐他，真是搞反了。

弘濟聽了，小胖臉也浮上一層胭脂色，不停地解釋。「貧僧不可憐，貧僧有師父。貧僧沒有家人，喔，不對，貧僧不知道有沒有家人？貧僧有親人，就是我的師父、師兄和眾多師姪們……」

說到後面，他連貧僧都忘記說了，逗得大家笑起來。

吳氏熱了兩張玉米餅，又煮黃瓜湯，端上桌請弘濟吃。

錢滿霞則拿大山的破碗裝了半碗黃瓜湯，剛把破碗放在猴哥面前的地上，猴哥就怒了，一腳踢翻。

弘濟趕緊下桌，把猴哥抱起來安撫，又不好意思地對錢滿霞說：「都怪貧僧只顧吃飯，忘了這潑猴最是霸道不講理，若覺得別人怠慢牠，是會發脾氣的。」

錢亦繡也知道赤烈猴性格暴躁，尤其這位還是「前朝太子」，更是自尊心極強，卻想不到連這種事情都能激怒牠。

她趕緊進廚房拿一只他們用的碗，重新裝了黃瓜湯，又將半張玉米餅擺在桌上，對猴哥道：「猴哥，請吃。」

猴哥聽了，才傲嬌地跳上凳子蹲著，跟弘濟面對面地吃起來。牠吃一口餅，又低頭喝口湯，大概覺得味道不錯，還享受地咂咂嘴。

弘濟笑道：「這猴子在寺裡都是這樣和我一桌吃飯的，連勺子都學會使。」

眾人驚訝極了，嘴巴張得老大。

錢滿霞小聲嘀咕：「真是猴兒精。」

由於剛才的踢碗事件，錢亦繡又重新考慮猴哥的住處。原本她是想拿個大些的草籃子，裡面放些茅草給猴哥當窩，讓牠跟大山一起住那間塌了一半的廂房，這跟牠原來在山裡的環境相比，已經非常不錯。可現在看來不行，若住處跟人有區別，牠肯定又要鬧騰。

錢亦繡想想，便去左廂房，從櫃子裡拿出小原主穿過的棉襖，鋪在籃子裡。又趁著一家人看猴哥吃飯時，偷偷跑進吳氏的臥房，翻出張家給的靛藍色細布，打算偷偷剪下一塊給猴哥當床單，以後再讓錢三貴給牠編張小草蓆。

她又想著，如果吳氏知道她如此敗家，說不定會打她的小屁股。剪布時，覺得小屁股一抽一抽地痛。

但沒辦法，這個祖宗要先安撫好。牠可是這個家的財神爺呀，等猴哥徹底認主後，再慢慢教規矩。她還要帶著牠進山「探囊取物」，拿以前不敢想的好東西。

接著，錢亦繡出來問程月和錢亦錦，能不能讓猴哥跟他們同屋睡覺？

程月忙點頭。她也喜歡這隻小猴子。錢亦錦更不用說，知道猴哥要跟他睡一起，極為興奮。

吃完飯後，錢亦繡跟錢滿霞幫猴哥洗澡，還用布巾把牠的紅毛擦乾，用小梳子梳得蓬蓬鬆鬆。

錢亦繡嘖嘖誇道：「哎喲，這麼一打理，猴哥看著真是俊俏呢。」

猴哥聽了，喜得抓耳撓腮，可愛的小模樣逗得錢滿霞咯咯直笑。

另一邊，錢亦錦見弘濟極有學識，書裡的字居然都認得，講的故事又極好聽，甚至比柳先生說得還好。但這種念頭剛閃現，他就在心裡為自己不尊師的行為感到羞慚，趕緊把這個念頭揮去。

但弘濟有學識卻是事實，錢亦錦便拿著書不停向他請教，想快點有出息，好有能力保護娘親與妹妹不被欺負，讓爺爺奶奶跟姑姑過好日子。

吳氏看著高興，就讓他陪著小客人在堂屋裡睡。

聽說今晚兒子不待在她身邊，程月有些不願意，對錢亦錦說：「錦娃，娘離不開你。」

錢亦錦安慰她。「兒子不是玩耍，而是去跟小師父多學些課業，只有今晚不陪娘和妹妹。娘莫怕，兒子聽得見您屋裡的動靜，壞人進不去。」

程月聽了他的保證，這才勉強答應，帶著錢亦繡回房。

睡覺前，錢亦繡把點心和糖放進櫃子裡鎖起來，又悄悄讓吳氏把廚房的窗子關緊。赤烈猴嗅覺靈敏，若不把吃食收好，牠們循著味道，可有本事偷吃光。

猴哥的小床放在錢亦繡他們睡覺的大床前，但牠不願意睡小床，跳上大床，想跟錢亦繡一起睡。

程月雖然喜歡猴哥，卻不喜歡牠靠近。見牠跳上床，嚇得坐起來，不敢躺下。

錢亦繡無奈，把小櫃子打開，拿出一塊糖塞進猴哥嘴裡，哄牠下去。猴哥喜甜，覺得一塊不夠，還想再要。

錢亦繡拒絕。「晚上不能多吃糖，牙容易長蟲子。」

見錢亦繡拒絕，猴哥又不高興了，一隻手抓著櫃門，不許錢亦繡上鎖，一隻手去硬搶。

錢亦繡氣道：「小和尚還在堂屋裡呢，如果不守規矩，我家就不要你了。你還是跟著小和尚回寺裡吧，到時候，讓他們把你送回深山去。」

猴哥一聽就怕了，氣呼呼地跳下地，窩在草籃子裡，一陣窸窸窣窣後，便進入了夢鄉。

錢亦繡卻激動得久久不能入眠。

有了猴哥，有些計畫就可以提前；等牠大些，更能保護家裡。但赤烈猴頑劣又凶悍，要想辦法馴服才行……

第二天一大早，除了兩個病人，眾人皆早早起床。

錢亦錦又開始蹲馬步、打拳。弘濟見了，也過來做，還糾正他的姿勢。

錢亦繡直覺弘濟不一般，比他們還小一歲，學問極好不說，武藝好像也有高人指點。好在家裡有猴哥，能時常把他吸引來，教教錢亦錦。以後再多做好吃的素點，讓他跑勤些。

錢亦繡給掛著眼屎的猴哥洗臉、漱嘴。起初牠還不耐煩，錢亦繡便幫牠揉後脖子上的那撮白毛，揉了一會兒，猴哥就開始哼哼，乖乖任她擺布了。

早上全家吃素，蒸了一鍋白胖胖的饅頭，還有玉米糊糊、一碟油酥花生米、一碟鹹菜。這是錢家三房第一次蒸白麵饅頭，也是最好的一頓早餐。

猴哥也上了桌。花生米是牠的最愛，吃了兩顆，便把裝花生米的碟子移到面前，誰吃就瞪誰一眼，豐富的表情逗得眾人直樂。

今天是六月初十，錢亦錦正好休沐。吃完早飯後，他就同吳氏一起送弘濟回溪頂山的大慈寺。

猴哥眼淚汪汪地送走前主子，看到弘濟走得沒影了，又跑到新主子面前賣乖。錢亦繡走到哪裡，牠就一步不離地跟到哪裡，茫然無措的表情讓人憐惜。

錢亦繡乘機跟牠培養感情，並加以訓練。只要發現牠不耐煩，又幫牠捏後脖子那撮白毛。

凡是猴子都喜歡桃子，猴哥對新家熟悉了，便趁錢亦繡不注意時，竄上桃樹。

此時，桃樹已經結了許多青中帶紅的小桃子，不過空有桃子的香味，卻不能吃，又酸又澀。猴哥興奮地摘了一顆小桃子啃，卻跟想像中不一樣，酸得吐出來，扔掉手中的桃子爬下樹。

接著，牠鑽進錢亦繡懷裡嗚嗚叫著，怪錢亦繡不及時提醒牠。

錢三貴朗聲大笑。「這猴兒，比孩子還討喜。」

錢亦繡還是第一次聽到爺爺如此爽朗的笑聲。受傷前，錢三貴應該是個豪情萬丈、灑脫不羈的漢子吧？遂也呵呵笑道：「猴哥可不只討喜，牠還討嫌呢。等牠慢慢熟悉家裡，就該淘氣了。」

下午，吳氏和錢亦錦喜氣洋洋地回了家。

原來，弘濟小和尚的輩分極高，竟然是大慈寺住持弘圓大師的小師弟。

弘圓大師十分感謝錢家人幫了他的小師弟，便給錢亦錦看相，說他聰明絕頂，只要好好學習，孜孜不怠，定能一飛沖天。另外，還送他一套筆墨和兩刀紙，讓他勤學不怠。

弘圓大師是高僧，他批的命肯定準了。

錢家三房全喜瘋了，以至於吳氏發現錢亦繡偷偷剪布給猴哥當床單時，只是嘮叨幾句，連罵都沒罵。

錢亦繡覺得，不管錢亦錦能不能沖天，至少錢家人有了盼頭，錢亦錦則有了奮鬥目標，總是好事。

吳氏實在高興，路過大榕村時，在方家肉鋪割了一斤肉，還留心一下，感覺賣肉的方老大和兒子方斧子沒什麼異常，才放了心，覺得想把程月賣給方家不過是唐氏的一廂情願，又在心裡暗罵唐氏一番。

這日，午飯吃的是碎肉韭菜滷麵，預祝錢亦錦將來能一飛沖天。

這是猴哥第一次吃肉，香得牠快哭了，吃完一碗，又把空碗伸到錢滿霞面前，意思是還要。

吳氏道：「喲，沒了，只做了這麼多。」

猴哥不高興了，把碗一撂，轉向右邊，伸手就想搶錢亦繡的碗，卻頓了頓，突然往左轉，搶走錢滿霞的。

錢滿霞嚇一跳，驚道：「你幹什麼？」見猴哥拿著她的碗吃起來，咯咯咯地笑了，好脾氣地說：「想吃就吱一聲，搶什麼呀？」

眾人見牠的滑稽樣子，也不以為意地笑了。猴哥的一招一式都給錢家三房帶來無窮樂趣，甚至因此包容牠的頑劣和淘氣。

錢亦繡暗道，現在樂得很，若不訓練好，可有他們煩的時候。論淘氣和不講理，這猴子跟孫悟空比，也不遑多讓，得抓緊工夫調教才行。

於是，她拎著牠的耳朵道：「猴哥不許沒禮貌。你是我的弟弟，她就是你的姑姑。」又指錢滿霞。「對長輩要有禮貌。」接著一一介紹三房的人，又說了些道理。總之一句話，牠是這個家最小的成員，對其他人都得敬著。

看著猴哥懵懂和不耐煩的眼神，一家人又樂了一番。

下午，錢亦繡連午覺都沒睡，揣幾塊糖放進荷包裡，把猴哥牽到後院訓練。

猴子天生好動，缺乏耐心，赤烈猴更是脾氣火爆。有幾次不耐煩了，猴哥不僅衝錢亦繡怪叫，還順手拿起小石頭，想要打人。

錢亦繡指著牠怒道：「有本事你就打！打完後，你走吧，我家不要你了，我也不再給你揉後脖子，不給你吃糖。」

猴哥聽了，癟著嘴放下石頭，可憐兮兮地蹭到錢亦繡身邊。牠不想離開這個家，不想沒人幫牠揉後脖子，還想吃甜蜜蜜的糖糖。

錢亦繡乘機抓住牠，朝牠的腋下撓去。

猴哥癢得齜牙咧嘴，跳著腳咯咯怪笑。赤烈猴很怕癢，一抓這裡就笑得厲害，要笑半天才能停下來。腋下正是赤烈猴的軟肋，這是錢亦繡觀察牠們幾年發現的，因此赤烈猴打架時都非常保護腋下，不讓敵人襲擊，若不幸被撓，就離失敗不遠了。
猴哥大概沒有母親教導，不曉得這個地方是牠的軟肋，被錢亦繡偷襲成功，笑完後抹起眼淚，覺得新主人欺負牠。
錢亦繡見狀，只得從荷包中拿塊糖塞進牠嘴裡，又輕輕幫牠揉脖子後面的白毛。如此軟硬兼施，打一巴掌又給塊糖，猴哥終於有些聽話了。不過，只限於聽錢亦繡的話。錢亦繡在，牠就老實得多；錢亦繡不在，牠能鬧得翻天。
錢家人都把猴哥當孩子，瞧牠做出各種跟人一樣的舉動，忍俊不禁，都讓著牠。連厲害的大山都被牠欺負得死死，還一副樂意被虐的溫柔模樣。

第二十五章

有了猴哥，錢亦繡就開始想進山的事。穿越過來已經兩個多月，經過加強鍛鍊和補充營養，小身子不僅強壯些，還竄高了，令她十分高興。

她想著，先熱熱身，去趟溪景山，等身子長結實些，再去溪石山上的洞天池。

她打算先去熱風谷。那裡的路好走，花也好挖，可挖花要連土一起挖，拿著太沈，得等錢亦錦休沐時再一起去。

還有個地方離她家比較近，就是黑豬崖。崖邊有棵枯了的大樹，枝杈繁多，靠懸崖的樹頂長了一朵靈芝。因為位置隱蔽，纏繞的枝杈又多，竟然騙過那些長年採藥的人。

錢亦繡原想著，等她或錢亦錦長大些，手腳更靈活，再去摘。但現在有了爬高下低如履平地的猴哥，要拿那些在樹尖上、懸崖下的東西，猶如探囊取物。

這天吃過早飯，送走錢亦錦後，錢亦繡拒絕吳氏要帶她去縣城錢香家玩的提議。「繡兒昨晚沒睡好，想歇歇。」

吳氏嗔道：「小小年紀也會睡不好？還是心操多了。」

今天錢香的大孫子滿週歲，吳氏要代表三房，同錢老太、大房、二房一起去她家作客。

昨天他們就把送錢香家的禮物準備好，是張老太太賞的糖果，加上幾尺靛藍色細布，以及五十文的紅包，這是三房近幾年送的最重的禮了。

其實，錢亦繡也想去錢香家玩一天，但她僅有今天能找藉口去黑豬崖，只好作罷。

吳氏走後，錢亦繡算著他們應該已經出了村，便對錢三貴說：「爺爺，我要去大院子找多多妹妹玩，正好送幾塊縣城裡的點心給她吃。」

作夢都想去縣城作客吃肉的錢亦多樂極生悲，昨天不小心跌一跤，摔個狗啃屎，又正好磕在門前石頭上，把一顆門牙磕掉，嘴唇也破了，所以今天當不成客人、吃不著肉了。

錢三貴聽了點點頭，對錢滿霞說：「去多選幾塊包上。那點心鬆軟，正好給多多吃。」

錢滿霞拿了六塊給錢亦繡，見猴哥在一旁眼巴巴地看著，又給牠一塊糖。

錢亦繡又去跟正在小屋裡做針線的程月說了。這段時日，錢亦繡經常出門，程月已經習慣了，只抬起頭囑咐一句：「繡兒早些回來，娘想妳。」

錢亦繡最受不了程月這麼說話，走出去幾步又折回來，抱著她親了一口。

猴哥見了，立刻竄到錢亦繡身上，也要親親。

錢亦繡無奈，親牠一下，樂得猴哥一陣抓耳撓腮。本來牠還想去親親程月，卻被錢亦繡強抱走，並警告牠不許唐突美人。小娘親的芳澤可不是牠能隨便親的。

接著，錢亦繡揹上小背簍，去跟錢滿霞要了把小鋤頭、一截草繩，又裝進一條布袋。「若是不想玩了，繡兒就去挖點野菜回來焯著吃。」

她想了想，又用草繩一頭拴住猴哥的前肢，另一頭牽在手裡。沒辦法，這潑猴太頑皮，怕牠進村子惹禍。

今天還必須把大山帶去。儘管她知道那段路沒有大野獸，仍要以防萬一。大山的肚皮已經有些大了，但懷孕的母狗可沒有孕婦那樣嬌氣，照樣像以往一樣，進山捉野物解饞。

出門前，錢亦繡又對錢滿霞說：「大山不在家裡，姑姑不要出去，閂好門，有人來敲門也別開。」

錢滿霞笑道：「知道了，小操心婆。」又囑咐她小心些，早去早回。

錢亦繡帶揹著猴哥的大山出了門。本想直接進山，但想到錢亦多嘴痛，吃不了東西，還是先去給她送點心。

進了村，人們看到趴在大山背上的小猴子，驚奇不已。

「喲，這猴子一身紅毛，從來沒見過。」這話還聽得。

「咦，這小猴子長得比溪頂山上的獮猴俊多了。」這話好聽。

「呀，這是什麼怪物？猴子不像猴子，狐狸不像狐狸的，醜死了……」

跟唐氏一樣嘴臭的婦人，是汪里正的媳婦伍氏。她覺得自己是花溪村的第一夫人，說話從來不留心的。

猴哥聽得懂人話，好話就照單全收，若是壞話，便不爽地齜牙衝人怪叫。聽見伍氏這麼說，極為不爽，想從大山身上跳下來打人。

錢亦繡趕緊拉緊手中的繩子，讓牠無法逃脫。跑不了的猴哥陰陰地看伍氏進了自家院門，琉璃似的大眼珠轉了兩轉，抓抓耳朵邊的紅毛。

看牠的樣子，不知道在想什麼鬼點子。赤烈猴是很記仇的猴子，如果讓牠們恨上，定會想辦法報復。

錢亦繡暗笑。誰叫伍氏亂說話，動物也不是能隨便得罪的。

不管這些人怎麼評論猴哥，錢亦繡都會說：「這是大慈寺裡的和尚在山裡撿到的，寺裡不許養牲畜，就託我幫著養。」

這話傳出去，讓別有用心的人少打猴哥的主意；而且大慈寺在溪山縣乃至冀安省的地位都超然，讓別人知道他們家跟大慈寺有關係，也是好事。

錢亦繡帶著大山跟猴哥到了錢家大院，錢亦多還坐在院子裡大哭。她的嘴唇腫得像節小香腸，說話含混不清，大概是在生氣錢老太和汪氏去錢香家吃肉不帶她。

錢滿川也沒去吃酒，許氏得在家裡陪女兒，他要上山摘霞草。正要出門，見錢亦繡來了，便笑道：「繡兒怎麼沒去姑婆家？」

錢亦繡回答：「我要在家陪我爺和我娘，還要去挖野菜。」然後掏出兩塊點心給錢亦多。「多多妹妹莫哭了，這點心是縣城的張老太太送的，又軟又甜，好吃得緊。」

錢亦多接過點心，止住了哭。許氏幫她擦眼淚。「妳看繡兒姊姊多懂事，有了好吃食還特地給妳拿過來。」

錢亦多含混不清地說：「謝謝繡兒姊姊，以後妳來我家吃肉，我也不生氣了。」

許氏嗔道：「妳這孩子，怎麼淨說這種小器話。」說著，把點心掰碎餵她。

不一會兒工夫，錢亦多被猴哥吸引，稀罕得不得了。但猴哥不喜歡她，被她摸煩了，就直接爬上院子裡那棵老槐樹。

錢亦繡陪她玩一陣，便說要去山腳挖野菜，謝過了許氏留她吃午飯的好意。

錢亦繡領著大山和猴哥到了溪景山腳，又往西走，走進溪景山和溪石山的岔道口。這裡平時很少有人走，不僅因為挨著溪石山，草木不豐，更因為附近幾個村的人家多把死人埋在這裡，進了岔口不到半里路，滿山頭都是小墳包。哪怕是紅日當空照，走在附近的人也會覺得冷風颼颼。因此這裡還有個俗稱，叫大墳包。

錢亦繡當了近七年的鬼，可不怕鬼魂。她知道，鬼魂其實拿人毫無辦法，既顯不出身形來嚇人，也不能控制人的一切。前世看的鬼片都是人想像出來的情節；而且，當初方圓幾百里內，只有她一個孤魂野鬼在遊蕩，且因草木不多，連動物都極少。

穿過墳地，往東爬上山頭，就到了黑豬崖。

這裡大多是裸露的石頭、荒草和一些低矮灌木，喬木不多，隔老遠才會有一棵。

錢亦繡累壞了，坐在石頭上歇歇。她坐下時，大山就鑽進灌木林裡，大概又發現了什麼小獵物。

猴哥想跟著牠跑，卻被錢亦繡拉住。開玩笑，若猴哥跑掉，她來這裡望風景啊？

錢亦繡歇夠了，便牽著猴哥繼續往前走，來到一處懸崖前。

崖邊，那棵枯樹仍孤獨而傲然地挺立著，錢亦繡拍拍乾枯斑駁的樹幹。她有半年多沒看到它，如今再到這裡，她已經從鬼魂變成了人。

站在崖前，只看得見枯枝縱橫纏繞，根本看不到靈芝。不過，錢亦繡在家時，就在地上畫靈芝的樣子給猴哥看，教牠認了。

錢亦繡指著枯樹，對猴哥說：「就是那裡，樹幹頂端的另一邊有朵靈芝，把樹枝撥開就能看到。你去把靈芝摘回來，小心別摔下去。要是成功，今晚我讓小姑姑單給你蒸蛋，我和哥哥都不吃。」

猴哥特別愛吃蒸蛋，昨天早上家裡蒸了一大碗，牠也分到幾勺，吃完想再要時，已經沒了，還難過地流淚。

沒辦法，吳氏晚上又蒸了一碗，只給兩個孩子和猴哥分著吃。結果猴哥居然自私地想獨吞，吳氏不肯，牠瞪著眼睛，就想撒潑硬搶，但看到錢亦繡警告的目光，沒敢動手，卻生了好久的氣。

錢亦繡的話音剛落，猴哥就竄上樹，幾下爬到頂端，先吊著樹枝晃晃，才去幹正事。

猴哥撥開樹枝，認真找著，不一會兒工夫，便轉頭朝錢亦繡叫幾聲，意思是看到寶貝了。接著把靈芝摘了，含在嘴裡，從樹上爬下來，竄回錢亦繡身邊。

錢亦繡財迷地拿著靈芝直樂。這朵靈芝很大，頂得上她六隻小手，她看不出靈芝年齡，但猜想它藏在這裡沒人看見，年分肯定不會低。

錢亦繡把寶貝放進布袋藏好，才有心思幹別的。這裡除了採藥人偶爾會光顧外，鮮少人來，蘑菇和野菜很多，她挑著挖了小半口袋，還拔點野枸杞。覺得差不多了，便扯開嗓子喊：「大山，要回家了。」清脆的童聲在山裡迴盪著。

不一會兒，大山跑過來，嘴裡還叼著一隻被牠咬得面目全非的野兔。

猴哥見了，趕緊上前，跟大山一起撕著野兔吃。

這場面有些血腥，但錢亦繡當鬼魂時已經司空見慣，明白這是動物會有的行為，不覺得噁心，也拿出點心吃起來。嘴乾了，又到溪邊捧幾口水喝。

吃完後，錢亦繡便帶著一狗一猴回家。

此時太陽正烈，這一帶又少有高大樹木遮蔭，曬得人昏昏欲睡。但想到小背簍裡那朵靈芝，賣個上百兩銀子不成問題，錢亦繡就渾身是勁。

不過，還是出了個小意外。

由於錢亦繡太興奮，沒注意腳下的石頭，摔了一跤，膝蓋和胳膊擦掉一大塊皮，痛得她眼淚都流了出來。

一路走走停停，她剛拐出岔路口，就看見花癩子躲在一棵大樹後面，往她家院子張望，嘴裡還不時發出狗叫的聲音。

不要臉！范二黑子不在了，他還敢在這裡使壞！

錢亦繡跑上前，使足力氣大喝一聲。「花癩子，你還有膽子往這裡跑？信不信我一嗓子把你婆娘吼過來，打得你哭爹喊娘！」

花癩子的婆娘花大娘子長得人高馬大，經常把惹是生非又長得瘦小的花癩子揍哭，所以他非常怕老婆。

花癩子驚得回頭，見錢亦繡正怒視著他，瞧她旁邊沒大人，便罵起來。「死丫頭，真是找死！看老子揍妳……」

他剛想撲過來，卻見那隻凶惡番狗從錢亦繡身後竄出來，狂吠的嘴裡還有血，頓時嚇壞了，慘叫著往村裡跑。「救命啊！惡狗咬人，要出人命了……」

錢亦繡看大山快咬著花癲子的屁股了，遂大聲喊道：「大山回來！要是他敢再來這裡，就咬爛他的屁股！」

大山聽見，便不追花癲子了，跑回錢亦繡身邊，和他們一起回去。

另一邊，錢滿霞已經聽到大山的叫聲和錢亦繡的呼喊，便打開門，等見到瘋婆子一樣的錢亦繡，著實嚇了一跳。

錢亦繡的頭髮散亂，滿是汗水的小臉紅成一片，衣裳不僅髒得不成樣子，有些地方還劃破了。

錢滿霞趕緊幫她把背簍取下來，拉她進門。「繡兒這是去了哪裡，怎麼搞成這樣？」

程月聽到聲音跑出房，看見女兒如此狼狽，心疼得不得了，抱著錢亦繡大哭起來。

錢三貴也驚得不得了，先幫錢亦繡包紮膝蓋和胳膊上的傷，又讓她喝了一碗水解渴。接著，她的頭髮和臉也被錢滿霞收拾乾淨。

但程月還在哭，眼睛都哭腫了。錢亦繡無奈，只得爬到她身上哄她。

錢三貴看著，臉都青了，他急著知道孫女去哪裡，為什麼搞得這麼狼狽？

等把程月勸好，錢亦繡才滑下來，結結巴巴地說：「爺爺，您別生氣。繡兒原本想去溪景山撿幾朵蘑菇，結果大山和猴哥把我領到滿是墳頭的地方……」

滿是墳頭的地方？那就是大墳包了！

錢三貴吃驚。若非結伴而行，連大人都不大敢去大墳包，孫女一個六歲小娃竟然去了那裡？他有些生氣了，提高聲音道：「大墳包是小娃能去的地方嗎？小娃陰氣重，如果碰到不乾淨的東西，是要掉魂的！」

錢亦繡聞言，默默在心裡搖頭。大墳包可比這裡乾淨多了，過去幾年，這裡天天蹲著一個不乾淨的東西，只是他們不知道而已。

程月見狀，又哭了，摟著錢亦繡。「求爹別罵繡兒，繡兒好可憐。」

錢亦繡拍拍哭泣的程月，對錢三貴說：「有大山和猴哥在，繡兒出不了事。我們這不是回來了嗎？繡兒不僅撿了許多小蘑菇，猴哥還在一棵樹上摘了一朵大的呢。」說著，從口袋裡把靈芝拿出來。

錢三貴看了，眼睛立刻瞪圓，說話也結巴起來。「繡兒，這、這不是大蘑菇，是靈芝，可值錢了！」

錢亦繡裝出可愛的樣子，跳了一下，扯著錢三貴的衣袖說：「太好了，咱們拿去保和堂賣！張老爺仁義，不會騙咱們的。有了錢，就給爺爺和娘親治病，再蓋一棟大房子住。」

一會兒後，吳氏從縣城回來，看到這朵靈芝，差點激動得哭了。

不過，老倆口又告誡錢亦繡一番，不許再去大墳包。

為安撫老人家，錢亦繡只好言不由衷地先答應了。

晚上，錢滿霞給猴哥蒸了一小碗雞蛋。本來她想用大碗多蒸點，但錢亦繡搖頭，說他們都不吃，只給猴哥享用。

吃飯時，猴哥見真的只有牠面前擺著蒸蛋時，十分高興。又見錢亦繡和錢亦錦羨慕地看著蒸蛋直吞口水的樣子，更得意了，拿著勺子慢慢吃，嘴巴吧嗒得震天響。那副滑稽的臭屁樣子，逗得大家直樂。

因為猴哥是隻尋寶猴，三房的人更喜歡牠了。

第二天，錢三貴和吳氏一起去了保和堂。

這寶貝靈芝，他們可不放心讓錢亦繡去賣，本來還想帶著程月一起去，再請張老爺給錢三貴和她看看病，無奈程月就是不出門。

另外，把昨天撿的蘑菇和野菜也一起帶上，說是錢亦繡孝敬張老太太的。為了安全，又雇牛車送他們去。

錢三貴和吳氏不在家，錢滿霞要去地裡幹活，錢亦繡就得在家裡好好守著程月。再說，她信得過張仲昆的為人，不會壓低價錢的。

申時初，錢三貴兩口子回來了。吳氏數四十文錢付給車夫，毫不心疼，依舊樂呵呵的。

錢三貴的面色也極好。錢亦繡猜測，那朵大靈芝肯定賣了不少錢。

把門閂好，進了堂屋，錢三貴拿出銀票，說靈芝賣得二百兩銀子，到現在還有些懵。

「我覺得這靈芝能賣一百多兩銀子已經頂天了，沒想到會賣這麼多。看來，這定是上了百年的老靈芝。」

張仲昆還親自給錢三貴把脈施針，又開了十服藥，只象徵性地收取一百文錢；同時，又讓夥計去旁邊的鋪子買些點心和糖果，說是答謝錢亦繡的蘑菇和野菜。她送的那些山貨，張老太太愛吃得很。

吳氏雙手合十地說：「張老爺真是大善人，菩薩保佑他長命百歲。」

這二百兩銀子再加上原來存的銀子，已經有二百八十幾兩，錢家三房終於算得上不折不扣的小地主了。

於是眾人商量著，不僅要把房子修繕一番，還要去牙行買些田地。

晚飯時，為獎勵立下大功的猴哥，錢滿霞又單獨給牠蒸了碗雞蛋，樂得猴哥屁顛屁顛的。

第二十六章

翌日，錢三貴讓吳氏去割兩斤肉，晚上請錢老太、錢大貴父子來家裡吃飯，感謝他們多年來的照顧，順便商量商量修房子的事。

這回沒叫錢二貴父子。因為唐氏的歹毒，錢三貴不想再跟二房有過多交集。

中午，吳氏做完農活，先去村口的小鋪子沽了一斤酒，再到大榕村的方家肉鋪買肉。

她回來時，臉色不太好，悄悄對錢三貴說：「今天方老大特別殷勤，我說割兩斤肉，他卻割了足足三斤，還非得把賣剩的豬肺塞給我，說送給咱們吃。那怎麼行呢？我可不能占別人便宜，何況還是方閻王家的，我一定要給，他就只收了三十文錢。當家的，你看，方家這樣是不是……」

錢三貴一聽，臉色沈下來，想了想，說道：「方閻王的孫子方斧子比霞兒大些吧？以後不要再去他家買肉，走遠一點，去鎮上買。」

吳氏大驚。「他們該不會看上霞兒了吧？那一家子可都是畜牲啊！」

錢三貴道：「不管有沒有看上，咱們不理他就是，也讓霞兒和孩子們躲著他家的人。」

兩人商議完，吳氏便到廚房準備晚上要請客的菜了。

當晚，吳氏燒了兩碗豆角紅燒肉、一碗辣椒炒肉、一盤韭菜炒蛋、兩樣素菜，還煮了一鍋豬肺白菜湯。

從前大房吃肉時，只要錢亦錦沒來，錢老太偶爾就會以身體不舒服為由，讓許氏把飯端到她屋裡去，實際上是為了把那幾片肉省下來，拿到三房給重孫子吃。

如今，三房不僅給了孝敬的銀子，還有錢買肉請她吃飯，讓她十分高興，連走路都腳下生風。

路上遇見村民，有人問她：「錢老太太，妳跑這麼快是幹什麼去呀？」

錢老太大著嗓門說：「我三兒請我去吃肉。」

「如今三房日子也好過了？」

「嗯！」老太太笑出滿臉皺紋。

晚上，不僅請的三個人來了，連嘴還沒消腫的錢亦多都鬧著跟來，一進門就纏著錢亦繡，含混不清地說：「繡姊姊，咱們再玩扮家家酒吧。」

錢亦繡被她纏得緊，只得起身去拿兩塊糖把她的小嘴堵上，牽著她去堂屋聽大人說話。

進去後，錢亦繡圍著錢老太殷勤招呼，噓寒問暖，結果錢老太根本不用正眼瞧她。

可錢亦錦一回家，錢老太就笑得直咧嘴，把他拉到懷裡愛不夠。

錢亦繡鬱悶地暗暗翻白眼。無論她怎麼努力，都無法討好錢老太。

另一邊，錢三貴與錢大貴商量好，明天請錢大貴去鄰村訂瓦片和泥磚，等月底他們手中沒什麼農活了，就來幫忙修房子和院牆。

吃飯時，錢老太領著兩個兒子、錢滿川及錢亦錦坐大桌；吳氏帶著錢滿霞、錢亦繡、錢亦多、猴哥坐小桌。由於有外人，程月不願出來吃飯，自己在小屋裡吃。

錢老太看到錢滿霞給大山盛了滿滿一大碗豬肺湯，心裡就不舒坦了；再看猴子也上桌吃飯，更是刺目，暗道怪不得三房越過越窮，伺候畜牲都像伺候大爺一樣，日子怎能過得好！

但她怕大山，只得拿猴子當藉口罵吳氏。「妳腦袋壞掉了，哪有畜牲跟人同桌吃飯的道理？也不怕傳出去招人笑話。」

猴哥不高興了，竟然敢罵牠是畜牲！立刻站起來，把手裡的勺子使勁向錢老太砸去。

錢亦錦知道猴哥的脾氣不好，又為家裡立了大功，除了錢亦繡，家裡幾乎沒人敢跟牠說重話。聽錢老太這麼說，知道壞了，趕緊擋在她身前，見勺子飛過來，馬上伸手抓住。

錢老太還要繼續罵，卻見猴哥站在凳子上，眼睛瞪得溜圓，臉脹得比茄子還紫，指著她齜牙咧嘴怪叫著，氣得不輕。

錢三貴趕緊小聲勸錢老太。「娘別生氣，那潑猴不僅聽得懂人話，脾氣又不好，加上身手厲害，家裡人都讓著牠，連大山都怕牠。」又抬頭瞪猴哥一眼。「這是繡兒的太奶奶，以後你得敬著。」

錢老太看猴子生氣的樣子，覺得極為有趣，又聽錢三貴這麼解釋，更是不可思議，就忘記生氣了。

但錢亦繡不高興了。家裡因猴哥討喜又會尋寶，對牠百般容忍，寵得牠脾氣越來越壞，可不能再慣著了，否則哪天真會惹下大禍，於是沈下臉罵道：「幹什麼呀！怎麼能隨便打人呢？打的還是我太奶奶。你當這裡是深山呀，一不高興就打架。再這樣耍脾氣，你就走吧，我家不敢要你了。」

猴哥被人嫌棄，心情本來就不爽，見錢亦繡還不幫著牠，更難過了，咧開大嘴，噭噭哭起來。牠是真傷心了，鼻涕眼淚直流，跟小孩子一樣。

這下，一家人也不吃飯了，都在看猴戲。

吳氏和錢滿霞心軟些，趕緊哄猴哥，但牠不理會，邊哭邊用眼角餘光瞄著錢亦繡。

錢滿霞道：「繡兒，快勸勸猴哥吧，看牠哭得多可憐啊。」

錢亦繡無奈，把猴哥抱過來，輕輕揉著牠頸後那撮白毛，哄道：「怎麼能隨意打人呢？萬一把人打壞了，怎麼辦？你要聽話，做個乖娃娃……」

猴哥這才抽抽噎噎地點點頭，錢亦繡用帕子幫牠把眼淚擦乾。

錢老太等人看了，嘴巴張得老大，異口同聲說了句：「天，這猴兒簡直成精了！」

錢亦多眼饞得不得了，回家就鬧著她爹給她買猴子，許氏哄半天也不聽，最後挨了錢滿川的一頓打，才哭著不敢要了。

這天一早，大山進山時，猴哥也鬧著要一起去。錢亦繡覺得，現在大山走不到深山老林裡，就同意了。赤烈猴是山林裡的精靈，應該學些捕獵的本事，圈起來養，實則是害了牠。

程月的繡品也全做出來了，不僅按照女兒的要求把玩偶做好，碎布還搭配得極美。真是難為她了，在色彩繁多的碎布中挑挑揀揀，拼來拼去，縫出來的小老虎漂亮可愛，很符合這個時代的喜好。

另外，她還自作主張，給兩隻小老虎掛上小肚兜，另外兩隻梳了沖天炮，竟然還有一隻梳包包頭的母老虎。而且，五隻老虎五種表情，有齜牙咧嘴的、有嚴肅的、有笑的，做得簡直唯妙唯肖。

錢亦繡大喜，樂得上去抱住程月親了兩口。「娘親好聰明！」

程月被閨女一親一誇，笑得眉眼彎彎。「娘不傻。」

錢亦繡點頭。「娘當然不傻。不僅不傻，還比有些人能幹得多。」又抓起梳著包包頭的母老虎問：「娘怎麼想到做母老虎呢？」

程月瞥了小母虎一眼。「娘喜歡錦娃，也喜歡繡兒。」

錢亦繡聽了，心裡全是滿滿的感動，又湊上去親她兩口，撒嬌道：「美美的小娘親，繡兒好喜歡、好喜歡您喔。」

錢滿霞正好從窗戶外面經過，聽見了，笑罵道：「也只有繡兒才能說出這麼肉麻的話，都酸掉大牙了。」

程月怕女兒生氣，悄聲安慰她。「娘喜歡聽繡兒說話。」

「我也喜歡聽娘說話。」錢亦繡笑咪咪地低聲回應。

接著，程月又照女兒的要求，把五隻小老虎分別縫在五只小籃子跟小筐簍上，樣子有圓形的、也有心形的。除了放母老虎的筐簍之外，剩下四個籃子都有握把。

程月做好老虎抱籃，又給十幾個小草盤子、小草箱子用布鑲了花邊，或把布裁成水果跟花縫在上面。

這次錢三貴編的東西也是錢亦繡畫的圖樣，新奇不說，再被程月的巧手一拾掇，更是雅致。

錢亦繡在一旁幫忙，半天工夫，就把這些東西弄好了。

下午，錢亦繡領著程月，把這些天的成果拿到堂屋給大家瞧。後天是六月十九，又逢觀音娘娘的生辰，錢亦繡想拿這些東西去賣。

錢三貴、吳氏和錢滿霞看了，都驚訝不已，沒想到不值錢的草籃子一經點綴，就精緻了許多。

一家人正開心，聽見敲門聲，程月和錢滿霞都出了堂屋，一個躲進廂房，一個去開門。

等吳氏把桌上的東西收入臥室後，錢滿霞領著一個穿紅著綠、塗脂抹粉的中年婦人走進門。人還沒到堂屋，一陣汗臭加香風就先飄來，嗆得錢亦繡咳了兩聲。

原來是大榕村的媒婆，她一進屋就大聲笑道：「恭喜三貴兄弟，恭喜錢家弟妹，有人家託我來說親了。」

這是錢家三房第一次有媒婆造訪，錢三貴兩口子高興得臉都笑開了。錢滿霞已經滿十二歲，早該說婆家。雖然自家閨女長得漂亮，又勤快，但以前家裡艱難，許多後生都不肯跟他家結親。

錢亦繡卻不願意讓錢滿霞這麼早就說親，覺得附近幾個村子裡的後生沒一個配得上自家勤勞美麗的小姑姑，想著等她悶聲發了大財，為小姑姑謀更好的。

可是看爺爺奶奶這麼高興，連小姑姑都羞得小臉通紅，躲進自己的廂房，她很鬱悶，心裡的話又不能說出來，遂捏著鼻子道：「奶奶，這是什麼味道啊？香不香、臭不臭的，好難聞喔。」

媒婆咧著的嘴抽了抽，瞪錢亦繡一眼。果然跟她娘一樣傻。

吳氏先抱歉地衝媒婆笑笑，把錢亦繡拎出堂屋門外，回來後，又眉眼帶笑地給媒婆倒了碗糖水。「嫂子請喝水。是誰家後生看中我家霞兒了？不是我自誇，我家霞兒的模樣、脾氣樣樣好，又勤快知禮，誰家娶到，可是誰家的福氣。」

媒婆聞言，表情僵了一下，用帕子摀嘴笑道：「哎喲，弟妹誤會了，這次不是給霞兒說親。我知道霞兒是個好閨女，等下回有好後生，再來給霞兒說。都說好事成雙，你家定能雙喜臨門。」

吳氏的臉色有些難看了。「不是給霞兒說親？我家錦娃和繡兒還小……」

媒婆忙笑。「也不是錦娃和繡兒，是給你家寡媳程氏說親。大家都說程氏有福，遇到你們，兒子死了，還待她如親閨女。如今有好人家看上她，願意出十五貫聘金求娶。」

話落，錢三貴和吳氏的臉都沈了下來。

媒婆見狀，想著這麼做雖然缺德，但給別家說媒，謝媒錢頂多幾百文，可要是幫這家說成了，就是沈甸甸的兩貫錢啊。

人不為己，天誅地滅。媒婆也不管錢三貴兩口子的臉色，自顧自地繼續說：「把她嫁了，她過上神仙般的好日子，你們家也有錢了，三貴兄弟能買得起好藥，霞兒也有嫁妝，還能供錦娃繼續讀書，真是一舉數得……」

吳氏忍著氣，打斷她的話。「妳說得這樣好，到底是哪戶人家呀？」

媒婆笑道：「就是方家。哎喲，他們家家大業大，有錢有鋪子。方老頭雖然年紀大了些，但年紀大才知道疼人啊，嫁進去也不用服侍公婆，還有兒孫孝敬，這種好事，到哪裡去找啊……」

吳氏早猜到了，但還是氣得站起身，罵道：「那方閻王是什麼人，妳心裡比我還清楚。方家就是一座豬棚，裡面裝的都是畜牲，妳這不是讓我兒媳婦去送死嗎？缺德喪良心啊！」

媒婆不樂意了，對黑著臉的錢三貴說：「三貴兄弟，外面的傳言不可信，那是人家眼紅方老頭會掙錢，瞎編出來的。方老頭那幾個婆娘病死了，是她們沒福分，哪裡是傳言編的那樣缺德？如今方家願意出十五貫錢當聘禮，可見有多看重程氏。花這麼多錢娶回來的媳婦，還不得千疼萬寵的……」

錢三貴不等她說完，拄著枴杖站起來。「誰說我兒子死了？既然朝廷的訃告上沒有我兒的名字，就說明他還活著，興許明天就回來了。別說方老頭只是個殺豬的，就是官老爺，也沒有強搶他人媳婦的道理。方老頭好不好不關我家的事，麻煩妳去回個話，我兒子還沒死，他媳婦不允許任何人打主意！」

錢亦繡一直在窗戶下偷聽，早就氣壞了，見錢三貴夫婦攆人，也跑到門口，扠腰說道：「妳快走吧，我娘誰也不嫁，她要等著我爹爹回來，等著享我哥哥的福。柳先生說了，我哥哥將來是要當舉人老爺的。妳家稀罕方家的錢，就讓妳家閨女嫁給他。」

這媒婆做了一輩子媒，還是第一次被趕出去，氣得不得了，都走到院子裡了，想起那兩貫錢，又忍著氣，站住說道：「三貴兄弟，你再仔細想想，程氏又不是你們家的血親，為她跟方家作對，值得嗎？方家有錢有勢，不是咱們泥腿子（注）惹得起的。真把方老頭惹惱了，到時候讓你們人財兩空，豈不是更虧？」

錢三貴大聲道：「咱們大乾朝還有律法，方家還敢強搶他人媳婦不成？若是他敢，我就豁出這條命去縣裡擊鼓鳴冤！」

媒婆聽錢三貴說出這話，知道這謝媒錢吃不進嘴裡，憤憤地跑了。

媒婆走後，錢亦繡抱住錢三貴的腰，哽咽道：「爺爺，方閻王那麼壞，會不會來搶娘親啊？」

錢三貴摸著她的頭，道：「明搶倒還不敢。爺爺說了，如果他們敢硬來，就豁出這條命，去縣裡請縣太爺為咱們家作主。」接著嚴禁程月出門，連門口都不能靠近，又讓家裡人出門小心些，別著了人家的道。

最後，他囑咐錢亦繡：「別跟妳娘說，會把她嚇著。」說完抬起頭，看見程月和錢滿霞已經站在堂屋門口。

程月的身子微微發顫，紅著眼圈說：「公爹、婆婆，月兒又給家裡惹麻煩了，是不是？都是月兒不好……」她現在聰明許多，媒婆在院子裡說的話，也聽懂了幾分。

錢三貴安慰她。「兒媳莫自責，這事不怪妳。放心，我們不會不管妳的。」

注：泥腿子，此為農人的貶稱。農人勞作時，常被泥水弄髒腿腳，故有此稱。

錢亦繡也過去抱著程月。「娘莫怕，爺爺和奶奶會護著您的。還有我和哥哥，我們都會保護娘。」心裡暗暗決定，最近行事得更小心，千萬不能讓家裡人被欺了去。

另一邊，方閻王聽了媒婆的回話，氣得在家裡拍桌子，還砸了兩個茶碗。

方閻王大約五十幾歲，或許是先當獵人後當屠夫，幹的都是殺生的事，四十歲時生了一場怪病後，渾身的毛就掉光了。他又黑又胖又沒毛，像一塊橢圓形的巨大鵝卵石，加上目光狠戾，經常把孩子嚇哭，凡是牽著孩子的人，老遠看到他都繞開走。

他的兒子方老大勸道：「爹，急什麼？那小寡婦跑不掉，早晚都是您老人家的。」

方閻王聽兒子這麼說，問道：「你有好法子？」

方老大道：「錢家不是捨不得那傻兒媳婦嗎？咱們就把主意打到他們更加捨不得的人身上，到時候，嘿嘿，他們自會把那小寡婦拱手送到爹手上。」

方閻王問：「怎麼說？」

方老大拍拍大肚子，敞開嗓門笑了幾聲，在方閻王耳邊小聲嘀咕了幾句。

方閻王聽了一喜。「好法子，明天就讓斧子去辦。」

方斧子是方老大的兒子，今年十六歲，頗得方家真傳，不僅下刀切肉跟他爹和爺爺一樣俐落，從十一、二歲起，看小奶奶的眼睛裡就能冒綠光。

方老大卻搖頭。「現在錢家肯定有所防備，不容易得手；再說，咱們剛剛被拒絕，若這時鬧出事，人家會說是咱們故意設計的。等沒人說嘴了，咱們再……」

方閻王聽了，眼睛一瞪，罵道：「老子才不管別人怎麼說，說了又怎樣？叫了我這麼多年的方閻王，還不是拔不了老子一根鳥毛！」

方老大勸道：「爹，那錢三貴不是真的泥腿子，也是提著腦袋跑過鏢的，如果硬搶把他逼急，跑去縣衙告狀，也不好叫咱們親戚為難。爹再忍耐幾天，等他們沒了防心，才好下手。這事若辦成，那傻寡婦肯定跑不了。」

方閻王聽了，雖覺得麻煩，但想到程月的美色，還是先忍住，把這事交給兒子去辦了。

下午，錢亦錦回來聽說這件事，沒心思念書了，隔一陣子就拎起柴刀圍著牆根轉一圈，甚至半夜醒來，還要去牆根底下瞧瞧。

第二天，大家便不許大山出去，給牠足夠的食物，要牠看好門。雖然大山吃得多，但只要有外人靠近院子，牠就開始狂叫，猴哥也興奮得跟著大吼。一猴一狗，倒真給錢家三房壯了不少膽，總算能稍微安下心來。

第二十七章

方閻王去錢家三房提親被拒的事，第二天就傳了出來。

錢老太聽說了，氣沖沖地上門。先把程月罵得躲在小屋裡痛哭流涕，不敢出來，又苦口婆心地勸錢三貴夫婦，讓他們快把這個惹禍的傻兒媳嫁出去。不嫁方閻王，也得嫁給別人，總之不能讓她待在家裡招禍。

錢三貴把錢滿江和錢亦錦抬出來，堅持不把程月另嫁。

錢老太哭了，指著他罵道：「我年紀這麼大，還跟老頭子分開過，就是不放心錦娃和你們這個家。若方閻王狗急跳牆，跑來你家用強怎麼辦？你還讓不讓錦娃做人？讓不讓霞兒和繡兒出嫁？你竟然為個傻子忤逆老娘，不顧這一大家子，真是不孝，我白疼了你這些年！」

這話有些嚴重了。錢三貴和吳氏哭著跪下，錢滿霞也跟著求情。

錢亦繡在他們爭執時，跑回左廂房，從大紅櫃子裡把裝銀錁子的荷包拿出來，再跑到錢老太面前跪下，哭著說：「太奶奶，求您別罵我爺爺和奶奶了。我娘是我爹爹的媳婦，是我和哥哥的母親，我們一起生活這些年，怎麼捨得把我娘嫁出去受苦？再說，家裡如今有大山和猴哥，外人若是硬闖，肯定會被牠們咬死的。」

說著，她把荷包裡的小銀錁子倒出來，捧在手裡。「這些都是繡兒掙的錢，繡兒不只會賺銀子，還跟大戶人家套上關係。這是前陣子保和堂的張老太太讓奶奶帶回來給繡兒的，還說讓繡兒去他們府上玩。方閻王他們的親戚只是縣衙捕快，但張老爺跟縣太爺和許多大官家交好，還經常給京裡跟省城的貴人看病。有事了，繡兒就去求張老太太，她定會幫著我們。」

錢老太罵道：「憑妳一個鄉下小丫頭能攀上保和堂？人家給妳一根針，妳還當棒錘了？滾到旁邊去！」

錢滿霞哭道：「奶奶，繡兒說的是真的。張老太太極喜歡繡兒，給了賞錢、布和吃食，還拉著繡兒的手讓她去張府玩。爹去縣裡看病，張老爺都沒收診金……」

這些事情錢老太之前就聽過，還以為是錢亦繡幫人家找到酒，所以人家才打賞，現在聽起來，張家老太太好像真的喜歡錢亦繡。如果三房有張老爺撐腰，倒不用怕方閻王了。

錢亦繡見錢老太將信將疑，大方地送她一個銀錁子。

錢老太活到這麼大歲數，還是第一次摸富貴人家才有的玩意兒，很是好奇。錢三貴見她喜歡，又讓吳氏再拿一個給她，她卻不要了，說這東西是銀子，讓他們留著慢慢用。

錢老太怕三房出事，吃過中飯後，下午也待在這裡不回去。大房和二房也派錢滿川和錢滿河來三房轉了兩次，看看有什麼情況？

錢亦錦放學回來，勸了錢老太許久，她才打消把程月嫁出去的念頭。

錢老太吃了晚飯，由錢亦錦送回錢家大院，錢滿川再陪著錢亦錦回來。

晚上，錢亦繡依然堅持明天去大慈寺賣草籃子，兼讓猴哥看望弘濟。其實，這兩件事都在其次，她另有事情要辦，只是不好說出來。倘若成功，他們就不用這麼怕方閻王了。

第二天，錢亦繡穿上新衣裳，是桃色交領小短衣跟同色的曳地小長裙，領口、袖口、裙邊用吳氏買的碎布壓了雨過天青色的小花邊。

她的頭髮已經長長些，錢滿霞給她梳了小包包頭，又用桃色帶子繫好，然後，足下蹬了雙草編鞋底的小涼鞋。前幾天，她讓錢三貴編鞋底，再請吳氏在鞋底上按前世涼鞋的樣式，縫了三條布帶，涼鞋就這樣誕生了。

錢三貴看了，喜歡得緊，也給自己和錢亦錦編兩雙，讓吳氏縫上布帶。錢亦繡見了，又讓他多編兩雙，說要送給弘濟。

這麼打扮起來，錢亦繡漂亮得不像話了。

程月抑制不住歡喜，直說：「繡兒真好看。」頓了下，又道：「是娘把繡兒生得這麼好看。」她現在也學聰明了，知道被人嫌棄沒用，經常誇獎自己。

錢亦繡笑道：「當然了，娘親長得好看，繡兒才會好看啊。」

兩人的對話把一家子逗樂了，這是這兩天三房唯一一次發自內心的笑。

錢亦繡穿得好，最激動的還是錢亦錦，上下左右打量著妹妹，直點頭。「姑娘家就是要穿得漂漂亮亮，這樣出去，也給我們男人長面子。」

於是，吳氏抱著猴哥，領錢亦繡出門，先去謝虎子家，再一起坐驢車去溪頂山。

驢車上已經坐了五個人，還放著幾個筐，錢滿蝶和小楊氏都在。眾人笑著逗逗猴哥，又誇了穿新衣的錢亦繡。

小楊氏直呼小布老虎好看，錢亦繡得意道：「這是我娘做的，希望今天能賣個好價錢。」

她就是要讓別人知道，程月不是吃白飯的。

到了溪頂山腳，幾人下了驢車。這裡車水馬龍、人來人往，有香客，也有做生意的小販，還有向香客們討要吃食的獮猴。

突然間，不可思議的事發生了，那些獮猴們像是受到了驚嚇，竟然集體恐慌地往山上竄。先是幾隻，接著是幾十隻，最後是上百隻，排著隊向後山逃去。香客尖叫著躲開，有些動作慢的，差點被猴群擠下山去。

眾人大驚，不知為何會這樣？

錢亦繡心裡清楚，趕緊把蓋筐的布扯下，把猴哥包起來抱在懷裡。

她們爬了兩刻鐘的山路，地勢漸漸平緩，兩旁都是叫賣的小販，前面便是聞名大乾朝的大慈寺。

錢滿蝶等人要去找攤位賣東西，錢亦繡想先帶猴哥去寺裡看弘濟。

吳氏聽了，不贊同地說：「繡兒，咱們是來幹正事的，賣完東西再去玩。」

錢亦繡拉著吳氏。「咱們就是去幹正事啊。」又悄聲對她說：「繡兒有辦法多賣錢，奶奶不要說話，跟著就行了。」

吳氏知道孫女已經變得聰慧，遂笑著答應，點了點她的小腦袋。

祖孫倆來到寺廟門口，看到一個八、九歲的小和尚，錢亦繡便過去道：「阿彌陀佛，我找弘濟小師父，特地帶猴哥來看他。」

這個小和尚也認得猴哥，雙手合十。「小師叔祖住在後院禪房，小施主請跟我來吧。」

錢亦繡知道弘濟的輩分高，卻沒想到竟是爺爺輩啊。

她們跟著小和尚東拐西拐，向後院走去。故地重遊，猴哥高興得又叫又跳，一轉眼的工夫，就跑得沒了蹤影。

見錢亦繡著急，小和尚笑道：「小施主莫擔心，小猴兒在這裡待了兩個多月，對寺內極熟，肯定先跑去小師叔祖的禪房了。」

說著，他們來到一個小院落，看見弘濟正站在月亮門前，抱著猴哥說笑。這座小院子白牆黛瓦，院牆上還鑲嵌著幾扇朱色菱形木格窗，掩映在一片佳木中，算得上是寺裡最高級的住所了。

儘管已經猜到弘濟不是一般的小和尚，看情形，他的身分恐怕比她想像中還要高些。錢亦繡暗自欣喜，今天託弘濟幫忙的事，十有八、九能辦成。

看見吳氏跟錢亦繡來了，弘濟放下猴哥，先對吳氏雙手合十。「女施主好。」又對錢亦繡說：「本來前幾日我就想去妳家看望猴哥，可我師父說你們今天定會來大慈寺，我就在這裡等著了。」

「連我們會來寺裡都算得到，你師父還真是個老神──高僧。」錢亦繡驚道。

弘濟不謙虛地道：「那當然。」

兩人寒暄幾句，又取出涼鞋送給弘濟。弘濟拿著小鞋子，笑得眉眼彎彎。這鞋子好看，穿著又涼爽。

接著，錢亦繡湊近弘濟耳邊，說了幾句話。「……弘濟，算我求你了。」

弘濟莫名其妙。「妳好奇怪喔，外面有那麼大的地兒讓妳們賣東西，妳不去，幹麼非要拿進寺裡賣呀？」

做這些東西時，錢亦繡就打算賣給富貴人家，原是想追著他們的轎子賣，現在結識弘濟，就能走捷徑了。況且，她另有打算，若能把那件事辦成，家裡便不用怕方閻王，遂道：「在外面賣和在寺裡賣，怎麼能一樣呢？我家的東西精緻出色，自然不能跟那些尋常東西放在一起賣。」

「可是，我帶妳在寺裡賣東西，好像不太好吧？」弘濟為難地說。

錢亦繡道：「你放心，我不吆喝，只繞著院子走一圈。她們主動買，我就賣；她們不主動買，我連話都不說。你只領我去走一圈，就有可能讓我爺爺和娘親繼續治病，讓我哥哥繼續讀書，讓我們全家和猴哥吃飽飯，這是大善事，你都不做？」

弘濟聽她說得有理，只得答應。「好吧，我領妳們走一圈。記住，千萬別吆喝，也不要擅自進香客歇息的院子。」

錢亦繡道了謝，又問：「省城西州府宋橋宋老太爺的家眷，還有翟樹翟大人的家眷來了嗎？」

弘濟點頭。「這兩家都來了。今天早上，貧僧還跟大師兄見過他們。」

錢亦繡聽了，得寸進尺地說：「咱們路過宋家院子時走慢些，最好能吸引他們的注意；路過翟家院子時走快些，我不想去他家院子賣東西。」

弘濟又不明白了。「為什麼？妳的要求還真多。」

錢亦繡對他沒什麼隱瞞，無奈地說：「宋家有個莊子在我們村的對岸。你知道的，我們家病的病、弱的弱，就算被人欺負死，也無法反抗。

「我聽說宋家老太爺的官聲極好，最是為民作主，就想藉著賣東西的緣由，碰碰運氣，在宋家主子面前亮亮相。如果家裡真的走投無路，或許能去求宋家莊子的管事幫幫忙。

「我曉得，就憑我一個鄉下小妞，想抱住宋家這根大粗腿實在不太容易……哎，盡力而為吧，攀不上主子，結識管事或管事娘子，也是好的。」

弘濟帶著她們往前走，又問：「那為什麼不願意去翟家院子呢？」

錢亦繡回答：「聽說翟老夫人……嗯，眼睛不太好，偶爾會把珍珠看成魚眼珠……」

隨著兩人的說話聲遠去，小院子裡傳來一陣熟悉的笑聲。

「這女娃小小年紀，心眼忒多，猴兒精。師父，您是得道高僧，算一算這小女娃是不是猴子投胎的？」

原來，木格小窗內有兩個人向外張望，一個是梁錦昭，另一個是白鬍子白眉毛的悲空大師。

悲空大師笑道：「即便是猴子投胎的，也不見得會比那位小施主更精。」

梁錦昭本是隨便一說，沒想到悲空大師竟這麼誇她，詫異道：「噢？那小女娃真的那麼……猴兒精？」

悲空大師揑揑手指，答非所問地笑道：「困擾昭兒多年的頑疾，或許有望治癒了。」

「真的？」梁錦昭大喜。

悲空大師笑道：「諸事要講機緣二字。恰巧碰上對的人、對的事、對的時機、對的作為，有些不成的事，也就能成了。」

梁錦昭聽了他的話，一跳老高，興奮道：「太好了！如此一來，我就能進軍營歷練了。」

悲空大師卻擺擺手。「昭兒切勿著急，這事急不來，水到才能渠成。」

梁錦昭聽得似懂非懂，但知道困擾自己多年的痼疾總算有望治癒，還是激動不已。

狂喜之餘，他非常同情錢亦繡，小小年紀就要操心這麼多事，看來她家裡的日子的確難過，似乎還受惡人欺淩，想著回去跟四表舅宋治先和張央說說，讓宋家和張家多照顧她。

突然，一隻紅毛小猴跑進院子，哧溜一下竄進悲空大師懷裡，正是猴哥。

悲空大師哈哈大笑。「你這潑猴，又把附近的獼猴嚇得躲起來了吧……」

第二十八章

錢亦繡不知道隔牆有耳，剛跟著弘濟繞過幾排禪房，一錯眼便不見了猴哥的蹤影，著急起來。

弘濟道：「小施主莫急，那猴子定是去找我師父了。牠的鼻子靈，我們走得再遠牠都能找來。」

他們穿過一條清幽小徑，過了一座拱橋，前面便出現了幾個幽靜小院落，是專門給來進香的有錢人家內眷歇息的地方。

錢亦繡讓膽小的吳氏在橋邊的小亭子裡歇著，她從筐裡拿出一只老虎籃子，跟弘濟一起朝那幾座院子走去。他們也不進門，就是從門口歡快地經過。

今天日子特殊，在這裡歇息的全是冀安省的貴戶。守院子的婆子們都認得弘濟，曉得他是弘圓住持的師弟，可不敢上前驅趕，對他身旁的漂亮小女娃也多看了幾眼。小姑娘漂亮的笑臉讓陽光更加明媚，偶爾發出的幾串軟糯笑聲像輕風一樣拂過耳畔。還有，她手裡搖晃著的老虎抱籃，既怪異又逗趣。

經過宋家歇息的小院子後，弘濟停下腳，站在離院門幾尺遠的大樹下，和錢亦繡說起話來。

這時，院子裡走出一位管事嬤嬤，對弘濟笑道：「弘濟小師父在這裡玩呀？」

弘濟雖然不認識她，見是從宋家歇息的院子裡出來的，還是有禮貌地回答：「嗯，貧僧和這位小施主來看看風景。」又說：「老施主休息得好嗎？貧僧來時，貧僧的師父正在給梁師兄講禪呢。」

婦人笑道：「多謝大師、多謝小師父，我們老夫人的精神好著呢。」呀，弘濟這是給她機會說話呢。錢亦繡馬上抬起漂亮的小臉，招呼道：「大娘好。」

馮嬤嬤早就注意到這個漂亮的小女娃，見她招呼自己，也衝她點點頭。這一看不打緊，她手裡晃著的籃子可太別致了，便道：「這小布老虎可真逗趣，還抱了個籃子。」

錢亦繡立刻把籃子遞上去給她。「這籃子有個吉利名字，叫小老虎送籃。」

「小老虎送籃？哎喲，送男，真是吉利名字。」馮嬤嬤笑道，尋思著，明年是虎年，若主子今年許願懷上了，可不就是虎年生男娃嘛，真真好兆頭。自家四奶奶成親六年，只生下兩位姑娘，急得不得了。今天來得早，上了頭香，若再有這個好彩頭，就更錦上添花了。

又看這老虎玩偶和籃子手工好、用料好，她心裡便有了主意，笑道：「這籃子的名字可真討巧，也精緻，小姑娘是在哪裡買的？」

錢亦繡說：「這不是買的，是我娘做的。因為名字討巧，正好在這個日子拿來賣。我看完弘濟小師父後，就要拿去寺外賣了。」

馮嬤嬤聽了一喜，道：「那我拿進去給我們奶奶瞧瞧，若她喜歡，少不了妳的賞。」

錢亦繡暗暗高興，指著遠處的吳氏說：「我奶奶那裡還有幾個不同樣子的，都拿進去給你們奶奶看，也好挑選。」

見馮嬤嬤點頭，錢亦繡就對遠處的吳氏招招手，讓她把其他籃子帶過來。

馮嬤嬤先讓她們在院門口等，自己拿著幾個老虎抱籃進了上房。

片刻後，馮嬤嬤眉眼含笑地出來，帶著弘濟和錢亦繡進屋。因吳氏穿得有些粗鄙，又滿頭大汗，便讓她在門外候著。

錢亦繡隨馮嬤嬤進屋，嬌聲鶯啼，女眷們正圍著一個六十幾歲的富貴老太太說笑。

宋老太太和幾個婦人拿著小老虎抱籃瞧，笑得開心，都說沒見過這麼可愛的小老虎玩偶，跟孩子一樣討人喜歡。

錢亦繡偷瞄正前方一眼後，趕緊垂下目光，不敢亂瞧。

她當鬼時曾經去過宋家，曉得宋家是冀安省的名門之一，宋老太爺宋橋官至巡撫，六年前致仕，帶著老伴回祖籍養老。

宋老太太的大兒子在京城為官，二兒子一家於身邊盡孝，大女兒嫁到京城。宋家在洪河對岸有千畝良田，還有一座莊子，便是宋家莊。

宋老太太旁邊坐了一個四十多歲的貴婦，是現在宋府的當家夫人宋二夫人。

宋老太太先與弘濟寒暄幾句，請他坐下，讓丫頭上茶，招呼他吃素點。

接著，眾人似乎才看見跟他一同來的小姑娘。

錢亦繡不急、不躁、不害怕，大大方方地垂目站著。

宋老太太問：「這是哪家女娃？長得可真俊。」

弘濟搶先道：「這位小施主是花溪村的村民，因貧僧把救下的小猴子託付給她，今天特地帶著小猴來寺裡看望貧僧。」

宋老太太笑著點點頭，就有丫鬟在她面前放上蒲團。

錢亦繡便知，這是讓她磕頭行禮了。她還小，給六十幾歲的老婆婆磕個頭也沒什麼，便走過去跪下。「民女繡兒給老夫人磕頭，祝老夫人貴體安康。」

上了年紀的人都喜歡漂亮嘴甜的小孩子，宋老太太也不例外，見錢亦繡小小年紀，舉止卻大方得體，又會說話，一點都不像農家孩子，頓時喜歡上了，笑道：「喲，真是個聰明孩子，快起來吧。」

她身後的丫頭見狀，把一個荷包遞給錢亦繡。

錢亦繡接了謝過，知道這是看在弘濟的面子，才賞給她的。

宋老太太瞧錢亦繡的年紀實在太小，便憐惜地說：「可憐見的，才多大點的孩子就得出來討生活，妳家長輩怎麼捨得喲？」

錢亦繡道：「我爹爹打仗死了，爺爺腿瘸，娘親的身子又不好……這些玩偶就是我娘做的，籃子是我爺爺編的，只是他們不好出門，所以才由我和奶奶出來賣。我已經六歲了，只是長得矮小而已。老夫人心慈，心疼我年紀小，其實在鄉下，許多像我這樣大的孩子都要幫家裡幹活的，窮人的孩子早當家嘛。」一明媚的笑容一點都看不出日子過得有多艱難，幾句話倒把大家逗笑了。

宋二夫人的媳婦宋四奶奶聽了，知道宋老太太喜歡漂亮孩子，慈善的名聲又傳得遠，便笑道：「老太太心軟，看到討喜漂亮的小姑娘受了苦，哎喲，那心尖都在疼哪。」

宋老太太點頭。「可不是。看到小小人兒出來討生活，心裡就不忍了。」

張仲昆的媳婦宋氏也在這裡，她是宋家的遠房族親，溪頂山離她家不遠，只要宋老夫人來大慈寺，都會在她家歇一晚，第二天一早再來寺裡上香，她自然要來作陪。

錢亦繡一進門，她就認出來了，只是剛才不好說話，現在才開口道：「小姑娘，真是巧，咱們在這裡又碰上了。」

錢亦繡見是宋氏，驚喜地躬身問好，心裡想著，都姓宋，看來應該有親戚關係，這下更好辦了。

宋氏對宋老太太說：「大伯母有所不知，我和這個孩子有緣……」略略提了錢亦繡去她家賣花的事。

宋老太太聞言，誇道：「真是個好孩子，又聰明、又有孝心。」

這時，坐在宋老太太下首的宋二夫人擺弄著手裡的籃子說話了。「這個籃子怎麼沒有握把呀？上面光禿禿的，沒其他幾個好看。」

錢亦繡笑道：「夫人仔細看看您手中的小老虎，它梳的是包包頭，是隻虎妞。它送的不是籃子，而是筐簍，筐簍是沒有握把的。」

宋四奶奶不解地問：「送籃子跟送筐簍有區別嗎？」

錢亦繡呵呵笑道：「當然有區別了。籃子代表男娃，筐簍代表女娃。小公虎送男娃，小虎妞送女娃。」

宋四奶奶恍然大悟，咯咯笑道：「噢，我懂了。籃子有把兒，所以是男娃；筐簍沒把兒，所以是女娃。這個把兒，原來還指那個把兒呀。」

她的話一說完，屋裡的人哄堂大笑。

這位的作派有些像《紅樓夢》裡的王熙鳳啊。錢亦繡眨了眨大眼睛，表情天真，假裝沒聽懂，卻暗自向這位麗人豎起大拇指，她和程月的創意被精準地說出來了，厲害！

宋老太太笑得有些喘不過氣，後面的丫鬟笑著幫她拍背。

等氣順了，宋老太太才指著宋四奶奶，笑罵道：「也只有妳這個潑皮破落戶才好意思這樣說，快別教壞小孩子。」

屋後的小隔間裡坐著兩個少年，其中一個正在喝茶，聽了這個謬論，嗆得咳起來，咳完才嘀咕一句：「這小娃慣會投機討巧。」

這兩個少年正是宋懷瑾和張央，今天他們陪著長輩來上香，也來找聽悲空大師說禪的梁錦昭。

屋裡真正不懂「把兒」意思的是弘濟，一頭霧水地問錢亦繡：「她們笑什麼？」

錢亦繡搖搖頭，表示她也不知道。

馮嬤嬤湊趣道：「老奴要恭喜四奶奶了。老奴拿著這幾隻布老虎走進來時，四奶奶就先搶了個帶把的。看來，明年小公虎就能給四奶奶送個胖小子了。」

馮嬤嬤這麼一說，喜得宋四奶奶眼裡直放光。她再是大方爽利，想到生子的事，也不由紅了臉。

宋二夫人也高興，問錢亦繡：「聽說這些東西是準備拿去賣的，怎麼賣？我們都買了。」

錢亦繡道：「難得這些東西入了老夫人、夫人跟奶奶們的眼，能到富貴之家，也是它們的造化，夫人看著賞幾個錢就是了。」

跟宋家做生意，她不講價，打賞的錢只有多沒有少，若換成翟家，她就不敢不說價了。

宋二夫人聽了，更是滿意，使個眼色，身後的婆子便拿出兩個荷包給錢亦繡。

正說著，門外的丫鬟來報，說隔壁的翟老夫人跟翟大奶奶來了。

宋老夫人和宋二夫人對看一眼，臉上滑過一絲不屑和無奈，但瞬間又堆滿笑意，高聲道：「快請。」

幾個丫鬟及婆子扶著一個老太太和一個年輕婦人走進來，錢亦繡被擠到了一邊。

這兩位雖然也穿金戴銀，綾羅裹身，氣度儀態卻比不上這屋裡的人。再一瞧，翟大奶奶手裡竟然拿著一個鑲花邊的草編小箱子，這是她家的東西呀。

錢亦繡心裡一沈。除了那五個小老虎抱籃，其他東西是賣不起高價了。這還不算，重要的是，她的計畫才剛剛開始，就要失敗。

她當鬼時，也去過翟家。翟老太太的性子，可以用幾個詞形容——節儉、小器、粗鄙。她是西州府貴圈的笑話，偏偏還渾不自知。

翟老太太的兒子翟樹是冀安省按察使。翟大人出身農家，考上進士，又被皇帝欽點為探花。探花大多長相俊俏，翟大人也不例外，雖說現在年近四十，仍儒雅俊朗，氣質溫潤如玉。

一個農民的兒子，不僅中了探花，十幾年間就升到三品大員，不僅是大乾朝的傳奇，更是學子的勵志典範，乃眾多農家子弟，包括錢亦錦爭相學習和崇拜的對象。

不過，他家裡的情況麼，呵呵呵……真是一言難盡。

弘濟很有眼色，見來了客，宋家人沒空搭理錢亦繡，便起身告辭。錢亦繡也只得萬般不情願地一塊兒出去。

錢亦繡剛走，身後便傳來翟老太太的大嗓門。「妳們這籃子也是在院外那婦人手中買的吧？雖說是鄉下最常見的東西，但縫點花啊掐個邊啊，看著就不一樣了，拿回家，晚輩們也喜歡。我讓丫頭把她的東西全買下來，雖說那點蒲草跟碎布值不了幾個錢，還是叫人給她一百文，鄉下人不容易……」好像她多體恤人家一樣。

錢亦繡的心流血了。蒲草不值錢，她的創意值錢啊，她爺爺和娘親的手藝值錢啊。十幾樣別致精巧的小東西，就是拿到寺外賣，也不止一百文。真是小器的老太太，這樣跟搶人有什麼區別？真是計畫沒有變化快，氣死她了。

錢亦繡走出屋子，卻沒看見吳氏，頓時慌道：「我奶奶呢？她去哪裡了？」

守院門的小丫頭說：「妳奶奶的東西被翟府的人買走，要她送去隔壁院子。」

這時，馮嬤嬤追出來，把一個荷包塞給錢亦繡。「這是老太太賞的，拿回去買糖吃。」

原來，宋老太太聽說翟老太太買下所有東西只給了一百文，心裡著實過意不去，覺得是因為自家把錢亦繡叫進來，才沒讓人家賣個好價錢；況且，幾個小老虎抱籃極合她的心意，便讓馮嬤嬤再補個荷包給她們。

錢亦繡也猜到了宋老太太的心思，十分感動，遂道：「老夫人真是活菩薩，等會兒我去給菩薩磕頭，保佑老夫人健康長壽，活到一百歲。」

馮嬤嬤笑著誇她。「真是個懂事的好孩子。」

錢亦繡已經看出來，這個馮嬤嬤在宋府主子面前很得臉，應該是個管事嬤嬤，又糯糯地說道：「謝謝大娘，今天如果沒遇到大娘，我也得不了這麼多賞。請問大娘怎麼稱呼？我們家就住在宋家村對面，若莊子有管事進省城，我就給大娘帶點鄉下的土產。鄉下東西雖然粗鄙，但偶爾換換口味也不錯。」

馮嬤嬤吃驚不已，這小娃聰明得成精了。雖然她在主子面前得臉，逢迎她的下人也不少，但連初識的小女娃都這麼巴結她，歡喜的同時，又有些得意。

她用手輕輕捏捏錢亦繡的小臉，哈哈笑道：「小姑娘有心了，謝謝妳……」拒絕的話還沒說出口，旁邊那個小丫頭便搶著說：「馮嬤嬤是二夫人院子裡的管事嬤嬤，妹子若要捎東西來，直接說給二夫人身旁的馮嬤嬤即可。」

原來是當家夫人的下手，官不算大，但位置重要。若自家有事時，倒可以拉大旗做虎皮，利用一把。

於是，錢亦繡給了馮嬤嬤一個大大的笑臉。「原來是馮嬤嬤，好，我記下了。」

第二十九章

錢亦繡和弘濟出了院門，這才看到吳氏從隔壁的院子走出來。

他們都走了一段路，吳氏的眼圈還是紅的。「繡兒，奶奶沒有用，那些好東西竟只賣了一百文，奶奶不敢跟貴人講價……」

錢亦繡拉著吳氏安慰道：「奶奶沒講價就對了。那些貴人，咱們哪裡惹得起？自然是她說多少就多少。」

弘濟納悶道：「貧僧見過翟施主，頗有氣度，官聲甚好，梁師兄對他也大加推崇，怎麼他母親的行事如此……」突然想到自己是出家人，不好妄議他人是非，遂閉上了嘴巴。

錢亦繡撇撇嘴。翟大人是好官有什麼用？名聲都被他老娘敗光了。

接著，弘濟陪祖孫倆一起去買香燭，帶她們去拜菩薩。

錢亦繡跪下，默默祈禱，請菩薩保佑一家人健康平安，讓她盡快把溪石山上的東西拿到手，錢亦錦能一飛沖天……當然也請菩薩保佑宋老太太活到一百歲。

弘濟沒有食言，要請她們去善堂吃齋飯，還不好意思地說：「貧僧不好請妳們去禪房吃齋，貧僧的師父正給梁師兄講禪。等下次施主們來，再去貧僧那裡坐坐。」

錢亦繡連說沒關係。她現在是最底層的螻蟻，難得讓弘濟另眼相看，關係一定要搞好；何況因為他的幫助，她也多掙了些錢，還搭上宋家的管事嬤嬤。

他們剛開始吃齋，猴哥便跑來了。

齋飯雖然沒肉，味道卻不錯，而且不用錢，錢亦繡和猴哥自是敞開小肚皮，吃了個肚飽才向弘濟告辭。

吳氏和錢亦繡走到寺外，找到錢滿蝶等人。她們還沒賣完東西，祖孫倆不願意單獨回村，便在這裡逛逛等她們。

這裡的人太多，吳氏把猴哥放進背簍裡揹著，一隻手緊緊拉住錢亦繡，生怕她走丟了。

吳氏買了十個肉包子，又應錢亦繡的請求，再買十個金絲餅，又拿出一個肉包子給饞極的猴哥吃。

這時，一個穿著綢衣、長得胖墩墩的富家少爺攔住她們的去路，用扇子指著背簍裡正高興地吃著包子的猴哥，說：「小爺喜歡這隻猴子，買了。」

話音一落，一個小廝就遞上銀角子，另一個小廝要來抱猴哥。

這是要強搶啊！錢亦繡趕緊說：「這猴子不是我的，是我們幫著大慈寺裡的弘濟小師父養的。」

「不管是誰的，只要小爺喜歡，就是小爺的。」富家少爺蠻橫地說，又踢著兩個小廝罵道：「蠢豬，該怎麼做還用小爺教你們？」

兩個小廝聽了，就要上來硬搶，錢亦繡便扯開嗓門哭起來。「搶人啦！搶猴子啦……」

那個伸手想抱猴哥的小廝還沒碰到牠，只見紅影一閃，臉上頓時一陣劇痛，接著，猴哥竄上了旁邊的大松樹。

小廝摀著臉大叫，突如其來的變故，嚇傻了胖少爺和看熱鬧的人。

這時，兩個大慈寺裡的和尚撥開人群，雙手合十道：「此乃佛門重地，各位施主切莫恣意妄為。」

錢亦繡哭道：「兩位師父，他們要搶小猴子。我說了小猴子是弘濟小師父讓我養的，他們還要強搶，小猴子已經嚇得躲到那棵樹上去了。」

兩個和尚的確看見弘濟把她送出來，便安慰道：「小施主莫怕，那猴兒精著呢。」

話落，他們抬頭望望樹上，猴哥看見撐腰的人來了，便抓著樹枝一盪，一道紅光閃過，瞬間又跳進吳氏的背簍裡。

一個和尚對胖少爺說：「這猴子的確是弘濟師叔拜託那位小施主養的，施主莫要強搶。」

大慈寺的地位超然，胖少爺再橫，也不敢搶大慈寺裡的東西，哼了聲，帶著兩個小廝轉身走了。

孰料，他剛走沒幾步，後頸就被一顆小松塔砸中。

「哎喲，誰打小爺？」他轉頭，見身後的人滿臉無辜，看不出是誰動手的，只得恨恨走了。

錢亦繡知道赤烈猴厲害，卻沒想到猴哥小小年紀已是身手不凡，居然還會用暗器，高興不已。

未時，錢滿蝶和小楊氏、謝虎子的媳婦蘭氏也賣完東西了，幾人才結伴下山。

蘭氏等人知道方閻王在打程月的主意，下牛車後，特地繞遠路，去鄰村買肉。

蘭氏說：「村裡的人都誇三貴叔和三嬸仁義，沒為錢把寡媳賣進那個狼窩。滿江媳婦有福氣，嫁進你們家，雖然日子苦些，一家人和和氣氣，總有希望。」

小楊氏聽了，沒敢說話。她婆婆唐氏可是罵個不休，罵錢三貴夫婦跟程月生活久了，也變得傻，為個不相干的人，連十幾貫錢都不要。聽了她的話，小楊氏頓時生出唇亡齒寒的感覺來。

回到家後，錢亦繡把今天得的幾個荷包拿出來。宋老太太賞的兩個荷包，裡面裝的分別是四個二錢的銀錁子及六個二錢的銀錁子；而宋二夫人買籃子的兩個荷包裡，各裝了二兩銀子，加上翟老太太給的一百文，扣除買包子、金絲餅跟買肉的錢，一共賺了六兩銀子又一百文。大家都很高興。過去要辛苦兩年才能掙到這麼多銀子呢。

吳氏問錢亦繡：「繡兒，妳怎麼知道宋家和翟家的事情啊？」

錢亦繡回道：「之前繡兒去洪河邊挖野菜時，聽宋家莊子的人說的。」

錢三貴誇了錢亦繡和程月，程月激動得小臉紅撲撲的，直說：「月兒沒吃白飯，會掙銀子。」

錢亦錦回來後，吳氏包了五個肉包、五個金絲餅讓他送去給柳先生，感謝柳先生對他的栽培，再順道把錢老太請來吃飯。

一會兒後，錢老太到了，錢亦多也鬧著跟來。

錢老太照樣走路生風。

人家問：「錢老太太，又去三兒子家吃肉？」

「嗯，滿江媳婦手巧，做的東西連貴人都稀罕。」錢老太得意道。以前大家都說她三兒家娶了個傻孫媳婦，現在終於揚眉吐氣了。

第二天是六月二十日，錢亦錦休沐，錢亦繡便讓他去當苦力，藉著想跟他上山撿柴火的理由，陪她去熱風谷，把幾株好花挖回來。

但錢三貴和吳氏不同意，怕方家使壞。

錢亦繡道：「我們帶著猴哥去。猴哥有多厲害，昨天奶奶看到了吧？」

吳氏想想猴哥的身手，大人也未必打得過牠，便同意了。

由於要上山，兄妹倆都穿上了最破的衣裳。

錢亦錦看著妹妹身上縫了幾層補靪的衣服，眼神暗了暗。「等將來哥哥出息了，買個衣鋪送妹妹，讓妹妹天天穿新衣。」

有理想的孩子應該鼓勵，錢亦繡點頭道：「好，繡兒等著。」

出門前，她跟要去鎮上買東西的吳氏說，帶點好的素面緞子和繡線回來，讓程月繡些好東西換銀子；再買糯米和酒麴做酒釀，想給宋家的高管事、馮嬤嬤及張家送去。

吳氏曉得孫女的想法，雖覺得光憑一點酒釀不見得能攀上宋家莊子的管事，但總得試試，便笑著點頭答應。

今天兄妹倆只帶了猴哥，沒有帶大山。現在大山的肚子越來越大，說不定這個月底或下個月初就要生了。

錢亦繡早跟猴哥說好，一上山就按照她的手勢跑，把錢亦錦往熱風谷的方向引。

他們來到村後，離蝴蝶泉不遠處有條比較寬的山路，上山的人都走這裡，還碰到要去山裡摘滿天星的許氏和小楊氏。

猴哥一點都不老實，到處鑽，錢亦錦小兄妹緊緊跟著牠，來到一處山尖上。

小兄妹站在山尖往下看，谷裡一片花海，萬紫千紅，有野菊花、野百合、一串紅、芍藥、木槿、鳳仙花、牽牛花等等，還有更多錢亦繡不認識的野花。

在這片花海裡，就是找芍藥、馬蹄蓮、野百合這些大花都困難，何況是夾雜在裡面的那幾株珍品，怪道大房、二房的人來了多次，仍沒發現那些好花。若非她找好參照物，再來這裡，也別想找得到。

錢亦錦看看花海，道：「這裡是熱風谷，只有花，沒有柴。」把猴哥抱起來，嗔道：「再這麼淘氣，下次不帶你出來了。」轉身就要走。

錢亦繡把他拉住，嘟著嘴說：「這裡真好看。繡兒第一次來，想下去扯幾朵花戴。」

錢亦錦道：「咱們還沒幹正事，怎能先玩耍呢？哥哥天天讀書，難得幫家裡做些事，咱們……」

話沒說完，便見錢亦繡的小嘴嘟起來，眼睛充滿希冀地看著他，而他最抗拒不了妹妹撒嬌，只好道：「好吧，先陪妹妹玩一會兒，大不了下午哥哥再上山撿柴火。」

下坡前，錢亦繡怕樹枝把臉劃傷，拿帕子把頭包好，又用繩子紮緊褲管，怕草叢裡有蛇。收拾完自己，又幫著錢亦錦打理。

接著，她撿了一根樹枝遞給猴哥。「用這個打草，看到像花繩子一樣的東西，就把牠嚇跑。」

猴哥聽了，也不管有沒有看到「花繩子」，拿著樹枝不停敲地面，邊敲邊叫。

錢亦繡找著被當作標記的大松樹，繞過它旁邊的巨石向下走。大概走了近百尺，就是一片密集的灌木林，重重疊疊的野花和灌木擠在一起，便給猴哥使個眼色。

猴哥鑽入林子，隨後大叫起來，表示沒有敵情，錢亦繡這才用手分開枝葉走進去。

錢亦錦見狀，只得跟上。

走了大概五尺，錢亦繡又停下來，眼前的灌木下，長著兩株建蘭，但還沒有開花。雖然現在看著不起眼，可花開時卻非常好看。

錢亦繡故作驚喜道：「哥哥，這花能賣不少銀子呢！」

錢亦錦搖頭。「妹妹莫不是想銀子想瘋了？這兩窩草就像咱們家後院種的韭菜，怎麼可能賣銀子哪？」

錢亦繡蹲下來，用小鋤頭小心翼翼地挖起花。「這是蘭花，不是韭菜。上次我去張老爺家時，看見他家園子裡有這種花，不會錯的。」

錢亦錦聽了，小胖臉紅起來。妹妹不僅比他會賺錢，還有見識，以後得更加勤奮不懈才行啊。

一會兒後，錢亦繡將花帶土一起挖出來，放進錢亦錦揹著的背簍裡。

接著，兄妹倆又往下走，又挖了一株墨蘭、一株君子蘭。這兩株同樣沒開花，但花開後，也極是豔麗好看。

她當鬼時，曾經去過花店，若養活這些花，至少能賣個二、三百兩銀子。那株君子蘭很值錢，價值是幾株蘭花中最高的。

把花全藏入背簍，錢亦繡的心才放進肚子裡。熱風谷裡最值錢的好東西，總算據為己有了。

她本想自己揹一株，但錢亦錦不肯，他可捨不得讓瘦弱的妹妹吃苦，自己全揹了。看到錢亦錦身後的背簍被壓得沈甸甸，錢亦繡很感動。他真是個好哥哥。

回去路上，錢亦繡沒忘記此行的藉口，看到乾柴便撿起來捆好帶走。

兄妹倆回到家中，已近中午，又把背簍裡的蘭花拿出來給錢三貴看。

錢三貴走南闖北多年，看出這幾株是蘭花，長勢又極好。尤其是那株君子蘭，雖然還沒開花，但花莖挺拔，葉子又亮又厚，數了數，居然有二十六片之多。

他吃驚地說：「這株君子蘭是珍品，值不少錢呢。錦娃、繡兒，你們是在哪裡找到這些花的？」

錢亦繡還沒開口，錢亦錦就搶先答道：「是猴哥帶我們在熱風谷裡找到的。」又佩服地看猴哥幾眼。「猴哥真能幹，先摘了靈芝，今天又帶著我們找花。妹妹也能幹，曉得那些花值錢，就挖了來。」

小哥哥把她要說的話全說了。錢亦繡暗樂，睜著大眼睛點頭。「嗯，猴哥真能幹，今天要獎勵牠吃蒸雞蛋。」

接著，她把蘭花栽在以前從外面撿回來的花盆裡，裡面的土是她在荒草長得好的地方挖的，又去水缸舀水澆花。

錢滿霞瞧見，說道：「缸裡的水是娘費勁從松潭挑回來的，妳要澆花，拿小木桶去院子旁邊的淺灘裡舀。」

錢亦繡沒吱聲，趁她轉身，又去缸裡舀一小瓢水澆花，暗道，松潭裡的水跟淺灘的水能一樣嗎？

中午，只有猴哥吃上了蒸雞蛋。現在三房吃蒸雞蛋已經不算什麼，但只有猴哥吃，意義就不一樣了。

牠樂得不行，邊吃邊翹小屁股，逗得一家人大笑不已。

下午，錢亦錦又去山上撿柴火。

錢亦繡歇過午覺，醒來看見程月正像模像樣地在桌上寫東西。湊過去一看，原來她在畫花樣子，圖案是水草鯉魚，幾條游動的魚，幾株飄搖的水草，生動又漂亮。

錢亦繡驚道：「娘，您畫的圖好好看喔。」

程月沒抬頭。「這些線不好，也不全，只能繡個簡單的。若有祥雲閣的素綾和繡線，月兒就能繡幅更好看的。」

喲，小娘親的語氣跟平時不太一樣。還有，祥雲閣是哪裡？

錢亦繡強壓住激動的心情，輕輕地、弱弱地問：「祥雲閣在哪兒？」

「祥雲閣？」程月抬起頭，大眼睛裡又盛滿了疑惑。「繡兒說什麼呢？」

「就是祥雲閣啊。娘親剛剛說，那裡的素綾、繡線特別好，若有那些東西，就能繡幅更好看的。」錢亦繡循循善誘地說。

「是嗎？那下次讓娘去那裡買素綾和繡線吧。」程月嘟嘴道。

唉，又糊塗了。

錢亦繡搖搖頭，挫敗地走出小屋，去了廚房。

吳氏正在廚房裡做酒釀。

自從錢三貴受了傷，她就沒再做過這個。錢滿江最喜歡吃她做的酒釀了，可離開之前，也沒能給他喝一碗。

想起兒子，吳氏擦了擦眼淚，但好歹給他留了後。雖然錢亦繡是女娃，但現在突然開了竅，竟是比男娃，甚至比大人強了不少；還有錢亦錦，雖不是至親血脈，但聰明孝順，跟親生的一樣。

錢亦繡進門，來到吳氏旁邊看她做酒釀，似是無意地提點兩句。吳氏也不堅持，照她說的做了。

做酒釀極簡單，許多人家都會做，錢亦繡之所以想送酒釀給馮嬤嬤，是因為篤定她家做的比別家好吃，又費不了多少錢。這裡的水質好，而且她當鬼時曾在一家有名的小吃店學過幾招秘法，便說給吳氏試試了。

第三十章

三天後，酒釀好了，錢亦繡猴急地打開陶缸。剛取下蓋子，一股濃濃的甜香味便溢出來。

吳氏有些吃驚。她做過許多次，但從沒有這次的香醇，趕緊用勺子舀了點試喝。「天哪，怎麼會這麼甜！」

錢亦繡急得不得了。「繡兒也要。」

吳氏舀給她嚐，果真是甘甜中透著醇香，比她前世喝的美味得多。

猴哥看了，纏得在一旁直跳，吳氏又笑著給牠一勺吃。

接著，吳氏裝了兩小罈酒釀，錢亦繡又放幾顆洗淨曬乾的野枸杞進去。

下午，錢老太來了。如今三房的日子好過，她偶爾會不請自來，在這裡吃飯。

吳氏拿出酒釀請她嚐嚐，錢老太也驚道：「老天，我做了一輩子酒釀，從沒做過這麼好吃的！」

吳氏聽了，笑著裝了一碗，讓她晚上拿回大院慢慢吃。

幾人正說笑著，錢滿霞忽然端著一盆衣裳，淚流滿面地跑進來。

吳氏大驚。「霞兒怎麼了？快告訴娘，誰欺負妳？」

錢滿霞哭半天，才抽抽噎噎地說了。

她去院子西邊的小溪旁洗衣裳，但方閻王的孫子方斧子竟趁她不注意時，偷偷從身後拿走她的肚兜，還說：「謝謝錢姑娘對我有情，把這私物送給我。回家後，我就跟爺爺和爹爹商量，找媒婆去妳家提親。」然後就跑了。

「爹、娘，怎麼辦呀？我不活了！」錢滿霞嚎啕大哭。

「這個畜牲！」吳氏也氣得哭起來。

聽到動靜出來的錢三貴氣得身子晃了晃，一拳打在桌子上。「混帳東西！他們這麼做，分明是想逼咱們把滿江媳婦嫁過去。」

「當家的，咱們該怎麼辦？我捨不得霞兒，也捨不得月兒呀。方家人都是畜牲，進去會被揉搓死的。」吳氏泣道。

錢亦繡也急哭了，抱著錢三貴說：「爺爺，別把我娘嫁給方閻王，也不能把姑姑嫁過去。咱們想想，總會有法子的。」

錢三貴摸摸她的頭。「繡兒放心，不管是霞兒還是妳娘，我都不會把她們嫁進方家。不管他們怎麼鬧，橫豎咱們不答應就是。」

「可是，咱們霞兒的名聲怎麼辦？那種東西本就不該拿出去洗，現在又落到別的男人手裡，要是傳出去，將來哪個好人家敢娶霞兒？」錢老太也哭了。

一般來說，這些貼身衣裳不該拿出門洗，但因那條小溪只有錢家三房會去，所以錢滿霞就沒避諱，把所有衣服全帶到溪邊洗。

這種事如果沒人發現，洗了也就洗了。可若被看見，傳出話去，大家會說錢滿霞輕浮，不守規矩。

錢亦繡咬牙道：「咱們不承認就是了，那肚兜上又沒繡小姑姑的名字。」

吳氏哭著說：「可那肚兜還在他們手上呀。姑娘家的東西……」

「我不活了，死了算了！」錢滿霞大哭，要往外面衝，被吳氏緊緊拉住。

正在小屋裡繡花的程月聽見哭鬧聲，也跑來堂屋，雖然不太明白怎麼回事，但知道錢滿霞被欺負了，跟著哭。「怎麼辦呢？小姑好可憐。」

錢老太見程月出來，終於有了撒氣的對象，指著她罵道：「都是妳這個害人精！因為妳，把我們錢家的閨女害慘了。妳還站在這裡幹什麼？怎麼不去死！」

錢亦繡聞言，忙拉著錢老太。「太奶奶別罵我娘，這是方家人使壞，關我娘什麼事呢？」

程月被錢老太嚇得直往牆角躲，哭著搖頭。「月兒沒害人，小姑那麼好，月兒喜歡她……」

見錢老太還不罷休，手指都快戳到程月的鼻尖，錢亦繡趕緊牽著無辜的程月回房。母女倆走得急，沒注意站在門口看熱鬧的猴哥，一腳踩在牠的小蹄子上，痛得牠跳腳直叫。

錢亦繡看到猴哥，眼珠一轉，突然有了主意，目光炯炯地盯著牠瞧，眼裡閃著算計的光。

猴哥一看，嚇得縮脖子，直覺有麻煩，轉身想跑，卻被錢亦繡伸手抓住，帶牠去了左廂房。

堂屋裡還鬧著，錢亦錦放學回來，聽說小姑姑被欺負，氣得暴跳如雷。

他本想帶著柴刀和大山找方家人拚命，但看看趴在棗樹下的大山，牠的肚子已經很大了，正處於半夢半醒之間，這樣的大山同他一樣，毫不管用。

於是，錢亦錦哭了。「我真是無能，讓娘親和妹妹委屈，現在又讓姑姑受欺負，還沒辦法替她們討公道。」

錢三貴聽了，把錢亦錦拉到懷裡安慰。「錦娃已經非常好了。現在你還小，好好學本事，等你長大，有本事了，就沒有壞人敢欺負她們了。其實，最沒用的是爺爺，活了這麼大把歲數，卻護不住自己的家人……」說到後面，竟然有些哽咽。

這時，錢亦繡來到堂屋，開口道：「爺爺和哥哥都有用。如果沒有爺爺的謀劃，咱們家怎麼會有現在的好光景呢？還有哥哥，你怎能滅自己威風？你是咱們家的壯男，我們還要靠哥哥學好本事護著呢。」

錢老太恨恨地說：「我兒和重孫子都好，就是那個程氏娶得不好，是她害了這個家。」

錢亦錦聽了，又抱著錢老太勸道：「太奶奶，求您別罵我娘了，我娘若不好，能把我和妹妹生得這樣好嗎？聽到您罵她，錦娃心裡好難受。」

錢三貴也道：「娘莫這麼說，總能想到法子解決的。實在不行，就讓繡兒去求張老太太……」

其實，他還想說豁出這條命去縣衙告狀的話，但想到女兒的名聲，又吞進去。方家人夠陰損的，他們這麼做，也是料到他為了女兒的名聲，不敢聲張。

這下吳氏也沒心思做晚飯，只煮了一鍋白菜肉片疙瘩湯。

錢老太吃完飯，就被錢亦錦送回大院。走之前，錢三貴再三囑咐她，千萬不要把這件事說出去，不然錢滿霞的名聲就毀了。

錢老太嘆道：「娘不是傻子，這事怎麼能說出去呢？也不會告訴你大哥的。」

另一邊，錢亦繡陪程月、猴哥在左廂房裡吃飯。她把猴哥抱在懷中，如此如此、這般這般地低聲交代幾句。

見錢老太回去，她才帶著猴哥與程月去堂屋，把自己的計畫說了。

錢三貴看猴哥一眼，遲疑地問：「這事兒，猴哥能辦成嗎？」

赤烈猴的本事，錢亦繡太清楚了，況且猴哥是老猴王的兒子，更是要得。雖然因為幼小而差一點，但這種小事還難不倒牠，便點頭。「爺爺放心，猴哥的本領大著呢。現在只是年紀小，等大些了更厲害。」

吳氏見識過猴哥的本事，拉著錢滿霞道：「霞兒，這個法子好，猴哥肯定能辦成。」說完，又流出激動的淚水。

錢亦繡對還在試圖掙開她的猴哥說：「若你把這件事做好了，我讓小姑姑天天給你蒸雞蛋吃。」

猴哥一聽，眼睛亮起來，看看錢滿霞，錢滿霞紅著眼睛點點頭。

牠想了想，轉轉眼珠，用手扯錢亦繡的衣裳，又抓抓自己的紅毛，叫個兩聲。

錢亦繡看懂了。「只要你把事情辦成，小姑姑馬上給你做兩套好看的新衣裳，還讓我娘繡上幾朵漂亮的花兒。」

猴哥見錢滿霞和程月都點頭，樂得咧開嘴。

錢亦錦回來，聽見這個法子，也高興地笑了。

本來錢亦繡以為錢滿霞已經把肚兜洗乾淨，這樣還要費些功夫，結果錢滿霞說還沒洗就被搶走，如此便更簡單了。

錢亦繡讓錢滿霞抱著猴哥，讓牠聞聞她身上的味道。其實猴哥已經非常熟悉錢滿霞的氣息，但為了萬無一失，錢亦繡還是堅持讓牠再仔細聞聞。

此時，她想起死去的小原主和遭了大罪的程月，想乘機撈點利息回來，又把范家院子的位置告訴猴哥，再如此這般交代一番。

接下來，就看猴哥的了。

子夜，萬籟俱寂，繁星點點。

花溪村西頭的破院子裡，院門突然開了一條縫，一個紅色的小影子鑽出來，向東邊狂奔而去。

這個小影子動作飛快，身姿極其靈活，一眨眼工夫，便竄入花溪村內。

猴哥站在花溪村的大路上想了想，並沒有按照錢亦繡的要求，直接去東邊的范家院子，而是往右轉，去找那個曾經罵牠像怪物的老婆娘。

牠來到汪家院牆底下，先左右瞧瞧，再翻牆頭，雙腿一蹬，又跳上一棵樹，一溜躍到房頂，動作快得連狗都沒看見。再一翻，從半開的窗子鑽進小屋。

一會兒後，猴哥出來時，身上掛了一件翠綠色肚兜。

接著，牠找到范家院子，也跳上院牆，再鑽進小屋。出來時，脖子上多了一件杏黃色肚兜。

見東西到手，猴哥竄出村口，把兩件肚兜從頸上取下來。牠把肚兜拿到鼻子下聞了聞，覺得綠色肚兜香些，便丟進草叢裡；黃色肚兜難聞，牠嫌棄地捏住鼻子，把那件扔在路上。

接下來，牠進了大榕村，一邊走、一邊聳鼻子找方向。

循著味道，猴哥來到一座大院子外面，跳入牆裡，來到半開的窗戶外。熟悉的氣味從小窗裡飄出來，只是卻伴隨著一陣陣奇怪的吼叫聲。

牠爬進去，星光把屋裡照得微亮，一個肥肥的、黑黑的，像河裡巨形鵝卵石的老頭正仰面躺在大床上，還張著嘴大叫。不過，眼睛是閉的，應該睡著了。

猴哥挺納悶，這壞老頭怎麼睡著了還要張嘴說話？

牠聳聳鼻子，熟悉的味道是從老頭身下飄出來的。

奇怪，牠記得錢亦繡說，肚兜是被一個年輕後生搶走的，讓牠去後生的房間裡找，怎麼會在這老頭身下呢？跟牠聽的話不一樣啊！

於是，猴哥又仔細聞了聞。沒錯，味道就是從這裡飄出來的。

猴哥輕輕走到床邊，仔細尋找錢滿霞的肚兜。

孰料，老頭突然哼了兩聲，拍拍肚子，翻個身。

猴哥嚇得趕緊趴在地上。

錢亦繡說過，不能把這家人吵醒。這家祖孫三人不僅狠戾，還是打獵好手，有幾分功夫的。

聽見如雷的吼叫聲又響起，猴哥才站直身子，無聲地靠過去。

牠看見壞老頭的肥腰下露出一角桃紅色的布，湊上前聞聞，氣味跟錢滿霞身上的一樣，應該就是錢亦繡讓牠找的肚兜了。

猴哥欣喜不已，輕輕拉起肚兜往外拽，可那老頭太沈，拽不出來，牠又不敢使勁，急得抓耳撓腮。

忽然，猴哥的眼珠轉了轉，伸出爪子，在壞老頭的肚子上撓一下。

老頭哼哼兩聲，伸出一隻黑手抓抓肚子，翻過身去。

這下大半條肚兜露出來了，猴哥輕輕地扯出來，掛上脖子，竄出了屋。

當下弦月像彎淡淡蛾眉出現在東方天際時，一個紅色小影子掛著一件桃紅肚兜從大榕村跑出來，狂奔到山腳下，再一路向西，溜進那扇為牠而開的大門。

猴哥一進屋，錢亦繡見到肚兜，就往牠嘴裡塞了塊飴糖，又捏捏牠的後脖子。「幹得好！」

錢滿霞紅著臉，把肚兜從牠脖子上取下來，看看的確是她的東西，竟然喜極而泣，轉身進廚房，把肚兜丟入灶裡，一把火燒了。

第二天一早，花溪村美得像人間仙境，地上飄著淡淡霧氣，房子和樹木花草籠罩在柔和的晨光中，四處瀰漫著清新的香味。

家住村東的范婆子打個大哈欠，聲音劃破了小村莊的寧靜美好。

她家在村外有塊菜地，正準備去摘幾根黃瓜回來拌著吃。剛走出村口，卻看見蜿蜒小路上丟著一件杏黃色肚兜。

范婆子嗓門大，又是個多事的碎嘴婆娘，這個發現可了不得，也顧不得摘黃瓜，拎著肚兜在村裡走了一圈。

「傷風敗俗呀！不要臉呀！誰家小娘子幹的好事，這東西竟然丟在路上……」

范婆子的嗓門大得堪比洪鐘，引得眾家開院門。見看的人多，她更得意，又扯著嗓門罵起來。

「咱們花溪村從沒出過這種事，誰會把這東西扔在村口的小路邊？可不是風大吹過去，定是那不要臉的浪蹄子遺落的……」

村民們聽了，紛紛議論開來。

「喲，是誰家丟的？」

「肯定是去村外幹不要臉的事情，才掉在那裡。」

「呸，忒不要臉！」

柳先生家的老僕聽見了，趕緊向他稟報。

剛才老僕去蝴蝶泉挑水的路上，也在草叢中發現一件肚兜，原本不以為意，想著定是哪家不學好的婦人丟的。可聽了范婆子的話，頓時覺得事情沒那麼簡單，怎麼會有兩件肚兜同時丟在村裡？

柳先生聽了，也覺事有蹊蹺，讓自家娘子去把那件肚兜撿回來，拿去汪里正家，再看看路上還有沒有這些東西？

此時，汪里正正和伍氏著急，因為小閨女汪翠翠突然發現，晾在臥房裡的肚兜不見了。

「是不是已經收了，或者妳嫂子收錯了？」伍氏急道。

「我沒有收，也問過嫂子，她沒收呀。」汪翠翠急得要哭。那件肚兜是她最喜歡的，翠綠色細布，上面繡著纏枝荷花，才洗第一次，而且，丟得太蹊蹺了。

伍氏又道：「妳再想想，是不是收好放在哪兒了？」

汪翠翠搖頭。「沒記錯。我昨天睡覺前還看到了，就晾在那根小竹竿上。」

大兒媳小伍氏說：「即使沒收，狂徒膽子再大，也不敢來咱家院子偷這東西；再說，半夜家裡的狗也沒叫啊。」

汪翠翠氣道：「嫂子說的是什麼話？難不成是我……」話沒說完，就氣得哭起來。

小伍氏趕緊解釋：「嫂子沒有別的意思，小姑快莫想多了。」

幾人正說著，便聽見范婆子在外面大聲嚷嚷，說撿著肚兜了。

小伍氏趕緊跑出去，打開院門看一眼，又關上門，跑進汪翠翠住的左耳房。「范婆子拿的是一件杏黃色的肚兜。」

眾人鬆了口氣。還好不是翠綠色的。

但柳先生的娘子徐氏上門了，拿出剛才在草叢裡撿的肚兜，伍氏的眼睛立時瞪大，這正是汪翠翠丟的那件。

伍氏氣得滿臉通紅，大聲罵道：「哪個不要臉的畜牲……」見徐氏莫名其妙地望著她，趕緊掩飾住內心的氣惱和慌張，道：「咱們村裡從沒出過這種事，怎麼會接二連三地丟肚兜？也太奇怪了。」

范婆子的大嗓門仍不時傳進來，徐氏皺眉。「不能再讓范大嬸如此嚷嚷。這事鬧出去，壞的是整個花溪村的名譽，村裡的閨女們也不好說親。」

汪里正正色道：「柳家娘子說得極是。」吩咐兒媳：「那范婆子嘴碎又討嫌，去把她叫進來。」又客氣地對徐氏說：「至於柳家娘子手裡的東西，先交給我媳婦收著吧，等會兒也把范婆子手上的收了，再叫上幾個婆娘去村裡村外瞧瞧，看看還有沒有這些東西？」

徐氏點頭。當伍氏把那件翠綠色肚兜拿到手時，汪里正一家人的心才算落進了肚子裡。

第三十一章

小伍氏出去叫范婆子，卻聽見花大娘子大聲道：「范大嬸，妳手裡拿的肚兜好像是妳大兒媳婦的。前幾天我在鎮上碰到她，見她扯了這種綢子，說是要做肚兜，我們還說她真捨得，裡面的衣裳，別人又看不見，怎麼還買那麼好的綢子？」

旁邊的中年男人聽了，取笑道：「她穿著又不是給別人瞧的，別人看不看得見有什麼關係呀？」說得圍觀的人一陣大笑。

范婆子不高興了，罵道：「說什麼屁話！這東西一看就是年輕小娘子穿的，我家兒媳婦歲數一大把，哪會用這麼嫩氣的顏色？」

花大娘子性子憨直，脾氣暴躁又力大無窮，豈會怕范婆子。一聽她罵人，不高興了，走過去回嘴。「妳那臭嘴罵誰？再罵一句試試。那東西明明就是范大媳婦的，瞧見的又不止我一個人，其他人也看到了。至於妳兒媳婦為什麼要選那麼嫩氣的顏色，妳該回家問問她呀！」

范婆子看見山一樣壓過來的花大娘子，還是有些怕，但她的話實在不好聽，遂又罵道：「放屁！妳喜歡用這東西勾搭妳家花癲子，就當別人跟妳一樣不要臉……」

話沒說完，花大娘子已經上去抓著范婆子的頭髮，搧了兩巴掌。

范婆子也不示弱，尖叫著跟花大娘子撕扯起來。但由於身形差得太多，沒打兩下，范婆子就被花大娘子壓在地上。

小伍氏見狀，趕緊上前對看熱鬧的人說：「快幫忙拉開。這又不是什麼光彩的事，弄出這麼大動靜要傳出去，咱們村的閨女可不好說人家。」

眾人都討厭范婆子，本想等她多挨幾下再勸架，聽了小伍氏的話，便過去把兩人拉開。

正吵著，范大媳婦脹紅著臉跑過來，范大黑子隨後跟上，拉著范婆子道：「娘快回家去，都等著您吃早飯哩。」

范大媳婦伸手要去撿掉在地上的肚兜，卻被小伍氏搶先了。「這東西不是妳的，急著撿回去做什麼？我公爹請范大嬸去家裡一趟，這東西也得拿過去。這不是一家、兩家的事，是整個花溪村的事，得好好查查。」

於是，小伍氏帶范家人進了汪家，汪里正便問范婆子，東西是在哪裡撿到的？接著罵她一頓說，發現這傷風敗俗的事，不曉得藏著、掖著，還大聲嚷嚷，是在丟整個花溪村的臉。又讓范大黑子回去把他娘看好，別到處胡說八道，丟人現眼。

之後，兩件肚兜都被伍氏放把火燒了，帶著幾個婦人繞村子走一圈，卻沒再看見那些東西，這事只好不了了之。

但汪里正一家人還是狐疑不已。

汪翠翠的大哥若有所思地說：「會不會是方斧子幹的？昨兒下午，我看到他在村子裡轉了好幾圈，眼睛賊溜溜的淨往顏色好的小娘子身上瞥，還瞧小妹好幾眼。」

他這麼一說，眾人都覺得極有可能。首先，方家人都有功夫；其次，爺孫幾個都是好色之徒，方斧子又到了該娶媳婦的年紀；最後，這些東西是在村東頭的路上撿到的，正是通往大榕村的方向。

汪家人一陣後怕。方家沒一個好東西，若真被他家盯上可麻煩了，遂一致決定多養一條狗看家，夜裡警醒些。尤其是汪翠翠，見著方家人要繞道走。

之後，汪里正和家人分頭行動，告誡村裡的人要注意方斧子，暗示杏黃色的肚兜八成跟他有關係，讓村裡人提防些，若再招上這樣的禍事，不僅自家閨女不好說親，還會害到整個村子的姑娘，是與全村人為敵。

村民聽了，又是議論紛紛。那方斧子真不要臉，連年齡一把的范大媳婦都能看上。

花溪村熱鬧，大榕村的方家更熱鬧。

方閻王還想著，今天錢三貴肯定會來家裡用傻媳婦換親閨女。可早上一睜眼，卻發現肚兜不翼而飛，把家裡翻遍了都找不到。

方家除祖孫三個男人，只有方斧子的娘杜氏，但杜氏絕對不敢違背他們的命令，幫助外人。因為在他們近二十年的「調教」下，杜氏已經成了一個只會喘氣的提線木偶。

方閻王摸著光頭，納悶道：「太奇怪了，我明明放在床上的，睡前還拿著看了好幾眼，怎麼會突然不見呢？」

方老大也狐疑。「誰敢靠近咱們家的院子？」忽然想到一種可能，慌道：「錢三貴當過鏢師，會不會是他的那些師兄弟取走了？」

若錢三貴的師兄弟來了，還在他們眼皮子底下取走東西，又不引起注意，那功夫可是了不得。

方閻王哼道：「是他的師兄弟又如何？進了咱們家卻只敢把東西拿走，連一根毫毛都不敢動，定是怕了。若錢家不識時務，不拿傻媳婦換閨女，即使沒有那東西，咱們照樣能請媒婆去給斧子說親，讓別人看著，那丫頭是我們方家惦記的，誰敢娶她，就是跟我們結仇。我倒要看看，錢家是要傻媳婦，還是親閨女？」

方老大道：「爹莫急，先讓斧子去花溪村和錢家周圍轉轉，看看情形。若他們家真來了什麼人，還是再等等。」

方閻王罵他。「瞧你那膽小的模樣，哪裡像我方閻王的兒子？要不是你前怕狼後怕虎，老子早把那傻寡婦弄進家裡了，說不定，連那丫頭都一起弄進來。」

方老大聽了，讓方斧子馬上去花溪村看看。

結果，方斧子還沒進村，就被一群惡狗追出來。

之後，方斧子在花溪村成了不受歡迎的人，只要一出現在附近，就會有幾條惡狗追著，原來走得比較近的小子也開始疏遠他。尤其是那些小娘子，只要看到他，就躲得老遠。

上方家肉鋪買肉的花溪村民也變少，甚至連經常到肉鋪占些小便宜的范婆子也不來了。

他們猜測，錢家三房是不是把整個花溪村的人都收買了？

他們是不怕事的亡命之徒，但整個村子的人聯合起來，暗中還疑似有高人相助，就有些怕了。

方閻王對兒子道：「老子就不信他們會一直這樣。等事情過去，高人也走了，咱們想幹什麼，照樣幹什麼。哼，給臉不要臉，那錢三貴不識抬舉是吧？那咱們家不僅要傻寡婦，就連那丫頭片子一併要了。」

方老大聽了，不敢吭聲，又怕再惹他爹生氣，只得點頭應是。

另一邊，猴哥出色完成任務的那天早晨，錢滿霞單獨給牠蒸了碗雞蛋。飯後，她喜孜孜拿著靛藍色細布，跟吳氏學著給猴哥做衣裳。

幾人正在猜測方家和范家會發生什麼事時，錢老太風風火火地來了。

錢滿霞見狀，趕緊把正在做的小衣裳拿進她的廂房。若錢老太看到她們用這種好布給猴子縫衣服，肯定要罵人。

錢老太繪聲繪色地說出村裡的傳言，大家聽了，都笑得不得了。

錢老太嘖嘖道：「方斧子真不是個玩意兒，那范大媳婦都能當他娘了，竟連她的肚兜都要偷。」

錢亦繡說：「說不定還偷了別人的，人家只是不好意思說罷了。汪里正家或許也出了事，不然他們家能急吼吼地放出那些話？」

為減少錢滿霞的麻煩，錢亦繡很沒品地往汪里正家扣屎缸，但她沒想到，猴哥為了報仇，居然真偷了汪里正家的東西，無意中幫上自家大忙。

錢老太聞言，覺得沒錯，不停點頭，也覺得這回汪里正一家跳得特別厲害，有些反常。

既然方斧子不只打錢滿霞一個人的主意，也不只偷她的肚兜，就不再糾結孫女兒丟肚兜的事了。

中午，三房一家人包了雞蛋油渣韭菜餃子，歡喜吃了一頓。

錢老太吃得噴香，嘴裡卻還在心疼。「你家裡有點銀子，就該攢著給錦娃念書用，以後可別這麼海吃海喝的。」

錢三貴笑道：「平時也沒這樣吃，這不是聽了娘的話高興嗎？」

錢老太走後，錢亦繡就跟錢三貴商量，要盡快去宋家莊子一趟。這一仗艱難地打贏了，但也讓方家更恨他們，得趕緊找個強硬些的後臺。

錢三貴點頭。「等錦娃放學你們一起去。錦娃是男孩，也該學著與人打交道了。」

下午，猴哥的小衣裳做好了，短褂短褲，程月還在領口上繡兩朵小花與幾片葉子。

猴哥穿上後，高興得不得了，瘋跑去左廂房。

眾人納悶，錢亦繡笑道：「牠肯定是去照鏡子了。」他們家只有一面小鏡子，就放在左廂房的桌子上。

說著，她跑去左廂房，果真見猴哥已經跳上桌照鏡子。

錢亦繡笑著誇他。「猴哥真俊，比我哥哥還俊。」

猴哥聽了咧嘴直樂。牠也這麼認為。

錢亦錦放學回來時，吳氏和錢亦繡已經換好衣裳等著。

這麼多年來，吳氏還是第一次穿新衣，雖然是灰色粗布，看上去卻也年輕好幾歲。

錢亦繡誇張地說：「奶奶穿上新衣年輕多了，也更好看了。」

吳氏嗔她。「沒大沒小的。奶奶已經老了，還什麼好看不好看。」

錢三貴笑道：「繡兒沒說錯，這麼一打扮，確實年輕多了。」

吳氏紅了臉，揹好兩罐酒釀，帶著手牽手的小兄妹一起出了門。

夏日的黃昏依然炎熱，荒原上幾乎沒有可以遮蔭的大樹。幾個人的心頭都打著鼓，不知自己的熱臉能否貼上人家的冷屁股？

錢亦錦的表情嚴肅異常，緊緊拉著錢亦繡的小手，生怕妹妹再出意外。錢亦繡的手被他捏得汗津津的，還掙脫不開。

祖孫三人來到河邊，這才涼爽了些，微風拂面，吹去心頭的煩躁。

錢亦繡笑著說：「咱們這副模樣哪裡是去送禮，分明是去尋仇的。」

吳氏和錢亦錦聽了，終於生出些許笑意。

過了橋，再沿河道往西走，綠油油的稻禾一望無際，這些全是宋家的田，再往北走上田間小路，便能望見那座莊子。宋家莊是這一帶最大的院落，青牆黛瓦，綠樹掩映。

大概走不到半里路，他們便抵達莊子前。

宋家莊子的高管事今年四十多歲，帶著媳婦和兩個兒子在莊上過活，家裡買了兩個小丫鬟，日子過得比地主還好，在鄉下也算是個老爺了，這一帶的村民都叫他高老爺。

錢亦繡是鬼魂時，也去他家瞧過。高管事不是壞人，但也絕不是厚道人，精明、吝嗇，還有些狐假虎威，若不打著馮嬤嬤的旗號，他是不可能搭理他們的。

高管事一家住在前院，後院是主子的房間。儘管主子們已經有十幾年沒來過這裡，還是每天把屋子打掃得一塵不染。

一家人正樂著聚在一起閒話，小丫鬟來報，說花溪村的錢家來人了。

高管事以為是佃戶，嗯了聲，讓他們進來。

吳氏領著兩個孩子進前院，高管事卻不認識她，狐疑地問：「你們是誰呀？來我家有事？」

錢亦錦上前一步，對他作揖。「小子一家是花溪村的村民，今天特地來拜託高老爺一件事。」

高管事氣樂了。「你們有事拜託我？」這小泥腿子的口氣真不小。

錢亦錦解釋：「是這樣的，舍妹偶然間結識省城宋老太爺府上宋二夫人身邊的馮嬤嬤，極是投緣，說好等高老爺進省城時，給她帶些鄉下土產。雖然鄉下東西粗鄙，但我娘做的酒釀卻是極好，香醇可口，想請高老爺去省城時，順便幫我們帶一罐去。」說完，又躬了躬身。

馮嬤嬤是宋二夫人院子裡的管事嬤嬤，甚得主子倚重，也是高管事一家想巴結好的對象。

高管事聞言，眼珠在錢亦繡身上轉了一圈。「小女娃跟馮嬤嬤相識，還投緣？」有些不相信。

錢亦繡見狀，便說出她與大慈寺弘濟小和尚的淵源，如何在他的陪同下參觀寺裡，偶然碰到馮嬤嬤，相談甚歡，又讓馮嬤嬤引薦，拜見宋家主子，不僅受到她們喜愛，還得了幾個荷包……總之，該誇張的時候，絕對不嘴軟。

高管事多精啊，瞧這兄妹倆都是小人精，伶俐異常。這樣的人能入主子和馮嬤嬤的眼，倒有幾分可信，臉上遂有了些許笑意。「好說，正好明天我有事要去省城一趟，就幫你們帶去。」

錢亦錦道謝。「感謝高老爺幫忙，我們也孝敬您一罐，請您別嫌棄。」

高管事笑著應了，心裡更是對兩個小娃另眼相看。

——未完，待續，請看文創風542《錦繡榮門》2

2017 狗屋果樹 線上書展
LOVE便利店
7/3 (8:30) ~ 8/3 (23:59)
愛情 就像超商 無所不在
新鮮貨
陸柒《傲王馴嬌》
衛紅綾《藥堂千金》
灩灩清泉《錦繡榮門》
宋雨桐《情熱》
單飛雪《失戀暴走》
莫顏《姑娘來收妖》
季可薔《都督大人的女奴》
獨家簽名版
限量販售♥♡
袋袋相傳
+135元
米漿×來旺
限量帆布袋
袋著走！
(29cm x 22cm)
搜好書
單本7折
橘子說1227~1250
文創風專區
75折：文創風518~546
65折：文創風309~517
皆會蓋小狗章
5折：文創風054~308
清倉特賣單本50元：文創風001~053 ※數量不多 售完為止
任選3本50元
PUPPY001~478+小情書
經典出清
6折：橘子說1188~1226
皆會蓋小狗章
5折：采花1211~1266、橘子說1072~1187、
花蝶1588~1622
單本50元：花蝶001~1587、采花001~1210、
橘子說001~1071（典心、樓雨晴不參加）
24 Hr
OPEN

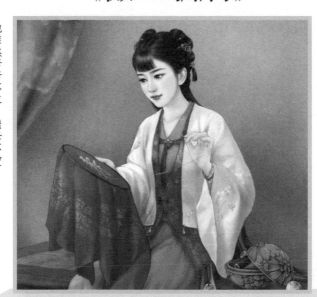

消暑一夏 六大好禮讓你抽94狂！！

參加辦法 在官網購書且付款完成後，系統會發一組流水編號到您的e-mail，這組編號即為抽獎專用。（不管買大本小本、一本兩本，無須拆單，每本都會送一組流水編號喔！）

公布時間 **8/15**（二）公布於官網，記得鎖定！

歡迎到 f 狗屋/果樹天地 關注最新消息，還有可愛的貓咪療癒你

- **頭獎** 消暑良伴 CHIMEI 14吋DC微電腦溫控節能風扇 **2**名
- **二獎** 最佳質感 小米LED智慧檯燈 **3**名
- **三獎** 人人必備 ASUS ZenPower Duo行動電源 **3**名
- **四獎** 最愛地球 PHILIPS 鎳氫電池充電器+4號低自放電池 .. **3**名
- **五獎** OL必需 USB迷你馬卡龍風扇 **2**名
- **六獎** 荷包的賢內助 狗屋紅利金200元 **3**名

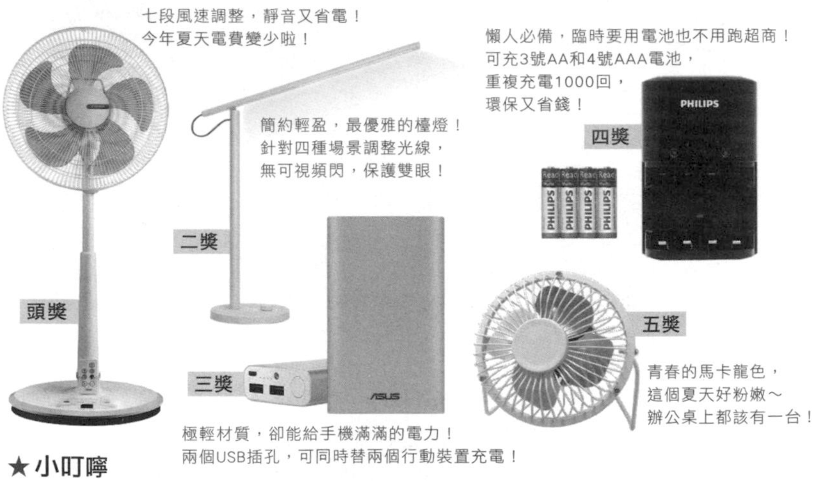

★小叮嚀

(1) 購書滿千元免郵資，未滿千元郵資另計。請於訂購後**兩天內**完成付款，
　未於2017/8/5前完成付款者，皆視為無效訂單。
(2) 如果訂單上有尚未出版之預購書籍，會等到書出版後一併寄送。
(3) 活動期間，親自至本社購買亦享有相同折扣，但請先電話聯絡確認欲購書籍，以方便備書。
(4) 特賣書籍因出書時間較久，雖經擦拭、整理，仍有褪色或整飾痕跡，故難免不如新書亮麗。
　除缺頁、倒裝外無法換書，因實在無書可換，但一定會優先提供書況較良好的書給大家。
　若有個人原因需要換書，需自付來回郵資。
(5) 各書籍庫存不一，若遇缺書情形可選擇換書。
(6) 歡迎海外讀者參與(郵資另計)，請直接上網訂購，
　或mail至love小姐信箱(love@doghouse.com.tw)詢問相關訊息。

狗屋．果樹有權修改優惠活動的實施權益及辦法。

2015年11月出版

寡妻怕夫纏

文創風 350～354

她自認心臟夠大顆，萬事處變不驚，
沒談過戀愛就出車禍穿越了沒關係！
一穿越就變成寡婦，還帶個拖油瓶也沒關係！
成日忙著賺錢謀生，還要應付難搞親戚統統沒關係！
但是那無緣相公竟還活著，甚至渴望與她再續前緣?!
這這這……大大有關係啊！

初試啼聲　驚豔四座／灩灩清泉

江又梅辛苦打拚大半生，一場車禍卻讓所有成就統統歸零，
不但上演荒謬的穿越戲碼，醒來還有個五歲男孩哭著喊她娘！
定睛一瞧才發現身處的屋子還真是家徒四壁，隨時都有斷糧危機……
也罷，山不轉路轉，寡婦身分雖悲哀，總比跟陌生男人生活自在，
更何況有個貼心小兒傍身，比前世孑然一身的處境溫暖太多了，
要知道，女強人的字典裡沒有「服輸」兩個字，
憑她聰明的商業頭腦、勤快的設計巧手，還怕翻不了身？
哪怕孤兒寡母日子大不易，她也能為自己、為兒子掙得一片天！

流浪貓狗介紹所

為流浪貓狗加油

和貓寶貝 狗寶貝 廝守終生(一定要終生喔！)的幸福機會

對人來說，貓寶貝狗寶貝只是生活的一部分，
但妳（你）對牠們來說，卻是生活的全部，領養前請一定要考慮清楚——

▲ 等待回家的毛寶貝 巧虎

性　　別：男生
品　　種：米克斯
年　　紀：5歲（預估2012年2月生）
個　　性：乖巧穩定、親人、愛撒嬌，喜歡討摸摸和抱抱
健康狀況：已結紮，愛滋陽性，有定期施打預防針
目前住所：台北市景美

本期資料來源：台灣認養地圖

『巧虎』的故事：

中途是在2012年於台北車站附近的公園遇見巧虎的，當時的巧虎是隻約三、四個月大，且已被結紮剪耳的小貓。很有愛心的中途便抱起巧虎並帶去動物醫院檢查。健檢的結果發現巧虎有愛滋，也因為如此，中途身邊的人都建議中途將巧虎原地放回。

然而，中途聽餵食的愛媽説，公園已有多起流浪狗咬死貓咪的事件，有時在早上還能看到不少已經當了天使去的貓咪們。中途相當憂心這麼小的巧虎該如何在此獨自生活、避開危險？她實在不忍心將親人的巧虎放回如此凶險的環境中，於是將牠帶回照顧，想幫牠找到一個可以安心生活的地方。

可是就這麼等呀等，5年過去了，一隻隻健康的貓咪都找到新家擁有各自的幸福，乖巧的巧虎仍在中途之家等待牠的小幸運。曾經，巧虎也被送養過一次，但是卻被認養人退養了，造成巧虎心理上二次的傷害，中途由衷希望巧虎這次能等到一個永遠屬於牠的家。

巧虎目前五歲了，健康狀況都不錯，牠的個性非常乖巧、愛撒嬌，又喜歡討摸摸和抱抱；另外，洗澡、刷牙、剪指甲等基本照料都沒有問題，很適合新手、單貓家庭或是家中已有愛滋貓的認養人喔！若您願意給巧虎一個永遠安全又安心的家，歡迎來信 dogpig1010@hotmail.com（林小姐）。

認養資格：

1. 認養者須年滿23歲，有獨立經濟能力。
2. 須同意簽認養寵物切結書，並能讓中途瞭解巧虎以後的生活環境。
3. 同意送養人日後之追蹤探訪，對待巧虎不離不棄。
4. 同意做門窗防護措施，以防巧虎跑掉、走失。
5. 以雙北地區優先，第一次看貓不須攜帶外出籠，確認送養會親自送達。

來信請說明：

a. 個人基本資料：姓名、性別、年齡、居住地、同住者、職業與經濟來源等。
b. 預定如何照顧巧虎，以及所能提供之環境和承諾（如：食物、飼養方式）。
c. 請簡述過去養貓的經驗、所知的養貓知識，及簡介一下您的飼養環境。
d. 若未來有結婚、懷孕、出國或搬家等計劃，將如何安置巧虎？
e. 是否同意中途作日後追蹤（家訪、以臉書提供照片）？

文創風
541

錦繡榮門 1

國家圖書館出版品預行編目資料

錦繡榮門 / 灩灩清泉著. --
初版. -- 臺北市 : 狗屋, 2017.07-
冊 ; 公分. --（文創風）
ISBN 978-986-328-750-6（第1冊 : 平裝）. --

857.7 106007792

著作者 灩灩清泉
編輯 安愉
校對 黃薇霓 簡郁珊
發行所 狗屋出版社有限公司
地址 台北市104中山區龍江路71巷15號1樓
電話 02-2776-5889～0
發行字號 局版台業字845號
法律顧問 蕭雄淋律師
總經銷 知遠文化事業有限公司
電話 02-2664-8800
初版 2017年7月
國際書碼 ISBN-13 978-986-328-750-6

本著作物由起點中文網（www.qidian.com）授權出版

定價250元
狗屋劃撥帳號：19001626
網址：love.doghouse.com.tw E-mail：love@doghouse.com.tw